grafit

Die dänische Originalausgabe »Var det mord?« erschien 1999 bei
Forum, Kopenhagen

Deutsche Erstausgabe

Chemnitzer Str. 31, D-44139 Dortmund
Internet: http://www.grafit.de
E-Mail: info@grafit.de

Umschlagillustration: Peter Bucker
Druck und Bindearbeiten: Elsnerdruck GmbH, Berlin
ISBN 3-89425-529-3
1. 2. 3. 4. 5. / 2005 2004 2003

Kirsten Holst

Zu lebendig zum Sterben

Kriminalroman

Aus dem Dänischen von
Hanne Hammer

grafit

Die Autorin

Kirsten Holst wurde 1936 in Lemvig als Tochter eines Polizeibeamten geboren. Sie hat insgesamt 14 Kriminalromane geschrieben und ist mit dem Edgar-Allan-Poe-Preis ausgezeichnet worden. Seit 1995 ist sie Präsidentin der CWS (›Crime Writers of Scandinavia‹). Ihre Romane wurden ins Schwedische, Finnische, Deutsche, Holländische, Tschechische und Japanische übersetzt.

1

Ich stellte das Glas so hart auf dem Tisch ab, dass der Inhalt überschwappte und Flecken auf der ohnehin nicht allzu sauberen Tischdecke hinterließ.

»Das meinst du nicht ernst!«, rief ich, und als Henrik mir nur einen seiner trägen, nachsichtigen Blicke zuwarf, die ich nur allzu gut kannte, und langsam den Kopf drehte, um den Glanz der Sonne auf den leichten Wellen des Fjords zu betrachten, die Segelboote, die Möwen oder was er nun vorgab zu betrachten, wiederholte ich indigniert: »Das kannst du verdammt nochmal nicht ernst meinen! Ich glaub's einfach nicht!«

Er drehte wieder den Kopf und sah mich an. »Warum nicht?«

»Ladendetektivin! Jetzt mal ehrlich, Mann!«

Es war mehr als zehn Jahre her, dass wir uns das letzte Mal gesehen hatten, wir waren beide unserer Wege gegangen, doch dann war er unerwartet zu Allies Beerdigung aufgetaucht. In der Kirche hatte ich ihn nicht gesehen. Ich hatte überhaupt niemanden gesehen. Ich hatte nur Augen für den mit Blumen geschmückten Sarg gehabt und das einzige Mal, das ich aufgeblickt hatte, war mein Blick auf eine Tafel gefallen, auf der in goldenen, verschnörkelten Buchstaben stand: *Nicht mein, dein Wille geschehe.*

Ich war so wütend geworden, dass ich nicht noch einmal aufgeblickt hatte. Wenn das dein *Wille* ist, dann brauche ich dich nicht!

Ich sah Henrik erst, als wir vor der Kirche standen, um die Trauergemeinde zu begrüßen. Er hielt sich etwas abseits, als wüsste er nicht, ob er kondolieren sollte oder nicht. Ich erkannte ihn sofort. Er hatte sich in den vergangenen Jahren kaum verändert. Als Zwanzigjähriger hatte er wie ein großer Junge ausgesehen, lang und schlaksig, mit dunklem, zerzaustem Haar und blaugrauen neugierigen Augen hinter der Brille. Jetzt war er etwas kräftiger geworden, was ihm gut stand; das sonnengebräunte Gesicht hatte mehr Charakter bekommen, das Haar war gut geschnitten und die Brille durch Kontaktlinsen ersetzt.

War er doch noch eitel geworden oder war das Marias Werk? Ich wusste, dass er und Maria vor vier Jahren geheiratet hatten, und dachte ein wenig schadenfroh, dass er doch noch seinen Meister gefunden hatte. Ich kannte Maria, wir waren vor langer Zeit alle drei zusammen aufs Gymnasium gegangen.

Aber es war nett von ihm, zu der Beerdigung zu kommen, und ich war so erleichtert, zwischen all den fremden Gesichtern ein bekanntes zu sehen, dass ich ihn unwillkürlich anlächelte, und im nächsten Augenblick stand er neben mir.

Er gab mir die Hand und sprach mir sehr formell sein Beileid aus, aber im nächsten Moment legte er den Arm um mich und umarmte mich freundschaftlich, sodass ich beinahe wieder in Tränen ausbrach.

Wir standen einen Augenblick schweigend da.

»Wann geht's wieder nach Hause«, fragte er schließlich. »Nach Philadelphia, nicht?«

Ich nickte. »Ja, das heißt, Philadelphia gehört der Vergangenheit an. Ich denke, ich werde nicht zurückgehen.«

»Heißt das, dass du …?«

»Das heißt, dass ich nach Hause zurückgekommen bin. Vielleicht. Ich habe mich noch nicht endgültig entschieden.«

»Wirst du hier in der Stadt bleiben?«

»Jedenfalls vorläufig.«

Nach dem Leichenschmaus kam er zu mir und schlug mir vor, uns an einem der nächsten Tage zu treffen.

»Nicht um alte Erinnerungen aufzufrischen«, sagte er, als ich zögerte. »Ich möchte dir einen Vorschlag machen.«

Natürlich machte mich das neugierig. Vielleicht hätte ich schon da an den Spruch denken sollen: *Curiosity killed the cat to say nothing of Bluebeard's wives!*

Wir verabredeten uns für heute, eine Woche nach der Beerdigung. Ich hatte vor dem Haus, in dem ich wohne, auf ihn gewartet und wir waren zu einem der kleinen Restaurants am Vestre Bådhavn hinausgefahren, wo wir uns an einem Tisch auf der Terrasse niedergelassen hatten.

Er war um seinen Vorschlag herumgeschlichen wie die Katze um den heißen Brei, während wir hier an einem der ersten warmen Sommertage bei unserem Bier saßen – einem kleinen und einem großen –, und ich wurde immer gespannter, was er mir vorschlagen wollte. Ich wusste, dass es um irgendeinen Job ging, und jetzt war die Spannung gelöst.

Ladendetektivin, Gott steh mir bei!

Ich weiß nicht, was ich mir vorgestellt hatte. Alles andere, nur das nicht. Der Typ musste verrückt sein!

»Was ist daran nicht in Ordnung?«, fragte er.

»Ich dachte, du meintest einen richtigen Job.«

»Zum einen hast du mich missverstanden und zum anderen ist Ladendetektivin ein richtiger Job. Hast du überhaupt eine Ahnung, worum es dabei geht?«

»Ja, natürlich habe ich das. Ich habe einmal eine Ladendetektivin bei der Arbeit erlebt.«

»Wann?«

»Vor einer Ewigkeit. Als ich 13 oder 14 war. Es gab eine Zeit, da war es in meiner Klasse ein Sport zu klauen. Wir mussten alle etwas klauen, um mit zur schlechten Gesellschaft zu gehören. Wer wollte das nicht?«

»Du?«

»Natürlich wollte ich. Unbedingt. Ich hatte keinen Bedarf, mich noch mehr von den anderen zu unterscheiden, als ich das ohnehin bereits tat. Ich war nur zu feige. Nach der Schule fielen wir wie ein Schwarm Heuschrecken über *K & L* her, du weißt schon, und klauten, was das Zeug hielt. Meistens Kleinigkeiten, die wir leicht in die Tasche stecken konnten.«

»Du auch?«

»Nee, aber bestimmt nicht aus Tugendhaftigkeit, sondern aus purer, schierer Feigheit. Großmutter hätte mich umgebracht, wenn ich geschnappt worden wäre, und ich war sicher, dass ich das würde. Meine Freundin Gladys und ich schworen uns immer wieder, endlich den Mut aufzubringen, aber wir bekamen jedes Mal kalte Füße.«

»Hieß sie wirklich so?«

»Gladys? Ja.« Ich lachte kurz. »Großmutter sagte immer: ›Musst du mit diesem Mädchen befreundet sein? Sie sieht aus, als hätte sie Polypen, sie drückt sich furchtbar aus und dann auch noch der Name!‹« Ich machte Großmutters Art zu sprechen nach und Henrik lachte.

»Na gut, aber an jenem Tag sollte es passieren und schließlich klauten wir jede eine Serviette aus indischer Baumwolle, ein Riesencoup, was? Ich steckte meine in die Jackentasche und hatte das Gefühl, von allen angestarrt zu werden, während wir die Rolltreppe hinunterfuhren und zum Ausgang gingen. Und da stand sie! Die Ladendetektivin. Sie war mindestens vierzig, fünfzig Jahre alt, groß wie ein Haus und sah in ihrem Wintermantel, den vernünftigen braunen Schuhen und der Einkaufstasche in der einen Hand wie eine deutsche Hausfrau aus. Reine Tarnung; sicher war sie in ihrer Freizeit Karatekönigin oder so etwas, denn mit der anderen Hand hielt sie mit eisernem Griff einen unserer Klassenkameraden fest, Pickel-Aksel, der vergebens versuchte, sich zu befreien.«

»Pickel-Aksel?«, fragte Henrik interessiert.

»So wurde er genannt, weil sein Gesicht voller Pickel war. Und Aksel hieß er nun einmal. Er wand und drehte sich und war so verlegen, dass seine Pickel leuchteten wie die roten Lampen im Tivoli.«

Henrik sah mich skeptisch an. »Jetzt übertreibst du aber.«

»Überhaupt nicht. Wir hatten keinerlei Zweifel, dass er auf frischer Tat ertappt worden war. Pickel-Aksel war *der* Dieb in der Klasse und er war ziemlich dreist. Er begnügte sich nicht mit indischen Servietten, das kannst du mir glauben. Er klaute Transistorradios, Tonbandgeräte, Uhren und Füllfederhalter. Teure Sachen!

Gladys und ich waren vor Entsetzen wie gelähmt. Wir wagten nicht, uns mit unseren Servietten hinauszuschleichen, aber wir wagten auch nicht, sie zurückzulegen, also endete es damit, dass wir sie in der Toilette hinunterspülten und flüchteten.«

»Und das war das Ende deiner kriminellen Karriere«, lachte Henrik.

»Ja, verdammt nochmal! Ich habe nicht die Nerven zur Kriminellen. Ich hatte noch dazu Angst, dass die Servietten die Toiletten verstopften und uns auf die eine oder andere Weise verrieten. Gladys hielt mich für verrückt. ›Zum Teufel ob verstopft oder nicht‹, sagte sie. ›Die wissen doch nicht, dass wir das waren.‹«

»Das konnten sie auch nicht«, sagte Henrik.

»Natürlich nicht, aber damals habe ich begriffen, dass man unglaublich paranoid werden kann, wenn man ein schlechtes Gewissen hat, nicht? Ich bildete mir ein, dass die Toiletten videoüberwacht waren. Dort ziehen sich die Leute doch immer die geklauten Sachen an.«

»Woher weißt du das?«

»Das weiß doch jeder. Nachher haben Gladys und ich uns natürlich weisgemacht, dass alles total spannend und superlustig war, aber ich wagte mich erst Wochen später wieder zu *K & L*.«

»Was ist aus deiner Freundin geworden?«

»Aus Gladys? Keine Ahnung. Ich bin aufs Internat gekommen, sodass wir fast von einem Tag auf den anderen auseinander gedriftet sind, aber in Wirklichkeit hatte es wohl schon an dem Tag bei *K & L* begonnen. Weil wir etwas voneinander wussten. Etwas Beschämendes. Obwohl wir darüber gelacht haben, war es uns peinlich. Mir jedenfalls.«

Ich trank einen Schluck von meinem Bier. Es war bereits lauwarm.

Henrik schüttelte den Kopf. »Wäre das jetzt eine richtige Erbauungsgeschichte, wäre die Moral die, dass du und deine Freundin vom Weg der Verdammnis gerettet wurdet, nachdem ihr schon fast auf die schiefe Bahn geraten wart, und seitdem ehrlich und glücklich gelebt habt, weil Tugend belohnt wird, während Pickel-Aksel in einer Erziehungsanstalt gelandet ist.«

»Das ist er bestimmt auch«, sagte ich leichthin. »Was aus Gladys geworden ist, weiß ich, wie gesagt, nicht.«

»Das tue ich aus guten Gründen auch nicht«, sagte Henrik. »Aber ich weiß, was aus Pickel-Aksel geworden ist.«

»Hast du ihn gekannt?«, fragte ich verblüfft. »Du bist doch gar nicht auf unsere Schule gegangen.«

»Nee, aber wenn das der ist, den ich meine, hat er heute ein blühendes Geschäft. Er verkauft Gebrauchtwagen. Und seine Firma heißt *Pickel-Aksel!*«

Ich brach in Gelächter aus. »Wunderbar! Das sieht ihm ähnlich, auf diese Weise Kapital aus seinem Spitznamen zu schlagen, aber von ihm würde ich nie ein gebrauchtes Auto kaufen. Er war trotz seiner Pickel sehr charmant, aber er war ein bisschen zu clever.«

»Das ist er bestimmt noch immer, aber seine Autos sind in Ordnung. Er hat einen guten Ruf in der Branche.«

»Woher weißt du das?«

»Es gehört zu meinem Job, so etwas zu wissen. Es gehört auch zu meinem Job, nach neuen Mitarbeitern Ausschau zu halten. Und dich können wir brauchen.«

»Als Ladendetektivin. Vergiss es.«

»Nein, du hast mir nicht richtig zugehört. Als Beraterin.«

»Ist das nicht das Gleiche? What's in a name?«

»Nein, das ist nicht das Gleiche und ich kann dir nicht versprechen, dass du die ganze Zeit Außendienst hast, es gehört wohl auch ein Teil ganz gewöhnlicher Büroarbeit dazu. Aber gerade im Moment können wir ein Gesicht, das noch nicht so abgenutzt ist, ganz gut gebrauchen.«

»Danke.«

»Ich meinte ...«

»Ja, ja, ja, ich weiß genau, was du gemeint hast. Wozu?«

»Wir haben einen Auftrag von einem großen Kaufhaus. Sie meinen, dass zu viel verschwindet.«

»Doch nicht etwa von *K & L?*«

Er lächelte entschuldigend. »Doch, in der Tat.«

»Okay«, seufzte ich. »Diebstahl?«

»Ja, vermutlich. Oder Betrug.«

»Also doch Ladendetektivin.«

»Ja und nein. Du sollst nicht die Kunden, sondern das Personal im Auge behalten. Nur ein oder zwei Personen werden wissen, dass du überhaupt da bist. Und nur der Direktor weiß, wer du bist.«

»Was soll ich tun?«

»Das erfährst du, wenn du Ja sagst.«

Ich dachte nach, dann schüttelte ich den Kopf. »Nein, das ist nichts für mich.«

»Was willst du dann machen?«

»Das weiß ich nicht«, sagte ich.

»Du klingst so resigniert.«

»Das bin ich nicht. Das Ganze ist nur ...«

Henrik sah mich fragend an. »Was?«

»Das ist nicht so leicht zu erklären. Manchmal habe ich meine Zweifel, ob ich wirklich hier bleiben soll. Ich habe wohl geglaubt, dass ich einfach nach Hause kommen und dort wieder anfangen kann, wo ich aufgehört habe, aber alles hat sich verändert. Die Stadt hat sich verändert, die Dänen haben sich verändert, ich habe mich verändert. In den paar Monaten, die ich jetzt hier bin, habe ich nur unregelmäßig Zeitung gelesen, aber ich glaube, dass das Leben hier härter geworden ist. Es scheint so, als übernähme man nur das Schlechteste aus dem Ausland. Vieles von dem, was mir in den USA nicht gefallen hat, finde ich nun hier wieder, während die guten Dinge fehlen. Vielleicht irre ich mich und habe Dänemark ein wenig idealisiert, während ich fort war, dafür ist man wahrscheinlich anfällig, wenn man im Ausland lebt; es kann aber auch sein, dass mir die Veränderungen nur nicht aufgefallen sind, als ich noch hier gelebt habe. Sie kommen ja allmählich.«

»Was meinst du zum Beispiel?«

»Das scheinen alles nur Nebensächlichkeiten zu sein. Aber nimm zum Beispiel das Fernsehen. Es ist schlechter geworden. Es gibt fast nur noch Quizsendungen und minderwertige amerikanische Serien. Viel brutaler als früher. Dann sind da die Einwanderer, mit ihnen gab es früher nicht diese Schwierigkeiten. Irgendetwas müsst ihr falsch gemacht haben. Und die Sprache. Sie ist so hässlich geworden, dass meine Großmutter sich im Grabe umdrehen würde. Alle fluchen und gebrauchen eine Menge englischer und amerikanischer Ausdrücke. Ich habe Fernsehwerbung gesehen, in der nicht ein einziges dänisches Wort vorkam, das ist doch grotesk! Selbst kleine Kinder laufen herum und sagen *Fuck you* und *Oh, shit.* Und außerdem habt ihr einen Rockerkrieg und brutale Überfälle.«

»Letzteres ist doch nichts Neues«, wandte Henrik ein. »So etwas kommt immer wieder vor.«

»Vielleicht. Aber ich finde das erschreckend. Und all die fetten Menschen. Jedes Mal wenn ich zu Hause war, gab es mehr davon. Extrem dicke. Bald ist es so wie in den USA, wo die Hälfte der Bevölkerung Übergewicht hat. Und dann die Trinkerei.«

»Laut Statistik wird weniger getrunken.«

»Ja, danke, nur sind es jetzt Kinder von vierzehn, fünfzehn Jahren, die sich jedes Wochenende voll laufen lassen, ohne dass jemand einschreitet, obwohl sie halb betäubt mit einem Bier in der Hand durch die Gegend torkeln. In Philadelphia würde man sie festnehmen und zu einer Geldstrafe verurteilen und die Gastwirte würden ihre Lizenz verlieren.«

»Wir waren doch selbst nicht besser, oder?«

»Wir waren viel älter, Henrik. Für uns wäre es als Vierzehnjährige undenkbar gewesen, ein Bier in einer Kneipe zu bestellen. Wir wären nicht einmal hineingekommen. Ich jedenfalls nicht.«

»Da bin ich mir nicht so sicher.«

»Okay, vielleicht erinnere ich mich falsch«, räumte ich ein. »Vielleicht bin ich nur alt und mürrisch geworden. Ich bin nicht mehr zwanzig und es ist viel passiert. Ich bin selbst eine andere geworden.«

»Ja?«, Henrik sah mich fragend an, aber ich hatte keine Lust, das Thema zu vertiefen.

»Kümmere dich nicht um mich. Ich stecke einfach nur in einer Identitätskrise«, sagte ich leichthin und lächelte ihn an.

Er lächelte nicht zurück, sondern sah mich weiter fragend an. Sein Blick machte mich verlegen. »Warum?«

Ich schüttelte den Kopf. »Nein, Henrik, ich mag diese Nabelschau nicht. Vergiss es.«

»Nein, ich möchte gerne wissen, was du meinst.«

Ich saß stumm da und guckte in mein Glas, als wäre ich dem versunkenen Atlantis auf der Spur.

»Es ist nur ...«, begann ich endlich und verstummte.

»Nur was?«

»Okay. Vor zehn Jahren war ich Tochter, Schwester und Hausfrau. Und plötzlich bin ich nichts mehr von all dem. Ich bin nicht einmal mehr eine richtige Dänin. Ich spreche anders. Ich bin *niemand!* Und das ist irgendwie … Man sollte meinen, das sei Freiheit, aber das ist es nicht … es ist erschreckend.«

»Wie meinst du das?«

»Es ist erschreckend, nirgendwohin zu gehören. Alle Wurzeln sind gekappt. Ich habe das Gefühl, mich im Niemandsland zu bewegen. Wie … wie eine Koralle. Ich muss einen Platz finden, an dem ich festwachsen kann und … ich weiß nicht mehr, ob der hier ist.«

Henrik sah mich forschend an und ich sah über das Wasser, um seinem aufmerksamen Blick zu entgehen.

»Was ist mit der Wohnung, in der du wohnst?«, fragte er schließlich. »Teilst du sie mit jemandem?«

Ach so, darüber hatte er sich also Gedanken gemacht. Das sah ihm ähnlich, auf diese Weise zu fragen. Was er in Wirklichkeit wissen wollte, war, ob ich einen Freund hatte.

»Nein, ich habe sie für mich. Sie ist nicht sehr groß.«

»Ist es eine Mietwohnung?«

»Nein, Eigentum.«

»Also hast du dich in deinem tiefsten Innern entschlossen zu bleiben. Warum hättest du sie sonst gekauft?«

»… sagte Dr. Freud.« Ich lächelte ihn ironisch an. »Aber du irrst dich. Ich habe sie gekauft, weil ich irgendwo wohnen musste und weil sie so billig war, dass ich ziemlich sicher sein konnte, sie ungefähr zum gleichen Preis wieder verkaufen zu können, wenn ich es bereuen und mich entschließen sollte zurückzugehen.«

Die Wahrheit war, dass ich sie gekauft hatte, um mich zu überzeugen, dass Allie wieder gesund würde. Und um sie zu überzeugen, dass ich daran glaubte. Zusammen hatten wir Pläne gemacht, was wir alles unternehmen wollten, wenn sie wieder gesund war. Die Wohnung war unsere Versicherung.

Natürlich war das dumm. Eine Art Aberglaube. Genau wie damals, als Allie und René ihr erstes Kind erwarteten und Allie einen Versicherungsvertreter kommen ließ. Nachdem er Lebensversicherungen, Unfallversicherungen, Haftpflichtversicherungen und so weiter. für sie beide abgeschlossen hatte, fragte er verwundert und leicht besorgt, ob sie sehr große Angst habe, dass ihnen etwas passierte. »Nein«, antwortete sie. »Jetzt nicht mehr. Jetzt sind wir ja versichert.«

Weder meine Wohnung noch ihre Versicherungen hatten etwas genutzt.

»Aber erst einmal bist du jedenfalls hier«, sagte Henrik. »Und irgendetwas musst du schließlich machen.«

»Ich werde schon etwas finden.«

»Was?«

»Das weiß ich nicht. Etwas Befristetes«, antwortete ich leicht irritiert. Schließlich ging ihn das nichts an. »Ich habe ein fast fertiges Psychologiestudium«, fuhr ich fort. »Und ich hoffe, es hier abschließen zu können. Ich habe mit dem Studienausschuss gesprochen und meine Examensunterlagen zur Prüfung eingereicht.«

»Wann bekommst du Bescheid?«

Ich zuckte mit den Schultern. »Das weiß ich nicht. Sie haben gesagt, dass es etwas dauern kann.«

»Du wirst auf jeden Fall nicht gleich nach den Sommerferien hier anfangen können.«

»Das hoffe ich doch.«

»Das kannst du vergessen. Du kannst froh sein, wenn du nach Neujahr anfangen kannst. *Wenn* sie dich zulassen.«

»Warum sollten sie nicht?«

»Es ist nicht so einfach, wie du offenbar glaubst. Und es braucht Zeit.«

»Dann ist es eben so.«
»Und was willst du bis dahin machen?«
»Ich werde schon etwas finden«, beharrte ich störrisch.
»Ich werde schon etwas finden, ich werde schon etwas finden! Es nutzt nichts, das wie ein Mantra zu wiederholen. Was kannst du? Was hast du zu bieten?«
»Englisch zum Beispiel«, sagte ich.
»Das können alle.«
»Das glauben sie nur.«
»Bea, es hilft nicht, sauer zu werden, und ich will dir nicht den Mut nehmen, aber du musst realistisch sein. Die Arbeitslosigkeit ist ziemlich hoch hier, verdammt nochmal, und ich kann dir versichern, dass du nicht an erster Stelle in der Reihe stehst.« Er hielt die Hände vor sich und begann an den Fingern abzuzählen. »Du warst über zehn Jahre im Ausland; du hast keine abgeschlossene Ausbildung; du stehst auf der falschen Seite der dreißig, du ...«
»Jetzt hör aber mal auf, ich bin vor einem Monat dreißig geworden«, protestierte ich.
»Ja, wie ich gesagt habe, auf der falschen Seite; du bist keine Schönheit ...«
»Danke!«
Er seufzte ergeben. »Ich sage nicht, dass du hässlich bist. Du bist ein hübsches Mädchen. Wenn du willst, kannst du sogar ein schönes Mädchen sein, aber du bist keine Naomi Campbell, oder? Die Leute bleiben nicht stehen, nur um dich anzustarren.«
»Sollen wir wetten?«
Er lachte. »Nein, aber wenn du wie jetzt Jeans und T-Shirt trägst, gleichst du tausend anderen hübschen, blonden Mädchen. Du hinterlässt keinen unauslöschlichen Eindruck.«
»Weiter«, zischte ich.
»Außer auf mich natürlich«, sagte er. »Wo waren wir?«,

fuhr er fort und sah auf seine Finger. Ich hasse es, wenn Leute die Finger zu Hilfe nehmen, um meine Mängel aufzuzählen. »Ach ja, du bist kein herausragendes Talent.«

Er lächelte triumphierend und griff nach seinem Glas; die Aufzählung war offenbar beendet. Ich hätte gut noch ein paar Mängel hinzufügen können, ließ es aber.

»Darf ich dich darauf aufmerksam machen, dass ich ein besseres Abitur gemacht habe als du«, sagte ich stattdessen.

Er lachte. »Das macht dich doch nicht zu einer herausragenden Begabung! Du bist klug, du besitzt einen gesunden Menschenverstand und du verfügst über Intuition, aber du bist weder Freud noch Einstein.«

Plötzlich erinnerte ich mich, warum damals auf dem Gymnasium nie wirklich etwas aus uns geworden war. Wir sind eine Weile miteinander gegangen, aber dann war ich es müde, immer klein gemacht zu werden.

Ich holte tief Luft. Ich hatte Psychologie studiert, ich hatte eine Analyse hinter mir und ich wusste, dass mein schwacher Punkt – einer meiner schwachen Punkte – der war, dass ich Kritik zu persönlich nahm. Das nicht zu tun ist schwer, wenn es sich um die eigene Person dreht. Am liebsten würde ich eben hören, dass ich einfach großartig bin. In jeder Beziehung! Wer will das nicht? Aber okay, das waren die *facts.*

Natürlich habe ich Fehler und Mängel, wer hat die nicht? Und er hatte sie schließlich nicht aufgezählt, um mich zu kritisieren oder zu verletzen.

Ich trank einen Schluck Bier, lächelte ihn an und konnte förmlich sehen, wie er erleichtert aufatmete.

»Du hast bestimmt Recht«, sagte ich. »Mit gewissen Vorbehalten. Aber willst du mir nicht bitte erklären, warum du mir diesen Job anbietest?«

Und Gott steh mir bei, er fing wieder mit seinen Fingerübungen an. »Weil du ein fast fertiges Psychologiestudium hast, weil du über dreißig bist, weil ...«

Ich legte meine Hände um seine. »Hör auf damit. Das macht mich wahnsinnig.«

Verwundert sah er erst seine Hände und dann mich an. »Tut es das?«

»Ja.«

»Aber ich muss das tun. Das mache ich immer.«

»Ja, ich weiß.«

Er zog die Hände zu sich. Ich wette zehn zu eins, dass er unter dem Tisch an den Fingern abzählte.

»Du kannst total anonym arbeiten, die berühmte Fliege an der Wand, sollte das nötig sein. Du bist so lange fort gewesen, dass dich niemand kennt. Du bist zwar klug, aber ich glaube nicht, dass du so genial bist, dass die Uni sich auf dein Gesuch stürzt und schreit: Halleluja, die müssen wir sofort haben! Ein halbes Jahr werden wir dich wohl mindestens behalten dürfen und vielleicht bleibst du ja. Du hast einen gesunden Menschenverstand und dann ist da deine berühmte Intuition. Früher war das jedenfalls so.«

»Jetzt sind die Minuspunkte plötzlich zu Pluspunkten geworden.«

»Ich habe nie gesagt, dass das Minuspunkte sind. Das wären sie nur, wenn du dir einen gewöhnlichen Job suchen würdest.«

»War das jetzt alles?«

»Nein, ich glaube, dass du super für den Job geeignet bist. Außerdem bist du ehrlich – von den indischen Servietten einmal abgesehen –, das ist ziemlich wichtig in unserer Branche, und du brauchst einen Job, nicht? Von irgendetwas musst du ja leben. Allein das müsste dich dazu bewegen, Ja zu sagen.«

In diesem Punkt irrte er sich jedoch. Ich brauchte nicht zu arbeiten, um von etwas leben zu können, aber das sagte ich ihm nicht.

»Mmm«, murmelte ich nur.

Er nahm meine Hand. »Und außerdem würde ich dich verdammt nochmal gerne öfter sehen. Ich will nicht, dass du einfach wieder aus meinem Leben verschwindest. Als du neulich da draußen vor der Kirche standest …«

Ich entzog ihm meine Hand.

»Es war nett von dir zu kommen«, sagte ich.

»Ich mochte deine Schwester sehr. Und außerdem wusste ich, dass du da sein würdest.«

Ich warf ihm einen schnellen Blick zu. Ich hatte Lust, ihn zu fragen, wie es mit Maria lief.

»Das war eine merkwürdige Beerdigung, nicht?«, sagte ich stattdessen.

»Warum?«

»Die meisten waren so jung. Abgesehen von Allies Schwiegereltern, waren fast nur junge Menschen da. Jüngere. Unter vierzig.«

»Sie war schließlich selbst erst sechsunddreißig.«

»Ja. Deshalb ist es eigentlich doch nicht so verwunderlich.«

Aber trotzdem. Für mich waren Beerdigungen immer etwas für ältere Leute. Alte Leute. Hier war die Kirche voller junger Menschen, die bunte Sommerkleider trugen. Alle Pädagogen und Mitarbeiter des Kindergartens, dessen Leiterin sie gewesen war. Ihre alten Freundinnen aus der Schul- und Studienzeit, ihre und Renés Freunde. Und Kinder, Massen von Kindern. Es glich keiner Beerdigung. Es wirkte fast widernatürlich. Aber es war auch widernatürlich, mit sechsunddreißig zu sterben. Und drei kleine Kinder zu hinterlassen. Und einen Mann. Und mich.

Ich fühlte, wie meine Unterlippe zu zittern begann, presste die Lippen zusammen, räusperte mich und sah über das Wasser.

Allie war mehr als eine Schwester für mich gewesen. Sie war meine Ersatzmutter, meine beste Freundin, mein fester Halt.

Ich spürte, dass Henrik mich ansah. Er überlegte wohl, ob er etwas über Allie sagen sollte, aber glücklicherweise verstand er, dass jetzt nicht der richtige Zeitpunkt dafür war. Stattdessen nahm er wieder meine Hand und beugte sich ein wenig vor.

»Also, was sagst du, Bea? Zu dem Job? Wirst du wenigstens darüber nachdenken?«

Ich nickte. »Wie viel Zeit zum Nachdenken habe ich?«

»Nicht sonderlich viel«, räumte er ein.

»Sag schon.«

»Kannst du mir morgen Bescheid geben?«

Er verlangte viel. Aber wenigstens hatte er genug Scham im Leib, um ein bedauerndes Gesicht zu machen.

»Verstehst du, ich hatte nicht das Gefühl, dich gleich nach Allies Beerdigung um ein Treffen bitten zu können, aber jetzt drängt die Zeit.«

Ich nickte. Wir saßen eine Weile schweigend da. Ich ging seinen Vorschlag in Gedanken durch. Es war nicht viel, was ich erfahren hatte, aber wenn der Job total hoffnungslos war – oder ich –, konnte ich ja einfach abspringen. Das konnte ich auch, falls ich trotz seiner pessimistischen Voraussagen bereits jetzt zum Studium zugelassen werden sollte. Jedenfalls konnte es nicht schaden, es zu versuchen, sagte ich mir.

Einen Moment später sagte ich das auch zu ihm.

»Okay, ich sage Ja. Ich kann ja jederzeit wieder abspringen, oder? Ich riskiere also nichts, wenn ich zusage.«

Das habe ich wirklich gesagt!

Gott weiß, wo meine berühmte Intuition in diesem Moment war?

2

Ich schlug Henriks Angebot aus, mich zurück in die Stadt zu fahren. »Wie kommst du dann nach Hause? Es ist weit zu laufen.«

»Ich laufe gerne und außerdem kann ich den Bus nehmen. Jetzt, wo ich schon einmal in der Nähe bin, werde ich ins Kunstmuseum gehen. Es ist Jahre her, dass ich das letzte Mal dort war.«

Er umarmte mich kurz, fast brüderlich, bevor er sich ins Auto setzte. »Schön, dass du wieder zu Hause bist.«

Ich lächelte schief. »Hoffen wir, dass du in einem Monat noch das Gleiche denkst.«

»Das werde ich«, versicherte er. »Wir sehen uns morgen.« Er setzte sich ins Auto und ließ das Fenster herunter. »Ich freue mich wirklich, dass du Ja gesagt hast.«

Ich nickte. Ich tat das nicht, aber jetzt war es zu spät, das zu sagen.

Ich wollte eigentlich ins Museum gehen, aber das Wetter war so schön, dass ich stattdessen durch den Hafen schlenderte und mir die Boote ansah, die auf dem Wasser lagen und in den Vertäuungen schaukelten, während der Wind es in den Takelagen wie von hunderten von Schellen klingeln und bimmeln ließ.

Ich wusste noch immer nicht genau, um was es in meinem neuen Job ging.

»Das wirst du morgen erfahren«, hatte Henrik gesagt. »Wir treffen uns um neun in meinem Büro. Dann erkläre ich dir, worum es bei dem Ganzen geht und was deine Aufgabe ist.«

Das war alles, was ich aus ihm herausbekommen hatte.

Ich landete schließlich bei den Ruderklubs. Die alten Holzgebäude liegen seit undenklichen Zeiten dort. Der Damenruderklub, die Seepfadfinder, der Kajakklub, Ägir und so weiter. Alles sah genauso aus wie immer. Vielleicht ein bisschen heruntergekommener. In den drei Jahren, die ich aufs Gymnasium gegangen war, hatte ich hier gerudert. Rudern und Schwimmen waren die einzigen Sportarten, aus denen ich mir wirklich etwas mache. Allie behauptete immer, das komme daher, dass ich im Zeichen der Fische geboren bin; ich sagte, sie sei geisteskrank, wenn sie an so etwas glaube.

Das Tor zu dem Weg, der zu dem grasbewachsenen Platz hinter meinem alten Klubhaus führte, stand offen. Ich erlag der Versuchung hineinzugehen und hatte fast das Gefühl, auf verbotenen Pfaden zu wandeln. Die Türen zur Bootshalle standen weit offen, die meisten der Boote schienen drinnen zu sein und nirgendwo war eine Menschenseele zu sehen.

Hinten bei dem Bollwerk stand ein Tisch mit ein paar befestigten Bänken. Ich setzte mich auf eine der Bänke und zündete mir eine Zigarette an. Es war ein altes Laster, das ich voller Freude wieder aufgenommen hatte, nachdem ich nach Hause gekommen war. In den USA war ich mir wie ein Paria vorgekommen, wenn ich rauchte, und ich hatte bereits festgestellt, dass es hier kaum anders war, sodass es sicher darauf hinauslaufen würde, dass ich wieder aufhörte, aber nicht gleich.

Es war seltsam still hier. Ich hörte nur das Glucksen des Wassers gegen das Bollwerk, die Schreie der Möwen und in der Ferne wie ein schwaches Dröhnen den Verkehr.

Ich blies einen dünnen Streifen Rauch in die Luft und betrachtete durch ihn hindurch die Aussicht. Rechts von mir lag die Eisenbahnbrücke und etwas weiter entfernt die Straßenbrücke. ›Die neue feste Brücke‹, wie Großmutter sie immer genannt hatte. In ihrer Kindheit – vor fast hundert Jahren – war dort eine Pontonbrücke gewesen, weshalb die Straßenbrücke für sie immer ›die neue feste Brücke‹ blieb.

Auf der anderen Seite des Fjords konnte ich die Bäume von Skansen und direkt unter ihnen die funktional gebauten Häuser sehen, in denen Großmutters Freundin, Tante Eja, gewohnt hatte. Manchmal besuchten wir, Allie und ich, sie zusammen mit Großmutter und jedes Mal wunderte ich mich darüber, dass die kleine, muntere, lebhafte Tante Eja und meine große, strenge Großmutter Freundinnen waren. Manchmal, glaube ich, wunderte das auch sie.

Weiter unten links erahnte ich etwas von der Kirche, in der Allie und ich getauft worden waren. Großmutter hatte das durchgesetzt. Ich war fast ein Jahr und Allie muss knapp sieben gewesen sein. Es war das erste Mal – aber bei weitem nicht das letzte –, dass unsere Eltern uns der Obhut unserer Großmutter überließen und von ihrer Seite war es die reinste Erpressung. »Ich passe nur unter der Bedingung auf sie auf, dass sie getauft werden. Ich will nicht die Verantwortung für ein paar ungetaufte Kinder.«

Vater begehrte auf. Er war gegen die Kindstaufe. Seiner Meinung nach war das nichts als sentimentaler Unsinn, doch war ihm für drei Monate eine Stiftungswohnung in Paris angeboten worden und Paris war nicht nur eine Messe, sondern auch eine Kindstaufe wert, sodass Großmutter – wie fast immer, wenn es um uns ging – ihren Willen bekam. Mutter und Vater nahmen noch obendrein an der Komödie teil, wie Vater das nannte. Wir haben ein Foto von dem Tag. Ich gleiche einem fetten, haarlosen Buddha, während Allie mit ihren goldenen Korkenzieherlocken und ihrem halblangen weißen Kleid mit der rosa Schleife um die Taille einem alten englischen Gemälde entsprungen zu sein scheint. Sie sieht aus wie ein Engel.

In der Kirche benahmen wir uns beide exemplarisch.

Als Allie an der Reihe war und der Priester sie – mit einem Blick zu Großmutter hin – fragte, ob sie dem Teufel und all seinen Werken entsagen wollte, knickste sie höflich und sagte Ja, danke. Sowohl der Priester wie auch mein Vater mussten zu Großmutters großem Ärger lachen, während Großvater, der schwerhörig war, verständnislos von einem zum anderen sah, ohne einen Ton von dem zu verstehen, was vor sich ging.

Meine Augen wurden nass, während ich dasaß und vor mich hin starrte. Ich schniefte und trocknete mir die Augen.

Der Klang von Stimmen ließ mich den Kopf drehen. Zwei große Burschen mit einem kleineren im Schlepptau kamen eifrig diskutierend aus der Bootshalle. Gymnasiasten, schätzte ich.

»Er hätte ruhig ein bisschen früher anrufen können«, sagte der Kleinste irritiert.

»Jetzt sei mal ein bisschen vernünftig, Anders«, sagte einer der anderen. »Das ist wohl nicht das Erste, woran man denkt, wenn man mit einem gebrochenen Arm in der Unfallstation sitzt.«

»Ich hätte das getan«, behauptete der Junge, der Anders hieß. »Du nicht auch, Martin?« Er wandte sich an den dritten.

»Nee. Ich habe kein Handy. Außerdem hätte das nichts gebracht. Es wäre trotzdem zu spät gewesen, um einen Ersatz zu finden.«

Sie waren von ihrem Gespräch so in Anspruch genommen, dass sie mich erst jetzt sahen. Sie starrten mich ungeniert an, als wäre ich ein merkwürdiges Tier.

»Hei, Mutter!«, rief Anders.

Mutter! Nicht Schwester. Genau das hatte mir noch gefehlt. Zuerst erinnerte mich Henrik daran, dass ich auf der falschen Seite der dreißig stand und jetzt *Mutter!* Was zum Teufel bildete der kleine Rotzlöffel sich eigentlich ein?

Ich sah ihn drohend an. »Nenn mich noch einmal Mutter und du fängst dir eine ein!«

Sie starrten mich verblüfft an und ich bereute die Worte in dem Moment, in dem ich sie ausgesprochen hatte. In Philadelphia bedurfte es weniger, um zusammengeschlagen zu werden, und sie waren zu dritt.

Ich beeilte mich zu lächeln, um zu zeigen, dass das nur ein Witz gewesen war.

Glücklicherweise grinsten alle drei. »Entschuldigung, die Dame, Entschuldigung! Nichts für ungut!«, sagte Anders.

Ich fand *Dame* nicht viel besser, aber ich ließ es durchgehen.

Sie schlenderten weiter zu dem Weg und blieben eifrig diskutierend an der Ecke des Klubhauses stehen. Der, der Martin hieß, drehte sich um und rief mir irgendetwas zu, das ich nicht verstand. Es klang, als würde er fragen, ob ich *rodeln* könnte.

»Ob ich was kann? Ich habe es nicht verstanden.«

»Rudern!«, rief er. »Ich habe gefragt, ob Sie rudern können!«

»Ja, kann ich«, rief ich zurück.

Er kam zu mir und die anderen folgten ihm leicht widerstrebend.

»Stimmt das? Können Sie rudern?«, fragte er. Es klang noch immer wie *rodeln.*

Ich lenkte ein wenig ein. »Jedenfalls konnte ich das, aber es ist zehn Jahre her, seit ich das letzte Mal gerudert habe.«

»Was haben Sie gerudert?«

»Einen Vierer mit Steuermann. Warum?«

»Glauben Sie, Sie können das noch?«

»Ja, davon gehe ich aus. Das ist doch wie Radfahren. Wenn man es erst einmal kann, verlernt man es nicht mehr. Aber ich bin überhaupt nicht in Form und du hast nicht gesagt, warum du das wissen willst.«

Aber ich hatte natürlich eine qualifizierte Vermutung.

»Uns fehlt eine Reserve«, erklärte er. »Unser Erster hat sich den Arm gebrochen. Wir haben es eben erst erfahren.«

»Was rudert ihr?«

»Auch einen Vierer.«

»Und wo ist euer Steuermann?«

»Wir rudern ohne Steuermann.«

»Ohne Steuermann. Dann ohne mich. Das kann ich nicht. Das habe ich nie ausprobiert.«

»Einmal ist immer das erste Mal.«

»Hast du nicht gerade gesagt, dass sich euer Erster den Arm gebrochen hat?«

»Ja, aber ...«

»Dann vergesst es! Soweit ich mich erinnere, steuert der Erste, wenn ohne Steuermann gerudert wird.«

»Ja, aber Joachim kann gut den Platz des Ersten übernehmen«, sagte er eifrig und nickte zu ihm hin. Er hatte noch kein Wort hervorgebracht. »Dann übernehmen Sie seinen Platz. Er ist der Zweite. Das ist auch gut für's Gleichgewicht, denn Anders, der kleine Knirps, ist der Dritte.«

Der kleine Knirps war de facto etwas größer als ich. Das stellte ich später fest und ich bin eins siebenundsiebzig. Er sah nur im Verhältnis zu den anderen klein aus.

»Ich weiß nicht recht«, sagte ich zögernd.

Ich sah über den Fjord hinaus. Es könnte schon Spaß machen, es noch einmal zu versuchen. Nur ein einziges Mal.

»Ich bin nicht Mitglied«, sagte ich.

»Das brauchen Sie beim ersten Mal auch nicht. Wir können einmal zur Probe rudern, ob es funktioniert. Dann können Sie ja immer noch Mitglied werden.«

Sie mussten verrückt sein, wenn sie glaubten, ich würde regelmäßig mit ein paar Gymnasiasten rudern, die mich *Mutter* genannt hatten!

Ich sah noch einmal über das Wasser, dann holte ich

tief Luft und drehte mich zu ihnen um. »Okay. Aber nur dieses eine Mal! Mit mehr könnt ihr nicht rechnen.«

Mein Weg zur Hölle muss mit übereilten Entschlüssen gepflastert sein!

Der Hausmeister fegte die Straße vor dem Haus, als ich endlich bei meiner Wohnung ankam. Ich war zum Umfallen müde und ich brauchte ein Bad.

»Was ist denn mit Ihnen los?«, fragte er. »Sie sehen ja richtig verschlaucht aus.«

»Geschlaucht, Rade«, sagte ich. »Geschlaucht. Ich bin nur müde.«

»Ihr Freund hätte Sie ruhig nach Hause fahren können«, sagte Rade missbilligend. Er hatte gesehen, wie Henrik mich am Nachmittag abgeholt hatte. »Sie müssen ihn erziehen. Aber es ist gut, dass Sie jetzt einen Freund haben. Ein nettes Mädchen braucht einen Freund, nicht?«

»Das ist nicht mein Freund, Rade«, sagte ich. »Das ist mein neuer Chef. Ich habe eine Arbeit gefunden.«

Rades Gesicht überzog ein Netz von Lachfältchen. »Gut! Mit dem Chef befreundet, das ist noch besser.«

»Sie wissen doch, dass ich keinen anderen Freund haben will außer Ihnen.«

Rade lachte. »Ich bin zu alt.«

»Wenn Sie das sagen.«

Eigentlich heißt Rade Radoslav und ist Jugoslawe. Er und seine Frau sind vor 31 Jahren hierher gekommen. Er ist gerade siebzig geworden. Er hat bei *Eternit* gearbeitet und hatte das Glück, eine der kleinen Wohnungen hier im Haus zu bekommen. Die Frau des Eigentümers war selbst Jugoslawin und mehr als gerne bereit, einem Landsmann zu helfen, also wurde Rade Hausmeister und das ist er immer noch. Er und eine alte Dame, die in einer der Parterrewohnungen in unserem Aufgang wohnt, sind die Einzigen, die hier zur Miete wohnen. Alle anderen

Wohnungen sind in Eigentumswohnungen umfunktioniert worden, nachdem die alten Mieter gestorben oder weggezogen sind.

Jeden Abend zwischen sechs und sieben fegt Rade den Bürgersteig. Ich habe ihn einmal gefragt, ob er wirklich Geld bekommt, um jeden Abend zu fegen. Er hat nur mit den Schultern gezuckt.

»Ich bin hier Hausmeister, nicht? Hier *soll* es ordentlich aussehen.«

Es ist ordentlich. Keine Graffiti. Keine kaputten Scheiben. Keine Hundescheiße auf dem Bürgersteig, nichts, das im Hof oder im Keller herumliegt. Jeden Samstag wird die Treppe geputzt. Sowohl die Vordertreppe wie die Hintertreppe. Freitagabend stellen die Bewohner die Fußmatten hoch und Samstagmorgen ist die Treppe geputzt. Als wären im Laufe der Nacht die Heinzelmännchen da gewesen. Das hat Rades Frau immer gemacht, bevor sie krank wurde, hat er erzählt, dann hat er auch das übernommen. Da war er ja schon in Pension. Sie ist in dem Jahr gestorben, bevor es in Jugoslawien knallte.

»Damals habe ich Gott verflucht!«, hat mir Rade erzählt. »Wir hatten all die Jahre gespart. Das Geld dort unten auf der Bank deponiert. Ein schönes kleines Haus gekauft, das wir vermietet hatten. Wir wollten runterziehen, wenn wir erst pensioniert waren. Das war unser Traum. Unsere letzten Jahre zu Hause zu verbringen und dort zu sterben. Dafür haben wir gespart. Jetzt ist das Haus weg, das Geld ist weg, das Dorf, die Familie …« Er zuckte mit den Schultern. »Es gibt nichts, zu dem man nach Hause kommen kann. Jetzt danke ich Gott, dass sie das nicht hat erleben müssen. Am Tag vor ihrem Tod hat sie gesagt, dass wir runterziehen sollten, sobald sie wieder gesund genug ist. Wir hatten ja unser Auskommen. Ich habe Ja gesagt und sie geküsst und in der Nacht ist sie gestorben. Ich habe bei ihr gesessen und ich weiß, dass sie glücklich gestorben ist. Damals habe ich es nicht verstanden, aber jetzt weiß ich, dass es das Beste war, was ihr in ihrem Leben passiert ist. Dass sie zur rechten Zeit gestorben ist. Manchmal weiß Gott, was er tut, nicht?«

»Auch in Jugoslawien?«, fragte ich.

»Das ist nicht Gottes Werk. Das ist das Werk der Menschen.«

Das mochte ich nicht kommentieren. Ich weiß nicht, ob Rade mir von seiner Frau erzählt hat, um mich zu trösten, als er begriffen hatte, wie krank meine Schwester Allie war. Vielleicht. Aber ich glaube es nicht. Ich glaube, dass er einfach Lust hatte, von sich zu erzählen. Das konnte er mir geben. Seine Geschichte. Dass ich ihn sah, wie er war. Dass ich ihn kannte und an der richtigen Stelle in meiner eigenen Geschichte einordnen konnte. Ich mag ihn sehr. Das sage ich ihm regelmäßig.

»Sie erinnern mich an den Griechen Sorbas«, habe ich ihm bei einem der ersten Male gesagt, die wir miteinander gesprochen haben.

Er lachte. »An Anthony Quinn? Ihm ähnele ich nicht.«

Aus dem einen oder anderen Grund verblüffte es mich, dass er den Film gesehen hatte, dass er irgendetwas mit Sorbas verband. Aber warum nicht? Er hatte jahrelang hier gelebt. Er war mit seiner Frau oft ins Kino gegangen, obwohl sie nicht besonders viel mitbekam, da sie kein Englisch verstand und die dänischen Untertitel nicht lesen konnte.

»Nein, ich meinte nicht Anthony Quinn. Sondern den richtigen Sorbas. Den aus dem Buch. Ich habe das Buch gelesen, bevor ich den Film gesehen habe, und Sorbas gleicht ihnen.«

»Eigentlich mag ich die Griechen nicht.«

»Warum nicht?«

»Weil sie unsere Nachbarn sind. Die Leute mögen ihre Nachbarn nie, nicht? Wir mögen die Griechen, die Albaner und die Italiener nicht. Die Dänen können die Deutschen und die Schweden nicht leiden.«

Ich verdrehte die Augen. »Einige meiner besten Freunde sind Schweden!«

Rade lachte. Er spricht Dänisch mit einem furchtbaren Akzent, aber er versteht fast alles. Ihm entgeht kaum etwas, weder Ironie noch Sarkasmus noch Untertreibungen oder versteckte Zitate, das ist schon imponierend. Man kann Witze mit ihm machen. Die in einer fremden Sprache zu verstehen gehört mit zum Schwersten; ich spreche aus Erfahrung.

In der ersten Zeit war Rade der Einzige im Haus, mit dem ich gesprochen habe. Vielleicht ist das nur natürlich, er war der Hausmeister, zu ihm ging man, wenn der Wasserhahn tropfte oder die Sicherungen heraussprangen, aber ich fand es seltsam, dass die anderen Hausbewohner nur nickten, wenn man sich auf der Straße oder der Treppe traf. Zehn Jahre war ich die amerikanische Aufgeschlossenheit gewohnt gewesen, wo man neue Nachbarn willkommen heißt. Aber vielleicht hing das damit zusammen, dass ich zu seltsamen Zeiten kam und ging und nicht richtig am Leben des Hauses teilnahm. Die meiste Zeit verbrachte ich bei Allie in Großmutters Haus, das auch – mehr oder weniger – unser Kindheitsheim war.

Rade sorgte dafür, dass ich ein Türschild bekam und dass auf Briefkasten und Sprechanlage mein Name angebracht wurde.

»Nicht Beatrice, Mädel, nur B«, sagte er.

Ich lachte. »Wozu soll das gut sein? Alle und jeder können sich doch ausrechnen, dass hier eine Frau wohnt, wenn an Stelle des Vornamens nur ein Buchstabe steht.«

»Hier nicht«, sagte Rade und zeigte auf die anderen Schilder. Er hatte Recht. Nicht ein einziger Vorname stand da, nur Anfangsbuchstaben.

»Geschickt, was?«, sagte er zufrieden.

Rade hatte mir Lampen aufgehängt, Nägel in die Wände geschlagen und die *Ikea*-Regale zusammengebaut, die mich an den Rand der Tränen gebracht hatten. Er hatte mir auch geholfen, das riesige Wasserbett zu leeren und zu entsorgen, auf dem die vorige Besitzerin Selbstmord begangen hatte. Ich hatte es nicht behalten wollen, obwohl ich es umsonst bekommen hatte.

Rade trägt unser aller Lasten. Jedenfalls die, die mit dem Besitz einer Eigentumswohnung verbunden sind.

J. Rindom, die in der ersten Etage links wohnt, kam um die Ecke getrippelt und steuerte auf Rade zu. Mir nickte sie im Vorbeigehen gnädig zu.

»Ach, Rade«, gurrte sie. »Mein Wasserhahn tropft.«

»Ja, dann sollten wir wohl besser einmal danach sehen«, sagte Rade.

»Könnten Sie das gleich machen?«, gurrte sie und klimperte mit den Augenwimpern, die schwer und schwarz von Mascara waren. Sie muss um die sechzig sein, aber sie gurrt und blinzelt und flirtet wie eine Siebzehnjährige. Ich glaube nicht, dass Rade ihrem Charme gegenüber vollkommen gleichgültig ist, deshalb nickte ich den beiden zu und überließ sie sich selbst und ihrem Flirt.

Meine Wohnung liegt in der vierten Etage. In den ersten Wochen arbeiteten meine Lungen wie ein Blasebalg, wenn ich endlich oben angekommen war, aber jetzt habe ich mich daran gewöhnt. Ich gehe davon aus, dass das gesund ist. Ich hielt mich eigentlich für ziemlich fit, aber Treppen sind etwas ganz Besonderes. Sie bringen mehr als eine halbe Stunde joggen.

Ich schloss auf und betrat die Wohnung. Ich hatte ein Fenster im Wohnzimmer offen gelassen, aber trotzdem waren es um die dreißig Grad, obwohl es schon nach sechs war. Ich warf meine Tasche auf das Sofa und ging weiter ins Schlafzimmer, wo ich mich auszog.

Ich warf alles auf einen Haufen, nahm die Sachen mit

ins Badezimmer und schmiss sie in den Wäschesack. Ich duschte schnell, zuletzt kalt, und tapste auf nackten Füßen, ohne mich abzutrocknen, ins Schlafzimmer. Ich zog mir ein Höschen und eine ärmellose Bluse an und ging in die Küche. Ich öffnete den Kühlschrank, nahm den Eiswürfelbehälter aus dem Gefrierfach und ließ drei Würfel in ein hohes Glas fallen. Das füllte ich mit Eistee auf und ging auf den winzigen Balkon hinaus, den meine Vorgängerin, die mit dem Wasserbett, hatte anbringen lassen.

Ursprünglich war hier in der Schräge ein ganz gewöhnliches Dachfenster gewesen, das sie durch eine Konstruktion mit Balkon und Glastür hatte ersetzen lassen. Es war der Balkon, der es mir angetan hatte, als ich die Wohnung zum ersten Mal sah. Ich konnte mir genau vorstellen, wie herrlich es sein musste, dort mit einem Drink in der Abendsonne zu sitzen.

Obwohl es mir der Balkon angetan hatte, war es der Preis, der den Ausschlag gab. Die Leute reißen sich nicht um einen Nachlass, weil man sich später nicht über Mängel und Fehler beschweren kann. Dass es sich zudem noch um einen Selbstmord handelte, steigerte das Interesse nicht gerade.

Es gab übrigens noch einen Grund, weshalb der Preis so niedrig war. Meine Vorgängerin hatte ebenfalls einen Nachlass übernommen. Ihr Vorgänger war ermordet worden. Glücklicherweise nicht in der Wohnung, aber trotzdem!

Das wusste ich nicht, als ich sie kaufte. Rade erzählte es mir, während er Lampen aufhing und Nägel einschlug. Wäre ich abergläubisch gewesen, hätte ich das als schlechtes Omen betrachtet, aber ich glaubte nicht an so etwas.

Vielleicht hätte ich es doch tun sollen.

3

Ich hatte den Wecker für den folgenden Morgen auf Viertel vor sieben gestellt, eine halbe Stunde früher als gewöhnlich. Ich zog mich schnell an, trank ein Glas Saft und radelte zum Schwimmbad in der Östre Allee. Seit ich wieder zu Hause war, war ich jeden Morgen geschwommen. Tausend Meter. Heute hatte ich es eilig, ich wollte zu meiner Verabredung mit Henrik nicht zu spät kommen. Normalerweise gehe ich eine Viertelstunde in die Sauna, bevor ich ins Becken springe, aber das ließ ich aus. Ich schwamm die tausend Meter in einer halben Stunde. Das reichte an meine beste Zeit bei weitem nicht heran, aber mir taten von der gestrigen Ruderpartie noch immer die Muskeln weh.

Denn natürlich war es darauf hinausgelaufen, dass ich gerudert war. Die Jungen hatten meine gesamten Einwände beiseite gefegt, aber ich will ihnen nicht die Schuld geben. Ich bin ein großes Mädchen, ich hätte also Nein sagen können. Ganz einfach.

Nach dem Schwimmen wusch ich mir unter der Dusche im Umkleideraum die Haare und brauchte fast zehn Minuten, um sie mit dem Föhn zu trocknen. Sie sind lang und dick und brauchen so lange, aber sie abschneiden zu lassen, bin ich nicht bereit. Ich nahm bei allem die Zeit, um genau zu wissen, wie viele Minuten ich morgens einplanen musste. Ich liebe es, die Dinge unter Kontrolle zu haben. Das ist auch eine meiner Schwächen.

Es war erst Viertel nach acht, als ich wieder in der Stadt war. Ich hatte massenhaft Zeit. Wenn ich richtig zu arbeiten anfing, würde ich direkt vom Schwimmbad zur Arbeit fahren. Dann hätte ich, wenn ich Viertel vor sieben aufstand, sowohl für die Sauna als auch für die Sonnenbank Zeit. Doch heute fuhr ich nach Hause, um mein *citydress* anzuziehen. Ich stellte die Küchenuhr auf zehn vor neun und machte Kaffee und Toast, während ich mir ein taubenblaues Kostüm aus Seidenleinen mit einer passenden dünnen Seidenbluse anzog.

Ich zog die Augen mit Kajalstift nach und legte hellblauen Lidschatten auf, der meine Augen noch blauer aussehen ließ, als sie von Natur aus waren. Ich beendete das Ganze, indem ich die Wimpern mit schwarzem Mascara tuschte und die Lippen korallenrot nachzog.

Als Letztes zog ich ein Paar hochhackige Schuhe an, sah mich prüfend im Spiegel an und nickte zufrieden.

So! Einfach und gepflegt und sehr, sehr damenhaft!

Die Küchenuhr schellte, ich nahm meine Tasche, ging hinaus, schlug die Tür hinter mir zu und rüttelte ein einziges Mal an dem Türgriff, um mich zu versichern, dass sie geschlossen war.

Henriks Firma heißt *NSC, Nordjütisches Sicherheits-Consulting!*

»Das klingt wie der Zusammenstoß zweier Kulturen«, lachte ich – ein bisschen höhnisch –, als ich es hörte.

Henrik zuckte nur mit der Schulter. »Stimmt, aber das ist es im Grunde genommen wohl auch.«

Ich wohne mitten in der Stadt nur ungefähr fünf Gehminuten vom *NSC* entfernt, das direkt am Boulevard liegt, aber ich hatte ein paar Extraminuten einkalkuliert wegen der Treppe und der hochhackigen Schuhe.

Ich schellte genau in dem Moment, in dem die Kirchenuhr neun Uhr schlug.

Henrik öffnete mir selbst die Tür. Er riss die Augen auf, als er mich sah.

»Hei, Bea! Du siehst fantastisch aus! Und pünktlich wie immer.«

»Hei«, sagte ich ein wenig überrascht. Hatte er nicht einmal eine Sekretärin?

Er deutete meine Überraschung richtig. »Meine Sekretärin – sie heißt Bente – kommt erst um zehn nach neun. Das passt besser mit ihrem Bus. Bis dahin bin ich fürs Praktische zuständig. Komm mit in mein Büro. Ich habe gerade Kaffee gekocht, willst du eine Tasse?«

Ich nickte. »Ja, danke.«

Ich hatte bereits zwei Tassen zu Hause getrunken, weshalb ich nicht Ja sagte, weil ich einen Kaffe brauchte, sondern um nicht ungesellig zu sein.

Das *NSC* war in einer großen herrschaftlichen Wohnung in der zweiten Etage untergebracht. Soweit ich sehen konnte, während ich Henrik in sein privates Büro folgte, gab es außer der Rezeption noch ein paar Büros, eine Kantine und diverse Archivräume. Das *NSC* schien ein blühendes Geschäft zu sein.

»Lass mich dich einmal richtig ansehen«, sagte er, als wir in seinem Büro waren. Einem großen, schönen Eckzimmer mit Stuckdecke, Rahmentür und stilvollen, aber nicht protzigen Möbeln, die Glaubwürdigkeit und Solidität förmlich ausstrahlten. Das war sicher auch beabsichtigt. Ich stand mitten im Zimmer und kam mir wie eine Idiotin vor, während Henrik mich ansah.

»Unglaublich!«, rief er endlich. »Was für ein Glück, dass ich gestern nicht mit dir gewettet habe. Heute hätte ich nicht einmal gewagt, dich zu einem Bier einzuladen.«

»Zu was dann?«

Er lachte. *»Breakfast at Tiffany's!«*

»Dann warte erst mal, bis ich mir die Haare hochgesteckt habe. Champagner im Ritz muss es mindestens sein.«

»Zweifellos! Aber hier und jetzt musst du dich mit Kaffee begnügen. Bitte, setz dich.« In einer Ecke des Raums stand ein Konferenztisch mit acht Stühlen und Henrik zog einen für mich vor. »Wie trinkst du deinen Kaffee?«

»Schwarz, danke.«

Er reichte mir eine Tasse und nahm mir gegenüber Platz.

»Die anderen kommen erst um halb zehn, ich werde also die halbe Stunde nutzen, um dich auf den neuesten Stand zu bringen.«

»Die anderen?«

»Ja, es gibt noch drei andere«. Er lächelte. »Hast du geglaubt, du wärst alleine? Für eine Person ist die Aufgabe zu umfangreich. Obwohl ihr zu dritt seid, werdet ihr reichlich zu tun haben.«

»Sollen die anderen deine Ausführungen nicht auch hören?«

Er schüttelte den Kopf. »Das sind Veteranen, sie kennen das Geschäft. Zwei sind fest angestellt, die dritte arbeitet seit vielen Jahren freiberuflich für uns.«

»Drei Mädchen?«

»Ja. Oder Frauen. Du bist die Jüngste.«

»Warum?«

»Warum Frauen? Sie sind für diesen Job am besten geeignet. Noch sind es in der Regel die Frauen, die einkaufen, ein Mann würde da sehr schnell auffallen. Besonders weil es sich bei den Abteilungen, auf die wir uns vor allem konzentrieren wollen, um die Damenabteilung, die Pelzabteilung, die Parfümerie und die Fleischabteilung handelt.«

Zählen, zählen. Vier Finger! Er bemerkte meinen Blick und lächelte entschuldigend.

Die nächsten zwanzig Minuten nutzte er, um mir mit bewunderungswürdiger Klarheit und Präzision zu erklären, was ich zu tun hatte und worauf ich achten sollte. Zwischendurch hielt er hin und wieder inne und sah mich fragend an.

»Kannst du mir folgen?«

Ich nickte jedes Mal. »Ja, kann ich.«

»Das war es dann wohl«, sagte er schließlich und sah

auf seine Uhr. »Die anderen müssen jeden Augenblick hier sein. Hast du noch Fragen.«

Ich schüttelte den Kopf. »Im Moment nicht, aber ich habe bestimmt die Hälfte wieder vergessen, wenn ich erst bei *K & L* bin.«

»Unsinn. In Wirklichkeit ist alles furchtbar einfach, aber du siehst, dass ich für so einen Job nicht einfach irgendjemanden von der Straße einstellen kann. Ich muss mich hundert Prozent auf meine Mitarbeiter verlassen können. Und gleich noch eins: Sag niemandem, was du machst. Wenn jemand fragt, sagst du einfach, dass du in einer Beraterfirma angestellt bist.«

Ich zuckte mit den Schultern. »Wer sollte mich schon fragen? Praktisch gesehen kenne ich niemanden.«

»René zum Beispiel.«

»Du meinst, dass niemand, überhaupt niemand, wissen darf, was ich mache? Was ihr macht?«

»Am liebsten nicht. Wir brauchen keine Reklame.«

»Wie um alles in der Welt kommt ihr dann an eure Kunden?«

Er lachte. »Wir stehen im Branchenverzeichnis unter Detektivbüros und mach nicht so ein Gesicht! Zum einen sagt das nichts darüber aus, was wir wirklich machen. Die Anzeige ist äußerst diskret, da steht nur *Nachforschungen – Überwachung.* Und zum anderen sehen die Leute nur in diese Spalte, wenn sie uns brauchen.«

Ich sah ihn skeptisch an. »Ja, aber …«

Er unterbrach mich. »Und du hast Recht. Natürlich machen wir auch Reklame. Aber nur durch Direktmailings an größere Betriebe.«

»Ach so.«

Aus dem Vorzimmer waren Stimmen und Lachen zu hören und einen Moment später schellte eins der Telefone auf Henriks Schreibtisch. Das war bestimmt seine Sekretärin. Er nahm den Hörer ab und lauschte einen Moment.

»Gut«, sagte er dann. »Send in the clowns!« Er lauschte wieder. »Nein, das tue ich nicht«, lachte er.

»Was hat sie gesagt?«, fragte ich.

»Dass ich mich das nicht zu sagen traue, wenn sie es hören können.«

Das freute mich.

Es klopfte leicht an der Tür und meine drei zukünftigen Kolleginnen kamen herein. Ich sah sie verblüfft an. Ich hatte mir drei Frauen meines Alters vorgestellt, vielleicht etwas älter, mir jedenfalls ähnlich, eine Art Tick, Trick und Track, aber diese drei konnten nicht unterschiedlicher sein. Von mir und von einander. Die Älteste war eine große, ältere Dame mit dezent blaustichigem Haar. Um die sechzig, schätzte ich, und sehr distinguiert. Die Jüngste war eine Frau mittleren Alters, weder blond noch braun, die aussah, als hätte sie das Haus heute Morgen ein bisschen zu schnell verlassen. Die dritte entsprach so genau der Personenbeschreibung einer Ladendetektivin, die ich Henrik am Vortag geliefert hatte, dass ich beinahe lachen musste. Ich warf ihm einen schnellen Blick zu, aber sein Gesicht verriet nichts.

»Ich möchte euch eure neue Kollegin vorstellen, Beatrice … äh …« Er sah mich leicht verlegen an. »Wie heißt du eigentlich?«

Was für eine Vorstellung! Jedenfalls heiße ich nicht Beatrice Äh.

»Jantz«, sagte ich. Ich hatte meinen Mädchennamen wieder angenommen, als ich geschieden wurde. »Beatrice Jantz. Aber sagt einfach Bea.«

»Und wir sind also die Clowns«, sagte die hübsche, ältere Dame und gab mir die Hand. »Aber unser Gehör ist in Ordnung. Ich heiße Ruth.«

Ihre klugen, braunen Augen sahen mich forschend an. »Siehst du immer so aus?«

Ich lächelte. »Nicht wenn ich morgens aufstehe.«

»Das tut sie nicht«, sagte Henrik. »Ich habe sie gestern gesehen, und wüsste ich es nicht besser, würde ich nicht glauben, dass das dasselbe Mädchen ist.«

»Ausgezeichnet«, sagte Ruth. »Ganz ausgezeichnet. Du kannst das da hin und wieder brauchen, aber nicht zu oft.«

Die beiden anderen gaben mir auch die Hand. Sie hießen Inge und Karin. Inge war die ›Ladendetektivin‹.

»Passt auf«, sagte Henrik, als er uns um den Tisch herum platziert hatte. »Ich habe einen vorläufigen Plan erstellt, wann wer wo sein soll, damit wir euch zum einer an möglichst vielen verschiedenen Stellen einsetzen und zum anderen den größten Teil der Öffnungszeit abgedeckt haben. Wenn ihr Einwände habt, könnt ihr sie jetzt vorbringen. Übrigens treffen wir uns hier jeden Morgen um neun, um eure Beobachtungen zu vergleichen und zu sehen, ob wir uns auf jemanden besonders konzentrieren müssen. Das heißt auch, dass es zwischenzeitlich zu Änderungen kommen kann. Irgendwelche Kommentare?«

Die hatten alle drei, weshalb die Besprechung eine halbe Stunde dauerte. Sie waren alte Hasen, sodass ich nur schweigend zuhörte.

»Bea?«, sagte Henrik auffordernd. »Hast du noch Fragen?«

»Ja, was ist mit den ganz normalen Ladendieben?«

»Die sind nicht eure Aufgabe. Wenn ihr so etwas seht, merkt es euch zum späteren Gebrauch. Wer, was und wie. Dann reden wir bei unserer Morgenbesprechung darüber und nehmen es in unsere Kartei auf. Aber mischt euch nicht ein, auf keinen Fall. Das ist für unser eigentliches Vorhaben zu riskant.«

»Hast du Bea von Frau Back-Hansen erzählt?«, fragte Inge.

Henrik schüttelte den Kopf. »Nee, die hatte ich in der Tat vergessen. Gut, dass du mich daran erinnerst.«

»Ja, denn es wird sich kaum vermeiden lassen, dass Bea sie in Aktion sieht«, sagte Karin.

»Wer ist das?«, fragte ich. »Die Ladendetektivin?«

Alle vier brachen in Gelächter aus.

»Nicht ganz, nicht ganz!«, lächelte Ruth.

»Eher das Gegenteil«, fügte Inge hinzu.

Ich war nichts als ein lebendiges Fragezeichen.

»Frau Back-Hansen, sie heißt Marion, ist mit I. C. Back-Hansen verheiratet«, erklärte Henrik.

»Das sagt mir nichts«, räumte ich ein. »Wer ist das?«

»Entschuldige, ich habe vergessen, dass du lange im Ausland gelebt hast und nicht ganz up to date bist«, fuhr er fort. »In der letzten Zeit ist übrigens einiges über ihn in der Presse erschienen. Aber I. C. ist eine der Säulen der Stadt. Noch. Er ist Ende sechzig – soweit ich mich erinnere, wird er nächstes Jahr siebzig – und, wie gesagt, Marion ist mit ihm verheiratet.«

»Und was ist mit dieser Marion?«

»Sie ist Kleptomanin! Es wird nicht offen darüber geredet, aber im Grunde wissen es alle. I. C. ist Mitglied des Vorstands von *K & L* und hat eine Regelung durchgesetzt, dass niemand sich in ihr Tun und Lassen einmischt. Das Personal hält ein Auge auf sie, hat jedoch den strikten Befehl, nicht einzugreifen, falls oder wenn sie sehen, dass sie etwas klaut. Sie sollen einfach I. C.s Konto damit belasten, dann wird es bezahlt. Und offenbar hat er Marion so gut im Griff, dass sie ihre Diebstähle auf *K & L* beschränkt.«

»Heißt das, dass sie lediglich eine Rechnung an ihren Mann schicken und er bezahlt?«

»Ja«, nickte Henrik.

Ich schüttelte ungläubig den Kopf. »Das erfordert wirklich Vertrauen!«

»Sie vertrauen ihm natürlich voll und ganz.«

Das war eigentlich nicht gerade das, woran ich gedacht

hatte. Mein Blick begegnete Ruths und sie sandte mir ein kleines mitwisserisches Lächeln. Sie jedenfalls hatte verstanden, was ich gemeint hatte.

»Wie sieht sie aus?«, fragte ich.

»Sie ist Anfang dreißig«, begann Henrik.

»Erst Anfang dreißig?«, rief ich. »Hast du nicht gesagt, dass ihr Mann fast siebzig ist?«

»Doch. Der Altersunterschied ist ziemlich groß.«

»Ja, und ob!«, sagte ich verwundert.

»Und sie sieht gut aus. Groß, blond, sehr elegant. Ich glaube, wir haben irgendwo ein Foto von ihr, das du dir ansehen kannst.«

Ich warf ihm einen nachdenklichen Blick zu. Mir ging langsam auf, dass *NSC* mehr mit *K & L* zu tun hatte, als ich zuerst angenommen hatte.

Warum sollten sie sonst ein Bild von Marion Back-Hansen haben und warum sollten wir uns mögliche Ladendiebe notieren, um gegebenenfalls später darauf zurückgreifen zu können?

»Wie viele Angestellte hast du eigentlich?«, fragte ich ein wenig später, als ich mit Henrik allein war.

»Noch immer genauso neugierig, was?«, sagte er zufrieden. »Damit habe ich auch gerechnet.«

Aber ich bekam keine Antwort auf meine Frage.

Wir verließen das Büro nacheinander mit einem zeitlichen Abstand von einigen Minuten.

»Wir können es kaum vermeiden, uns bei *K & L* zu begegnen«, sagte Ruth, als sie ging. »Vergiss nicht, dass wir uns nicht kennen.« Sie sah auf meine Schuhe. »Und kauf dir Badesalz für die Füße. Du ahnst nicht, wie anstrengend das ist und wie weh dir die Füße tun werden.«

Ich lächelte und dachte nachsichtig, dass zwischen sechzig und dreißig trotz allem ein Unterschied war, aber das Lächeln war steif geworden, als ich sieben Stunden später mit einem Paket Fußbadesalz unter den vielen anderen Einkäufen und pochenden Kopfschmerzen nach Hause hinkte.

Ich dankte meinem Gott und Schöpfer, dass ich heute Abend nicht rudern musste. Ich wollte nur noch nach Hause und – die Füße in einem Eimer Wasser, ein Glas Rotwein vor mir und Chopins *Nocturnes* im CD-Player – auf meinem Balkon sitzen.

Wenn das so weiterging, würde ich schreiend davonlaufen, bevor die Woche um war.

»Du warst müde gestern«, sagte Ruth, als wir uns am nächsten Tag im Büro trafen. »Ich habe dich gesehen, als du gegangen bist.«

»Ich war gestern müde und ich bin heute müde«, sagte ich kurz angebunden.

Karin lächelte. »So ist es mir auch gegangen, als ich angefangen habe.«

»Mir auch«, nickte Inge.

»In Wirklichkeit habe ich große Kaufhäuser immer gehasst«, sagte ich. »Ich weiß, dass viele Leute sie lieben, aber ich gehöre nicht dazu. Mir sind da zu viele Menschen, zu viele Waren, zu viel Berieselungsmusik, zu viel Lärm ...«

»Kurz gesagt, alles ist einfach zu viel!«, lachte Ruth. »Aber es hilft, wenn du dir die *tricks of the trade* aneignest.«

»So lange halte ich das nicht durch«, sagte ich missmutig.

»Aber sicher doch«, sagte Karin. »Das lernst du schnell.«

»Okay«, sagte ich herausfordernd. »Bringt sie mir bei!«

Es war Ruth, die die Herausforderung annahm.

»Dein Problem ist, dass du deine Rolle nicht definiert hast, Bea«, sagte sie. »Wenn du da durch die Tür gehst, gehst du nicht in ein großes Kaufhaus.«

»Doch, weiß Gott, dass ich das tue!«, protestierte ich. »Mit Sicherheit.«

»Und da irrst du dich! Du bist nicht in einem großen Kaufhaus.«

»Verdammt. Wo bin ich dann?«

Ruth lächelte. »An deinem Arbeitsplatz. Darauf musst du dich konzentrieren. Du kommst dir wie eine Kundin vor, wenn du durch die Tür gehst, und dann wird alles *einfach zu viel.* Niemand kann acht bis zehn Stunden Kundin sein. Aber du bist *keine* Kundin. Dir sind die Waren egal, die Preise, die Reklame, die anderen Kunden und der Lärm, all das ist dir völlig egal. Du machst keinen Einkaufsbummel. Du musst dich lediglich auf die Abteilungen und die Personalgruppen konzentrieren, die auf deinem Tagesplan stehen. Die Sachen kaufen, die wir besprochen haben, und aufpassen, wie die Käufe ablaufen.«

Die beiden anderen nickten zustimmend.

»Es ist genau wie beim Autofahren«, fuhr Ruth fort. »Wenn du von Punkt A nach Punkt B willst, konzentrierst du dich darauf. Du machst dir keine Gedanken, was an anderen Orten in der Stadt passiert, du beachtest die Schaufenster nicht, die Leute auf der Straße oder den Verkehrslärm. Du machst keine Spazierfahrt, du bist auf dem Weg von A nach B. Sonst würde dir das auch *zu viel.*« Sie sah mich an. »Kannst du mir folgen? Verstehst du, was ich meine?«

Ich nickte. »Aber ich glaube, das ist leichter gesagt als getan.«

»Wenn wir das können, kannst du das auch«, sagte Karin aufmunternd.

»Du brauchst nur hinter den *knack of it* zu kommen«, fügte Ruth hinzu.

Ich warf ihr einen schnellen Blick zu und hatte eine persönliche Frage auf der Zunge, aber in dem Moment kam Henrik herein und erst nach dem morgendlichen Treffen, als Ruth und ich als Letzte noch übrig waren, bekam ich die Gelegenheit, sie zu stellen.

»Darf ich dich etwas Persönliches fragen oder ist das gegen die Regeln?«

Sie lachte. »Nein, frag nur.«

»Du gebrauchst manchmal englische Ausdrücke. Ich weiß, dass das ziemlich üblich geworden ist, aber du gebrauchst sie anders. Du klingst fast amerikanisch.«

Ruth lachte. »Das ist nicht so verwunderlich. Ich *bin* Amerikanerin.«

Ich sah sie erstaunt an. »Amerikanerin? Aber du sprichst doch ...«

Sie unterbrach mich. »Ja, ich bin in den USA geboren, aber meine Eltern waren beide Dänen und in meiner Kindheit haben wir zu Hause Dänisch gesprochen. Ich habe in den USA gelebt, bis ich über vierzig war. Habe da gearbeitet, war verheiratet, wurde geschieden und habe wieder gearbeitet.«

»Warum bist du dann nach Dänemark gekommen?«

»Meine Eltern sind zurückgegangen, als sie pensioniert wurden. Sie hatten immer davon geträumt, nach Hause zurückzukehren, außerdem reichte ihr Geld hier bedeutend länger. Aber dann ist meine Mutter gestorben und mein Vater wurde krank und kam nur schlecht alleine zurecht, deshalb bin ich nach Hause gekommen. Er ist ein paar Monate später gestorben, ich glaube, er konnte nicht ohne meine Mutter leben.«

In gewisser Weise glich ihre Geschichte meiner.

»Aber warum bist du geblieben? Du hättest zurückgehen können.«

»Die Hormone, weißt du. Ich habe hier meinen zweiten Mann kennen gelernt. Wir haben uns zusammengetan und diese Firma hier gegründet.«

»Ihr habt die gegründet?«

Sie lachte. »Ja, aber damals war das etwas ganz anderes. *Jütisches Detektivbüro* nannten wir uns. Meist ging es um untreue Ehepartner und so etwas. Wir waren nur zu zweit, mein Mann und ich. Er war ein großartiger Mann, aber er hatte keine großen Visionen. Das änderte sich gerade etwas, als er plötzlich starb, und deshalb habe ich mich entschlossen, an Henrik zu verkaufen, der gerade in die Firma gekommen war und sie gerne übernehmen wollte. Und ich habe es nicht bereut. Ich habe noch immer einen Anteil, der mir ein wirklich schönes Einkommen sichert, und ich arbeite als freie Mitarbeiterin, wenn ich Lust dazu habe und wenn mich die Aufgabe interessiert.«

»Wie jetzt?«

»Ja, wie jetzt, und jetzt sollte ich machen, dass ich aus der Tür komme.«

»Ja«, nickte ich. »Was hast du übrigens in den USA gemacht?«

Sie lachte. »Ja, was glaubst du? Ich war natürlich Privatdetektivin, *private investigator.* Ich hatte meine Lehrjahre in einem großen Büro, und als ich geschieden wurde, habe ich selbst eins aufgemacht. Hat es einen erst mal gepackt, dann ... Wart's nur ab.«

So davon gepackt zu werden, glaubte ich nun nicht, aber ich war etwas vertrauensvoller, als ich an diesem Vormittag *K & L* betrat. Kein großes Kaufhaus, sondern meinen Arbeitsplatz.

Die Tage vergingen still und ruhig, und langsam erkannte ich wirklich *the knack of it.* Wir hatten immer noch nichts Definitives gegen irgendjemanden in der Hand, weil wir prüften und nochmals prüften. Keine ordentliche Firma möchte jemanden auf bloßes Misstrauen hin feuern.

Ich war abends nicht mehr so müde, glücklicherweise, weil die Knaben, wie ich sie nannte, mich überredet hatten, die restliche Saison regelmäßig mit ihnen zu rudern.

Das erste Mal war übrigens kein Erfolg gewesen, weshalb ich eigentlich nicht erwartet hatte, dass sie mich fragen würden.

Wir hatten eins der alten Boote genommen, weil wir nur zum Vergnügen ruderten. Außerdem mussten wir es selbst zum Bollwerk schleppen und ins Wasser lassen und es fühlte sich an, als würde es Tonnen wiegen. Ich wünschte, es wäre ein Leichtgewichtvierer oder -achter gewesen.

»Sie haben gesagt, dass wir bald eine Aufschlepphelling bekommen«, sagte Martin tröstend, als ich unter der Last stöhnte.

»Das haben sie auch schon vor zehn Jahren gesagt«, zischte ich. Weder meine Treppen noch meine täglichen Schwimmübungen hatten mich darauf vorbereitet, mehrere Tonnen zu schleppen.

»Haben Sie vor zehn Jahren hier gerudert?«, fragte Anders interessiert.

»Ja, oder genauer gesagt vor elf. Bis ich ins Ausland gegangen bin.«

Ich kletterte vorsichtig hinunter und setzte mich auf meinen Platz im Boot. Joachim reichte mir mein Ruder.

»Sie müssen ein bisschen mit dem Sitz aufpassen«, sagte er warnend. »Der ist ein bisschen ... äh ...«

»Vergammelt!«, schlug Anders vor.

»Nein«, Joachim hatte endlich das richtige Wort gefunden. »Unberechenbar.«

»Okay«, sagte ich, ohne mir näher Gedanken darüber zu machen, was er damit meinte, was natürlich eine weitere Dummheit war.

Sowohl er wie auch Anders wirkten noch immer skeptisch und die erste Viertelstunde Rudern verringerte ihre Skepsis mit Sicherheit nicht. Vielleicht verlernt man das Rudern nicht, aber bestimmt hatte ich den *knack of it* verloren. Ich fand den Rhythmus nicht und machte einen Fehler nach dem anderen. Als ich endlich das Gefühl hatte, ihn gefunden zu haben, und kräftig nach hinten rutschte, um mich richtig ins Zeug zu legen, glitt der Sitz aus der Schiene, sodass ich rückwärts auf den Boden des Bootes fiel, die Ruder in der Luft. Fast konnte ich fühlen, wie das Boot durch das unterdrückte Lachen der Knaben erschüttert wurde, bis sie es aufgaben, sich zu beherrschen, und einstimmig in Gelächter ausbrachen.

»Wie finden Sie denn, dass es geht?«, lachte Anders.

»Ihr habt das gewusst!«, rief ich vorwurfsvoll, als ich wieder auf die Beine gekommen war und den Sitz wieder an seinem Platz befestigt hatte. An der einen Seite fehlte der Stopper und war durch ein Stück Heftpflaster ersetzt worden. »Ihr habt gewusst, dass der Mist nicht halten kann, wenn man sich ordentlich ins Zeug legt.«

»Ich habe doch gesagt, dass der Sitz unberechenbar ist«, wandte Joachim ein und versuchte vergeblich, aufzuhören zu lachen.

»Du hast nicht gesagt, dass er lebensgefährlich ist!«

Glücklicherweise hatte ich das Ruder nicht verloren, das wäre die ultimative Niederlage gewesen, und sie warteten geduldig, während ich es in die Dolle schob.

»Alles klar?«, fragte Joachim.

»Ja«, sagte ich. »Aber sei so nett und gib den Takt an, Joachim. Ich bin das nicht gewohnt, verdammt nochmal! Und ich bin *euch* nicht gewohnt.«

Joachim rief gehorsam: »Uuuu-nd rudern! Uuuu-nd rudern! Uuuund rudern!«, sodass die restliche Tour einigermaßen glatt verlief. Ich begann das Rudern wirklich zu genießen und war lächerlich stolz, als sie mich nach einer kurzen Beratung fragten, ob ich regelmäßig mit ihnen rudern würde. Zweimal die Woche.

Ich hatte mich so geehrt gefühlt, dass ich Ja sagte.

Ich schwamm, ging zu meinen morgendlichen Besprechungen und zur Arbeit und abends, wenn das Wetter es zuließ, saß ich auf meinem Balkon und ein paarmal die Woche war ich Babysitter bei meinen drei kleinen Nichten, damit René seinen Kurs besuchen konnte. Ich hatte einen Alltag und begann zum ersten Mal in den Monaten, die ich hier war, mich zu Hause zu fühlen.

Ab und zu lud Henrik mich abends ein. Gewöhnlich machten wir eine Spazierfahrt und aßen irgendwo in der Umgebung ein spätes Abendessen. Als er mich das erste Mal einlud, fragte ich, was Maria dazu meinte. Er sah mich an, als hätte er keine Ahnung, wovon ich sprach.

»Maria? Ach, Maria. Wir sind längst geschieden. Wusstest du das nicht?«

»Woher sollte ich das wissen?«

Er zuckte mit den Schultern. »Ich dachte, Allie hätte es dir erzählt. Wir haben uns einmal getroffen und ein paar Worte miteinander gewechselt, sodass ich davon ausgegangen bin, dass sie es wusste.«

»Ich glaube nicht. Jedenfalls hat sie es nicht erwähnt.«

»Wir hätten nie heiraten sollen, Maria und ich. Eigentlich lief es von Anfang an miserabel, aber wir haben wohl geglaubt, dass alle Probleme sich wie Nebel in der Sonne auflösen und wir glücklich bis ans Ende unserer Tage leben würden, wenn wir nur heirateten. Jedenfalls glaubte Maria das.«

»Und wie lange habt ihr glücklich gelebt?«

Er lachte. »Einen Tag! Aber wir haben es zehn Monate miteinander ausgehalten. Dann bin ich ausgezogen und wir haben uns scheiden lassen.« Er sah mich an. »Das war 93. Natürlich hat es seitdem ein paar Frauen gegeben, aber nichts Ernsthaftes.«

Ich nickte nur.

Eigentlich konnte es mir ja egal sein, ob Henrik mit jemandem zusammen war oder nicht.

4

Ich traf Marion am 1. August und nach dieser Begegnung war nichts mehr so, wie es einmal war. Ich wurde jedenfalls nie mehr ganz die Gleiche.

Das klingt sehr dramatisch, aber natürlich passierte nicht sofort etwas, nicht von jetzt auf gleich. Erst im klaren Licht des Rückblicks sehe ich, wie schicksalsschwanger meine Begegnung mit ihr war.

In Wirklichkeit begann alles ganz banal.

Es war ein Tag wie jeder andere. Ich war wie gewöhnlich morgens im Schwimmbad gewesen und hatte mich anschließend zu Hause umgezogen. Ich hatte das dänische Sommerwetter, das, milde ausgedrückt, den ganzen Juli über unbeständig gewesen war, außer Acht gelassen, als ich geplant hatte, direkt mit dem Fahrrad vom Schwimmbad ins Büro zu fahren. Okay, es hatte ein paar richtige Sommertage gegeben, an denen ich abends ohne Jacke auf dem Balkon sitzen konnte, aber in der letzten Woche hatte es geregnet und gewittert und der August schien ebenso miserabel zu beginnen wie der Juli geendet hatte. Wenn ich also nicht einen ganzen Tag in Regensachen durch *K & L* stapfen wollte, musste ich nach Hause fahren und mich umziehen, bevor ich zur Arbeit fuhr.

Ich war seit knapp drei Wochen bei *NSC* und fühlte mich langsam wie ein alter Hase.

»Ich glaube, ich kann einen Teil des Verlustes in der Schlachterabteilung erklären«, sagte ich an diesem Morgen. »Ein paar der Angestellten haben gestern darüber geredet.«

»Während du zugehört hast?«, fragte Karin ungläubig.

Ich lächelte. »Ja, sie haben mich für eine Ausländerin gehalten. Ich habe Englisch gesprochen, als ich eingekauft habe.«

»Cleveres Mädchen!«, sagte Ruth anerkennend.

»Und was hast du herausgefunden?«, fragte Henrik.

»Nun ja, sie haben eine sehr *kundenfreundliche* Regelung, die besagt, dass man sein Geld zurückbekommt, wenn man mit dem gekauften Fleisch nicht zufrieden ist. Das ist gut und schön, aber gestern kam einer der Typen, ihr wisst schon, einer von denen, die immer mit einem Bier und den großen Kötern auf den Bänken herumhängen, und verlangte 280 Kronen zurück für ein vakuumverpacktes Stück Rindfleisch, von dem er behauptete, es am Vormittag gekauft zu haben.«

»Hatte er eine Quittung?«

»Nein, aber er hatte die Verpackung mit Preis und allem. Als die Verkäuferin ihn fragte, warum er das Fleisch nicht mitgebracht habe, sagte er, er habe es seinem Hund gegeben.«

Henrik lachte. »Das hatte er womöglich auch.«

»Sicher. Aber das Problem war, dass sie sich ganz sicher war, dass er es nicht bezahlt hatte, weil sie in dem von ihm erwähnten Zeitraum nur eine dieser Rinderlenden verkauft hatte – und nicht an ihn.«

»Hat er das Geld bekommen?«

»Ja, eigentlich wollte sie es ihm nicht geben. Deshalb ist sie zum Schlachtermeister gegangen und der hat gesagt, dass sie bezahlen müssen. Sie war stocksauer, weil ziemlich offensichtlich war, dass sie besser hätten aufpassen müssen.«

»Sie können eben nicht im Schneideraum stehen und gleichzeitig die Kunden im Auge behalten«, wandte Ruth ein.

»Genau das hat sie gesagt. Aber worauf ich hinauswill, ist, dass ich der Meinung bin, dass diese Regelung albern ist. Vielleicht eine gute Reklame, aber sie kann leicht missbraucht werden.«

Henrik nickte. »Ich kenne die Regelung und wir haben

K & L ernsthaft empfohlen, sie abzuschaffen, aber sie erklärt die großen Verluste auch nicht. Außerdem werden regelmäßig Stichproben gemacht, wenn das Personal den Arbeitsplatz verlässt, aber bis jetzt ohne Resultat.«

»Ich wollte es nur erwähnt haben.«

Tatsächlich war da noch mehr. Die beiden jungen Leute in der Schlachterabteilung waren ziemlich offenherzig gewesen, als sie herausgefunden hatten – oder glaubten herausgefunden zu haben –, dass ich Ausländerin war, doch das hatte ich beschlossen, vorläufig für mich zu behalten. Ich wollte erst untersuchen, ob wirklich etwas daran war.

Deshalb hatte ich am Vorabend René angerufen, um zu hören, ob ich Sonntagabend sein Auto leihen konnte. Ich sagte ihm nicht wozu und er fragte nicht, sodass ich keine langen, erfundenen Erklärungen vorbringen musste. Ich wollte es vermeiden zu lügen, weil ich nicht besonders gut darin bin.

»Aber du musst es selbst holen«, sagte er. »Und ich brauche es spätestens Montagmorgen um halb sieben zurück.«

Das passte mir gut, aber ich sah keinen Grund, an diesem Morgen irgendjemanden in all das einzuweihen.

»Gut. Sonst noch etwas?«, fragte Henrik.

Ruth nickte. »Ja, die Parfümabteilung. Bea hat schon von der blonden .... wie heißt sie doch gleich, gesprochen?« Sie sah in ihre Papiere.

»Tina«, warf ich ein.

»Ja, Tina. Ich habe sie gestern beobachtet und es sieht ganz so aus, als hätte Bea Recht.«

»Was ist mit der Damenunterwäsche?«

»Wir glauben, da etwas auf der Spur zu sein. Ziemlich clever gemacht, aber die Verkäuferin macht das nicht allein. Das wird von außen organisiert.«

»Ja, damit haben wir auch gerechnet.«

Es war kalt und neblig, als ich zum Schwimmbad fuhr, deshalb hatte ich angenommen, dass es regnen würde, doch als ich gegen halb zehn zu *K & L* spazierte, hatte sich der Nebel gelichtet, hier und da brach die Sonne durch die Wolken und die Temperatur war bereits um einige Grade gestiegen.

Selbst so früh am Vormittag waren schon Massen von Menschen auf der Straße. Die Touristensaison war noch nicht vorbei und der Ausverkauf in vollem Gang; er lockte die Leute vom Umland in die Stadt. Das machte unsere Arbeit nicht gerade leichter, aber allmählich hatte ich gelernt, die Menschenmenge zu ignorieren.

Mit dem Mittagessen wartete ich bis halb zwei. Ich ging davon aus, dass es zu dieser Zeit möglich sein müsste, einen Platz in der Cafeteria zu bekommen.

Außerdem hatte ich darauf geachtet, keine feste Routine einzuführen. Darin bin ich sonst schlimm. In gewisser Weise bin ich ein Kontrollfreak und es geht mir am besten, wenn alles seine Ordnung hat. In der Regel ist mein Tag fast stundenplanmäßig ausgearbeitet, doch in diesem Job brachte das nichts, sodass ich meine Mittagspause irgendwann zwischen zwölf und halb zwei legte. An einigen Tagen ging ich nach Hause und zog mich um und aß ein Brot, an anderen, wenn das Wetter dementsprechend war, setzte ich mich mit einem Stück Pizza oder einem Sandwich auf eine Bank und hin und wieder blieb ich bei *K & L* und aß in der Cafeteria.

Wie ich erwartet hatte, war massenhaft Platz. Ich setzte mich an einen der freien Tische, von dem aus ich Aussicht auf eine Gruppe türkischer Männer hatte, die eimerweise Kaffee in sich hineinschütteten, Zigaretten rauchten und ununterbrochen in einer Sprache redeten, von der ich kein Wort verstand. Trotzdem hatte ich keinen Zweifel, dass es Türken und keine Iraner oder Pakistani waren. Ich weiß eigentlich nicht warum. Vielleicht war es die Art, wie sie zusammen waren. Als säßen sie im Geist noch immer in einem Café in ihrem türkischen Dorf und brachten die Welt in Ordnung, während die Frauen sich mit den näher liegenden Dingen beschäftigten.

Plötzlich wurde es still an dem türkischen Tisch. Unwillkürlich blickte ich hinüber und sah, dass irgendetwas die Aufmerksamkeit der Männer gefangen hatte. Einer sagte halblaut etwas zu einem anderen und einige drehten sich halb um, um besser sehen zu können.

Es gibt nur zwei Dinge auf der Welt, die eine Gruppe Männer zu einer solchen Reaktion veranlassen können: ein schickes Auto oder eine schöne Frau und um ein Auto durfte es sich hier wohl kaum handeln.

Ich drehte diskret den Kopf, um ihren Blicken zu folgen, und im nächsten Moment führte ich schockiert die Hand zum Mund und gab einen Keuchlaut von mir. Ich sagte den Namen nicht laut – das glaube ich nicht –, aber er lag mir auf der Zunge: *Allie!*

Eine endlose Sekunde lang glaubte ich wirklich – gegen jegliche Vernunft –, Allie zu sehen. Das war Allies Figur, Allies Gang, Allies ... nein, das war nicht Allies goldenes Haar. Als die Frau aus dem Gegenlicht trat und zur Verkaufstheke ging, sah ich, dass sie blond war, genauso blond wie ich. Es war nicht – natürlich nicht – Allie. Es war Marion. Ich hatte sie in den vergangenen Wochen mehrere Male gesehen, aber mir war bisher nie aufgefallen, wie sehr sie Allie von der Statur her glich.

Die Täuschung war so vollkommen gewesen, dass ich völlig erschüttert war. Ich stemmte beide Ellenbogen auf den Tisch und presste die Hände gegen die Schläfen, sodass mein Gesicht verdeckt war, während ich eine Träne wegblinzelte und versuchte mich zu fangen. Die Wunde war noch so frisch, dass nichts dazu gehörte, sie wieder aufspringen zu lassen.

»Darf ich mich zu Ihnen setzen?«

Ich zuckte zusammen! Ich war so von mir und meinem Sammelsurium von Gedanken und Gefühlen in Anspruch genommen, dass ich nicht gehört hatte, dass sich jemand näherte. Ich sah auf und da stand Marion und balancierte ihr Tablett vor sich her. Später wunderte ich mich, dass sie in der Cafeteria aß.

»Ja, ja natürlich«, antwortete ich leicht verwirrt, während ich mich unwillkürlich umsah. Es gab noch immer massenhaft freie Tische.

»Habe ich Sie erschreckt?«, fragte sie, indem sie ihr Tablett auf den Tisch stellte.

Ich schüttelte den Kopf, während ich einen Blick auf ihr Tablett warf. Ein Thunfischsalat, ein Brötchen, ein Mineralwasser und eine Tasse Kaffee. Eine Kopie meines eigenen.

»Ich heiße Marion«, sagte sie. »Sie müssen entschuldigen, dass ich mich so aufdränge, aber es ist so langweilig, alleine zu essen, finden Sie nicht?«

Der Meinung war ich nicht.

»Ich heiße Bea.«

»Ich habe Sie ein paarmal gesehen«, fuhr sie fort. »Deshalb bin ich neugierig geworden.«

Sie lächelte entwaffnend und ich lächelte zurück, während ich sie heimlich beobachtete.

Sie hatte überhaupt keine Ähnlichkeit mit Allie und sie war nicht Anfang dreißig. Um ihre Augen waren kleine Lachfältchen, in ein paar Jahren würden sie ständig dort sein. Sie war im gleichen Alter wie Allie, vielleicht ein wenig älter.

»Neugierig, warum?«, fragte ich.

»Nun ja, ich komme oft hierher und ich glaube nicht, Sie früher schon einmal hier gesehen zu haben, das wäre mir aufgefallen. Aber in den letzten Wochen habe ich Sie mehrmals gesehen.«

So viel zu meinen *Verkleidungen.* Die Fliege an der Wand! Na, guten Morgen!

»Ja, das kann gut sein«, sagte ich. »Ich komme erst seit kurzem hierher.«

Sie lächelte wieder. »Darf ich raten?«

Ich fühlte mich ein wenig seltsam nach dem Schock, den ich erlebt hatte. Fast ein wenig ausgelassen.

Ich sah sie an und lachte. »Ja, bitte.«

»Sie sind Ladendetektivin!«

»Was?«, rief ich erschüttert.

Oh, my god! Ich war nicht einmal drei Wochen hier und sie hatte mich bereits durchschaut. Hatte das Personal das auch?

»Nein, Entschuldigung, Entschuldigung, Entschuldigung!«, lächelte sie. »Sehen Sie nicht so schockiert aus. Ich wollte Sie nicht kränken, das war nur ein Witz.«

»Das will ich hoffen«, sagte ich tief getroffen.

»Nein, ich schätze, Sie sind entweder gerade arbeitslos geworden oder neu in die Stadt gezogen. Habe ich Recht?«

Sie schickte mir ein schalkhaftes Lächeln. Sie lächelte viel und es war unmöglich, nicht zurückzulächeln. Sie war so ungekünstelt charmant. Oder vielleicht eher ungekünstelt und charmant.

»Ja und ja«, antwortete ich.

»Meinen Sie, dass beides richtig geraten ist?«

Ich nickte.

»Sie sind gerade erst hierher gezogen und Sie sind arbeitslos?«

»Ja, das heißt, ich bin nicht richtig arbeitslos, ich arbeite nur zurzeit nicht.«

Sie sah mich fragend an. »Wie das?«

»Ich mache eine Denkpause«, erklärte ich. »Aber früher oder später werde ich mich wohl schon nach einem Job umsehen.« Ich lächelte sie schief an. »Vielleicht sollte ich mich als Ladendetektivin versuchen.«

Langsam machte mir die Unterhaltung Spaß.

Sie verdrehte die Augen. »Um Gottes willen, tun Sie das nicht!«

»Das ist doch nur ein Job. Was ist damit nicht in Ordnung?«

»Alles! Ich kenne diesen Typus. Ein Haufen langweiliger Ehefrauen.«

»Gibt es hier überhaupt Ladendetektive?«

»Ja, haben Sie sie nicht gesehen?«

Ich schüttelte den Kopf. »Ich komme schließlich nicht so oft hierher. Es ist der reine Zufall, dass wir zur gleichen Zeit hier sind.«

Es fiel mir verblüffend leicht, Marion anzulügen.

Vielleicht weil ich das Gefühl hatte, dass es nur Teil meines Jobs war. Plötzlich begann ich, die Politiker zu verstehen.

»Man kann sie schon von weitem erkennen«, sagte sie.

Ich sah sie misstrauisch an. »Sie sind nicht etwa selber eine.«

»Nein, hören Sie mal!«, sagte sie brüskiert. »Das war nicht sonderlich nett. Ich habe doch gerade gesagt, dass das alles langweilige Ehefrauen sind.«

»Das könnten Sie doch gesagt haben, um mich zu täuschen. Wenn Sie mich de facto für eine Ladendiebin halten.«

»So clever sind die nicht, Sie können ganz beruhigt sein. Ich stehe nicht auf ihrer Seite. Ganz im Gegenteil.«

Ich hob die Augenbrauen. »Wie meinen Sie das?«, fragte ich und trank einen Schluck Kaffee.

»*Ich* stehle.«

Ich bekam den Kaffee in den falschen Hals und musste husten, dass ich Tränen in die Augen bekam.

»Habe ich Sie schockiert?«, fragte sie, als ich fertig gehustet hatte.

»Nein ... oder doch, ehrlich gesagt. Jedenfalls hat es

mich überrascht. Und vor allem, dass Sie das erzählen. Das tut man doch normalerweise nicht, oder?«

»Dann bin ich eben nicht normal. Übrigens ist das kein Geheimnis. Das wissen Gott und die Welt.«

Ich ließ meinen Blick über sie wandern.

»Sie sehen nicht aus, als würde Ihnen etwas fehlen.«

»Vielleicht komme ich deshalb immer so gut davon. Ich stehle nicht aus Not, sondern aus Lust.«

»Aus Lust?« Ich sah sie verständnislos an.

»Ja, oder aus dem Drang zu stehlen. Nennen Sie es, wie Sie wollen. Ich kann es einfach nicht lassen.«

»Sie meinen, dass Sie Kleptomanin sind?«

»Ja, so nennt man das wohl.«

»Kann man nichts dagegen tun? Ist das nicht heilbar?«

»Sicher. Mein Mann möchte, dass ich zu einem Psychologen gehe, aber ich will nicht, dass jemand in meinem Seelenleben herumkramt.«

»Aber wenn es hilft? Es wäre doch peinlich, geschnappt zu werden. Ist Ihnen das noch nie passiert?«

»Doch, das ist schon vorgekommen. Das erste Mal bin ich zu einer Geldstrafe verurteilt worden, das zweite Mal hat mein Mann mich aus dem Schlamassel gerettet.«

»Wusste er es, als sie geheiratet haben?«

»Ja, ich habe ihm erzählt, dass ich einmal wegen Ladendiebstahl zu einer Geldstrafe verurteilt worden bin. Ich habe keine Geheimnisse vor ihm. Sind Sie verheiratet? Nein, Sie sind bestimmt geschieden oder haben sich von einem Kerl getrennt.«

»Geschieden.«

»Ich kann gut raten, nicht?«, sagte sie zufrieden. »Sie sind geschieden, Sie haben keine Arbeit und Sie sind gerade erst hierher gezogen.«

»Wie man's nimmt, vor vier Monaten.«

Sie sah mich verblüfft an. »So lange ist das her? Weil Sie geschieden wurden?«

»Falsch! Das war vor drei Jahren.«

»Wo haben Sie denn vorher gelebt?«

»In den Vereinigten Staaten.«

»In den Vereinigten Staaten. Sie meinen, in Amerika?« Sie sagte das, als gäbe es verschiedene Vereinigte Staaten.

»Ja, in Philadelphia.«

»Haben Sie Kinder?«

Ich schüttelte den Kopf. Keine Kinder.

»So ein Glück«, sagte sie.

»Ja«, sagte ich. Vielleicht meinte ich das sogar. Wenn ich Kinder gehabt hätte, wäre ich bestimmt noch immer mit dem Scheißkerl verheiratet. Vielleicht hätte ich nicht einmal bemerkt, was für ein Scheißkerl er im Grunde genommen war. Aber wir haben keine Kinder bekommen, obwohl wir sieben Jahre daran gearbeitet haben. Fast rund um die Uhr. Jedenfalls kam es mir so vor.

Sean, der Scheißkerl, wollte unbedingt Kinder haben. Ich war erst zwanzig und meinte, dass das noch Zeit hätte, aber er war doppelt so alt und wollte nicht *der Großvater seiner Kinder* sein, deshalb starteten wir das Projekt BABY bereits in der Hochzeitsnacht. Da wusste ich das natürlich noch nicht, aber ich begann misstrauisch zu werden, als er mich vom Tag eins an bat, jeden Morgen die Temperatur zu messen, um die *sicheren* Tage herauszufinden. In diesem Fall waren die *sicheren* Tage die, an denen die Chance, schwanger zu werden, am *größten* war. Es dauerte nicht lange, bis das Projekt mir zum Hals heraushing. Wir liebten uns jeden Tag, aber nie nur, weil wir Lust dazu hatten, weil wir einander begehrten oder einfach nur zum Spaß, es ging immer um die Operation BABY. An den *sicheren* Tagen liebten wir uns zweimal. Zuletzt kam ich mir fast wie eine Zuchtkuh vor. Hinzu kam noch, dass er kein sehr erfindungsreicher Lover war, jedes Mal nur die Missionarsstellung und das alte Rein-raus, Rein-raus. Ihm ging es nur darum, seinen Saft abzuliefern. Es war schon ein Glück, dass nichts dabei herausgekommen ist; ich hätte das Kind gehasst.

»Warum haben Sie sich scheiden lassen?«

Diskret konnte man sie wirklich nicht nennen, aber ich hatte keine Lust, sie in die Geschichte einzuweihen. Jetzt jedenfalls noch nicht. In gewisser Weise empfand ich das Ganze noch immer als Niederlage.

Ich zuckte mit den Schultern. »Tja, warum lässt man sich scheiden? Unvereinbarkeit der Charaktere. Er war zwanzig Jahre älter als ich und wir kamen ja buchstäblich aus verschiedenen Welten.«

»Natürlich kann ein großer Altersunterschied ein Problem darstellen«, sagte sie. »Aber das muss nicht sein. Mein Mann ist auch älter als ich, aber er ist ein wunderbarer Mensch. Wir sind seit neun Jahren verheiratet und er betet mich an.«

»Good for you!«, sagte ich leicht verdrießlich.

»Aber ich war auch älter, als wir geheiratet haben«, fuhr sie unangefochten fort. »Ich war alt genug, ihm eine gleichwertige Partnerin zu sein.« Da hatte ich es! »Und ich hatte auch nicht das Gefühl, etwas zu vermissen. Da lässt sich ja Abhilfe schaffen.«

Sie warf mir ein zweideutiges Lächeln zu.

Aha, die Dame hatte einen Geliebten! Oder mehrere!

Ich selbst hatte im Laufe der sieben Jahre, die ich verheiratet gewesen war, fast den Geschmack am Sex verloren.

»Warum sind Sie zurück nach Dänemark gekommen?«

»Meine Schwester ist sehr krank geworden. Wir waren nur zu zweit und standen uns sehr nahe, deshalb bin ich natürlich gekommen, als sie mich brauchte. Ein paar Monate war ich fast rund um die Uhr bei ihr und dann ...«

»... dann wurde sie wieder gesund und ging ihrer Arbeit nach«, unterbrach mich Marion lächelnd. »Und jetzt wissen Sie nicht, womit sie die Zeit herumbringen sollen, außer durch die Geschäfte zu ziehen!«

»Sie ist gestorben.«

Marion sah aus, als hätte sie einen Schlag ins Gesicht bekommen. »Entschuldigen Sie«, sagte sie unglücklich. »Bitte, entschuldigen Sie.«

»Das konnten Sie ja nicht wissen«, sagte ich.

»Ich hätte nachdenken müssen, aber ... Es tut mir entsetzlich Leid. Wie alt war sie?«

»Sechsunddreißig. Knapp sechsunddreißig.«

»Nein, wie traurig! Wie hieß sie?«

»Aleta.«

»Aleta? Wie die Bonbons, die wir als Kinder bekamen?«

»Nein, die hießen Altheabonbons. Aleta, wie die Königin Aleta. Die Frau von Prinz Eisenherz. Die Königin der Nebelinseln.« Marion sah mich ausdruckslos an. »Das ist eine Zeichentrickserie. Und sie ist nach dieser Aleta benannt«, endete ich matt. Es war offensichtlich, dass Marion noch nie von Prinz Eisenherz oder von Aleta gehört hatte. Meinen Vater hätte das gegrämt.

»Ich habe diesen Namen noch nie gehört.«

»Sie wurde Allie genannt«, sagte ich.

»Allie und Bea, das sind zwei sehr spezielle Namen.«

»Ich heiße eigentlich Beatrice. Ich bin nach Dantes Beatrice benannt.«

»Ist das auch eine Zeichentrickserie?«

»Nein«, sagte ich. »Beatrice hat es wirklich gegeben. Glaube ich.«

Ich war mir nicht sicher. Vielleicht hatte Dante Beatrice in Wirklichkeit ja nie getroffen, vielleicht war auch sie eine Fantasiegeburt.

Ich war ein wenig enttäuscht, dass Marion weder Dante noch Prinz Eisenherz kannte, aber niemand ist vollkommen und ich fand sie noch immer unglaublich charmant. Sie erinnerte mich leicht an Allie, obwohl sie ihr nicht wirklich glich. Ich vermisste Allie so, dass es wehtat, nur an sie zu denken, aber vielleicht ... wenn Marion und ich … Jetzt aber langsam, sagte ich mir. Du kennst sie ja gar nicht.

»Und jetzt?«, fragte sie. »Sie sagten, dass Sie sich einen Job suchen wollen. Wollen Sie nicht zurück in die USA?«

Ich schüttelte den Kopf. »Nein, ich bleibe hier. Jedenfalls vorläufig. Ich hoffe, nach Weihnachten auf die Universität gehen zu können.«

»Wohnen Ihre Eltern hier in der Stadt?«

»Sie sind beide tot.«

»Dann haben Sie überhaupt niemanden?«

Das war eine Frage, aber ihr Tonfall war gleichzeitig so mitfühlend, dass ich mir richtig Leid tat. Kleines elternloses Mädchen. Kleine elternlose Bea. Wie war ich doch bedauernswert! Traurig schüttelte ich den Kopf.

»Haben Sie auch keine Freundinnen in der Stadt? Sie haben doch einmal hier gewohnt? Es muss doch noch jemanden geben.«

Wieder schüttelte ich den Kopf.

»Nein, ich hatte eigentlich nur eine gute Freundin, zu der ich nach dem Gymnasium die Verbindung aufrechterhalten habe, und die lebt jetzt selbst im Ausland. Mit der Zeit haben wir uns auch nur noch Weihnachtskarten geschrieben und Sie wissen ja, wie das ist, Freundschaften muss man pflegen, sonst gehen sie in die Brüche.«

Ich ließ es klingen, als sei ich ›Bea allein auf der Welt‹, und so fühlte ich mich in diesem Augenblick auch. An René und meine drei Nichten, meine schwedische Freundin in Philadelphia, Henrik und meine Kollegen beim *NSC* dachte ich nicht, denn sie konnten den Verlust von Allie nicht aufwiegen.

Marion schwieg und sah mich nachdenklich an.

»Wie seltsam, dass wir zwei uns getroffen haben. Wir haben so viel gemeinsam.«

»Haben wir das?«

Sie nickte. »Ja, ich habe auch keine Familie, weder Eltern noch Geschwister. Aber das habe ich nie gehabt.« Sie lächelte. »Na ja, natürlich habe ich eine Mutter und vermutlich auch einen Vater, aber ich kenne sie nicht. Ich bin im Kinderheim aufgewachsen. Mein Vater ist nicht bekannt und meine Mutter hat direkt nach der Geburt Selbstmord begangen.«

»Ach, du meine Güte!« Ich vergaß ganz mein eigenes trauriges Schicksal. »Das ist ja schrecklich.«

»Sie hat es wohl mehrere Male versucht«, sagte Marion leichthin. »Und für mich war das überhaupt nicht schrecklich, denn ich habe sie ja nicht gekannt und im Kinderheim hatten wir es gut. Ich denke, ich bin gerne dort gewesen – ich weiß schließlich nicht, wie es gewesen wäre, ein richtiges Zuhause zu haben. Aber heute ist mir schon klar, dass ich nie richtig gelernt habe, mich an jemanden zu binden. Das Personal wechselte dauernd, sodass ich wahrscheinlich irgendwann Verlustangst entwickelt habe.«

Ich nickte.

»Das änderte sich erst, als ich I. C. traf. Er ist etwas ganz Besonderes. Er ist nicht nur mein Mann, er ist mein bester Freund. Er ist es auch, der mir die Augen für Kunst, Musik und Literatur geöffnet hat. Er hat mir so viel beigebracht.«

Ja, vielleicht. Aber wer Prinz Eisenherz und Dantes Beatrice waren, hatte er ihr jedenfalls nicht beigebracht.

»Ich hoffe, wir sehen uns einmal wieder«, sagte sie, als wir uns trennten. »Ich werde nach Ihnen Ausschau halten, wenn ich hier bin. Ich denke, wir könnten Freundinnen werden.«

Ich nickte. Das tat ich auch.

Aber ich hoffte trotzdem nicht, dass wir uns zu oft hier begegneten.

Dann würde sie möglicherweise anfangen, sich über mich Gedanken zu machen.

5

Sonntagabend gegen acht fuhr ich mit dem Rad zu dem Haus in der Kirkeallee, um das Auto zu holen.

René kam und machte auf, als ich schellte. Er hatte mich bestimmt durch das Fenster gesehen, denn er hielt den Autoschlüssel in der Hand.

»Ich weiß nicht ... möchtest du ein Bier oder eine Tasse Kaffee oder sonst etwas?«, fragte er, als er ihn mir gab. Er klang leicht verlegen.

Ich nahm an, dass Ulla da war. Ulla gehörte zu ihren gemeinsamen Freunden, sie war Allies Kollegin und beste Freundin gewesen. Vor allem bis ich kam, war sie Allie während ihrer Krankheit eine fantastische Stütze gewesen. Sowohl Allie als auch René!

Es war mir nicht entgangen, dass sich zwischen den beiden etwas zu entwickeln begonnen hatte, und ich glaube, dass auch Allie es bemerkt hatte. Jedenfalls sagte sie eines Tages zu mir, dass sie hoffte, René und Ulla würden heiraten, falls sie stürbe.

»Du stirbst nicht, Allie«, sagte ich.

»Nein, aber falls ich sterbe.«

»Warum Ulla?«

Sie lächelte schwach. »Wahrscheinlich weil ich sie kenne. Das Wissen, dass sie sich um meine Kinder kümmert, würde mich beruhigen. Sie ist ein guter Mensch und die Kinder mögen sie.«

René hatte kurz vor Allies Tod mit mir darüber gesprochen. Er ist eine ehrliche Haut.

»Ulla ist eine nette Frau und sie ist in mich verliebt«, sagte er. »Es ist nichts zwischen uns und es wird nichts sein, solange Allie lebt. Aber ich mag sie und die Mädchen mögen sie, falls ... falls Allie ...«

Er konnte den Satz nicht beenden. Wir wussten beide,

dass es nicht länger ein *falls,* sondern nur noch ein *wenn* gab.

Ich war weder böse noch verärgert, Allie war so lange krank und René war einzigartig gewesen, aber ich ertrug den Anblick nicht, wie Ulla Allies Platz einnahm, Allies Kinder ins Bett brachte, sich in Allies Küche wie zu Hause bewegte – noch nicht.

Einmal war das auch mein Zuhause gewesen, dann wurde es Allies, jetzt fühlte ich mich hier fast überflüssig.

»Nicht heute Abend«, sagte ich. René sah erleichtert aus. Ich hob die Hand und schwang den Autoschlüssel vor seinen Augen. »Danke! Ich werde dafür sorgen, dass das Auto morgen früh wieder da ist. Umarm die Kinder von mir, ja?«

Ich fuhr direkt nach Hause und fand nur wenige Häuser von meinem entfernt einen Parkplatz, in den ich das Auto einparken konnte. Es ist schwer ein Auto einzuparken, das man nicht richtig kennt. Ich hoffte nur, dass ich es am nächsten Morgen auch würde ausparken können.

Ich ging früh zu Bett und stellte den Wecker auf halb fünf.

Ich erwachte mit einem Ruck und glaubte, verschlafen zu haben, aber als ich auf die Uhr blickte, war es fünf vor halb fünf. Ich setzte mich auf, streckte die Füße aus dem Bett und schaltete den Wecker aus. Ich stellte die Kaffeemaschine an, duschte schnell und zog Jeans und eine schwarze Jacke an. Ich schüttete mir eine Tasse Kaffee ein und nippte daran, während ich Turnschuhe anzog und das Haar unter eine rote Baseballkappe schob. Es sah schrecklich aus, war aber weniger auffällig als mein blondes Haar.

Auf dem Weg aus der Tür griff ich nach der Kamera, die ich am Vorabend überprüft hatte, um sicher zu sein, dass sie einsatzbereit war. Vorsichtshalber hatte ich noch einen zweiten Film in der Tasche. Eine Videokamera wäre vielleicht besser gewesen, aber mit meiner alten Kamera fühlte ich mich sicherer. Es ist ein wirklich guter Apparat und ich kenne ihn in- und auswendig. Ich bin eigentlich eine recht gute Fotografin.

Es gelang mir, Renés Polo aus der Parklücke zu rangieren, ohne in eins der Autos Schrammen oder Beulen zu fahren.

Um fünf vor fünf rollte ich auf den Parkplatz gegenüber der Warenanlieferung auf der Hinterseite des *K & L*-Gebäudes.

WARENANLIEFERUNG 5.00–7.00 stand an dem Tor. Ich wusste es – sehen konnte ich es von hier aus nicht. Einige Meter von dem Tor entfernt hielt ein roter Lieferwagen, aber er stand glücklicherweise nicht im Weg. Jetzt hoffte ich nur, dass nicht zu viele Autos auf einmal kamen und dass mein ganz spezielles Auto im letzten Augenblick kommen würde. Ich ließ mich tiefer in den Sitz gleiten, um so unsichtbar wie möglich zu sein. Von dort, wo ich saß, war die Sicht auf das Tor völlig frei. Ich hielt die Kamera vor das Auge und richtete das Teleobjektiv auf das Tor. Ich konnte die Buchstaben an dem Tor deutlich lesen. Perfekt. Jetzt brauchte ich nur zu warten.

Langsam nahm der Verkehr in der Straße zu. Radfahrer, Personenwagen, Lieferwagen, Lastwagen und vereinzelte Fußgänger. Der Himmel war bedeckt und ich betete, dass es nicht zu regnen anfangen würde.

Jedes Mal, wenn ich einen Lastwagen hörte, richtete ich mich leicht im Sitz auf, nur um dann wieder zusammenzusinken, wenn er, ohne das Tempo zu drosseln, vorbeifuhr. Ich hätte gerne das Radio angemacht, entschied mich jedoch dagegen.

Ein weiterer Lastwagen näherte sich. Wieder richtete ich mich im Sitz auf und machte mich blitzschnell wieder klein. Das war er! Der Kühlwagen von der Schlachterei.

Er hielt so, dass das Führerhaus genau vor mir war, und einen Moment kam mir der verrückte Gedanke, dass der Fahrer mich nicht nur gesehen hatte, sondern auch wusste, warum ich hier saß. Dann begriff ich, dass er nur angehalten hatte, um rückwärts an das Tor heranzufahren. Das hätte ich mir denken können.

Kurze Zeit später hatte er das Auto richtig geparkt; es stand jetzt mit der Seite zu mir und mit dem hinteren Teil zu dem Tor, das von unsichtbarer Hand geöffnet worden war.

Der Fahrer stieg an der gegenüberliegenden Seite aus, doch durch das Auge der Kamera konnte ich unter dem Auto seine Beine sehen, die zum hinteren Teil des Wagens gingen. Ich bewegte die Kamera leicht und sah den Fahrer und einen Mann Mitte dreißig in Schlachterkleidung vor dem Tor stehen und miteinander reden. Dann öffnete der Fahrer beide Türen des Kühlwagens und drückte auf einen unsichtbaren Knopf, kurz darauf senkte sich ein Lift langsam zu Boden. Der Fahrer stellte sich auf den Lift, der jetzt wieder hochfuhr, und verschwand im Inneren des Autos. Ich fotografierte jedes Detail der Operation. Ein merkwürdiger Ständer rollte auf den Lift. Er glich einem transportablen Garderobenständer, doch anstelle von Mänteln, hingen eine Reihe toter Schweinekörper daran. Ich glaube zumindest, dass es Schweine waren. Die beiden Männer rollten den Ständer durch das Tor und der ganze Vorgang wiederholte sich zweimal mit dem einzigen Unterschied, dass an dem letzten Ständer Kalbs- bzw. Rinderkörper hingen. Bis jetzt war nichts passiert, das nicht völlig normal und legal aussah. Der Fahrer sprang in das Auto und fuhr etwas vor, während der Schlachter die Tore zum Geschäft schloss, draußen stehen blieb und sich eine Zigarette anzündete. Ich fluchte leise. Verdammt! Hatte ich wirklich umsonst hier gesessen?

Aber dann sah ich, dass die Hintertüren des Lastwagens noch immer offen standen, und das Adrenalin begann in meinem Körper zu rauschen.

Der Fahrer ließ den Motor im Leerlauf laufen, während er noch einmal heraussprang. Der Schlachter ging zu dem roten Lieferwagen, schloss die Hinterklappe auf, warf seine Zigarette fort und ging zurück zu dem Kühlwagen, an dem der Lift noch einmal herauf- und heruntergefahren war. Ich hatte die Gelegenheit genutzt, den Film zu wechseln und schoss wieder darauf los, während die beiden Männer gemeinsam fünf oder sechs Tierkörper – ich konnte nicht ausmachen, um was für Tiere es sich handelte – zu dem Lieferwagen schleppten. Es würde ihnen bestimmt nicht gefallen, diese Bilder später zu sehen.

Das ganze Zusatzmanöver hatte nur ein paar Minuten gedauert. Der Fahrer ging zurück zu dem Lastwagen und holte einen Quittungsblock und der Schlachter unterschrieb und bekam eine Kopie – alles ganz normal; doch dann zog er seine Brieftasche aus der hinteren Hosentasche und ein paar Scheine wechselten den Besitzer, während ich wie eine Irre fotografierte.

Natürlich machten sie gemeinsame Sache. Der Fahrer und der Schlachtermeister. Am Vortag hatte ich gehört, wie eine der jungen Angestellten das gesagt hatte. »Das ist der Meister selbst, da bin ich mir sicher. Aber das kann er nicht alleine durchziehen. Der Fahrer macht bestimmt mit.«

»Sollen wir das melden?«, fragte das Mädchen.

»Wem denn? Wir haben ja keine Beweise«, wandte ihre Kollegin ein. »Aber früher oder später wird er zu gierig werden und dann haben sie ihn.«

Er war zu gierig geworden und jetzt hatten sie ihn. Ich hatte alle Beweise, die man sich nur wünschen konnte.

Unwillkürlich hatte ich mich im Sitz aufgerichtet, aber ich beugte mich schnell wieder hinunter und tat, als würde ich auf dem Boden des Wagens nach etwas suchen, als der Kühlwagen auf die Straße hinausfuhr. Ich fühlte mehr, als ich sah, dass der Fahrer mich direkt ansah, aber selbst wenn das stimmte, war es vollkommen gleichgültig. Er konnte mich nicht richtig sehen, er wusste auch nicht, wie lange ich schon dort gesessen und was ich getan hatte, und darüber hinaus bildete ich mir das alles wahrscheinlich nur ein.

Aber es war bestimmt nicht clever, noch länger hier herumzuhängen, deshalb startete ich den Polo, sobald der Kühlwagen fort war, und fuhr davon. Unterwegs überlegte ich, was der Schlachter mit dem Fleisch machte. Er konnte es nicht einfach den Tag über im Auto liegen lassen, bis er es an seine Kunden verkaufte.

Ich fuhr nach Hause, nahm den Film heraus und legte ihn in die Tasche zu dem anderen. Ich wusste, dass ich keine Ruhe haben würde, bevor die Filme entwickelt waren und ich die Abzüge auf Henriks Tisch legen konnte.

Anschließend fuhr ich zu René und stellte das Auto vor das Haus in der Kirkeallee, schloss es ab und überprüfte sorgfältig alle Türen, bevor ich den Schlüssel in den Briefkasten warf.

Es war genau halb sieben. Falls René nach dem Aufstehen aus dem Fenster gesehen und festgestellt hatte, dass das Auto noch nicht wieder da war, kaute er jetzt bestimmt an den Fingernägeln. Sicher glaubte er, dass ich mir einen Freund zugelegt hatte und erst im letzten Augenblick kommen würde.

Die Morgenbesprechung verlief ereignislos und war schnell überstanden. Auf dem Weg zu *K & L* ging ich in ein Fotogeschäft, in dem auch Filme entwickelt wurden, und erfuhr, dass ich die Bilder vor Ladenschluss abholen konnte. An diesem Tag hatte ich Schwierigkeiten, mich auf die Arbeit zu konzentrieren, und konnte es kaum erwarten, dass es Abend wurde.

»Jeweils zwei Sätze. Möchten Sie sie sehen?«, fragte der Verkäufer in dem Fotogeschäft, als ich kam, um die Bilder abzuholen.

»Nein, danke, nicht jetzt. Ich habe es eilig.«

»Gut, Sie müssen es selbst wissen«, sagte er ein wenig gekränkt und gab mir die beiden Fotoumschläge. Ich legte sie in das mittlere Fach meiner Tasche und zog sorgfältig den Reißverschluss zu.

Den ganzen Weg drückte ich die Tasche fest an mich. Es wäre eine Katastrophe, wenn irgendein hirnverbrannter Taschendieb mir alles im letzten Augenblick kaputtmachen würde. Aber ich kam mit heiler Haut nach Hause und hatte die Wohnung noch nicht richtig betreten, als ich auch schon die Fotos aus der Tasche nahm. Ich war so gespannt, dass ich zitterte, als ich die Bilder durchsah, aber einen Augenblick später lachte ich laut in einer Mischung aus Triumph und Erleichterung.

Sie waren *wirklich* gut!

Sie bedurften keiner Erklärung. Sie sprachen für sich.

Als ich am nächsten Morgen den Stapel Fotos vor Henrik auf den Tisch legte, war ich genauso gespannt.

»Was ist das?«, fragte er ein wenig verständnislos.

»Fotos«, sagte ich.

Ruth und Karin und Inge sahen neugierig von ihm zu mir. Ich hatte die Bilder in der richtigen Reihenfolge hingelegt, und als er sie sich ansah, reichte er sie nach und nach an die drei anderen weiter. Als er sich die ersten zwanzig angesehen hatte, warf er mir einen fragenden Blick zu.

»Mach nur weiter«, sagte ich.

»Hallo, hallo!«, rief er plötzlich. »Was haben wir denn da?«

Ich merkte, wie das gleiche triumphierende Lachen wie am Vorabend in mir blubberte, aber ich beherrschte mich, bis er das Bild in der Hand hielt, auf dem der Schlachter dem Fahrer einige Geldscheine reicht, dann begann ich zu lachen.

»Na, was sagt ihr jetzt?«

Henrik schüttelte überwältigt den Kopf. »Souverän, Bea. Das ist einfach souverän!«

»Keine Hexerei, nur Behändigkeit!«, lachte ich.

»Wann hast du die gemacht?«, fragte er.

»Gestern Morgen. Zwischen halb sechs und sechs.«

»Von wo hast du die gemacht?«, fragte Ruth.

»Vom Parkplatz aus. Ich habe im Auto gesessen.«

»Im Auto?« Henrik warf mir einen misstrauischen Blick zu. Er wusste, dass ich kein Auto hatte. »In wessen Auto?«

»In Renés.«

»Und was sagt uns das?«, fragte Inge und sah sich die Bilder an.

»Das sagt uns, dass der Schlachtermeister, sagen wir, zwanzig halbe Schweine quittiert«, erklärte Henrik. »Die werden *K & L* in Rechnung gestellt. Aber fünf davon wandern ins Privatauto des Schlachters und werden an Freunde und Bekannte und Bekannte von Bekannten verkauft. Bestimmt hat das klein angefangen – nur ein einziges zum eigenen Gebrauch, und dann hat es größere Formen angenommen. So ein Idiot!«

»Was passiert jetzt?«

»Er wird gefeuert.«

Er sah sich die Bilder noch einmal an. »Bist du sicher, dass sie dich nicht gesehen haben?«

»Ich denke, ja. Vielleicht der Fahrer, als er gefahren ist, aber er konnte ja nicht wissen, wie lange ich dort gestanden habe.«

Henrik sah ein wenig besorgt aus. »Ich muss das überdenken.« Er sah sich die Bilder noch einmal an. »Wenn es sich vermeiden lässt, werden wir die Fotos nicht verwenden, denke ich.«

»Was! Du willst sie nicht verwenden?«, rief ich enttäuscht. Die ganze Mühe war also umsonst gewesen.

Henrik lachte. »Doch, liebe Bea. Ich meinte nur, dass wir sie den Hauptpersonen nicht präsentieren werden, aber ich werde sie dem Direktor vorlegen, um ihm zu zeigen, wer für die Verluste verantwortlich ist und wie sie es machen, dann können sie sie selbst auffliegen lassen.«

»Wie?«

»Das ist kein Problem, wenn man weiß, was abläuft. Das nächste Mal, wenn Fleisch geliefert wird, taucht der Direktor auf – vielleicht mit einem Zeugen –, um die Sendung zu kontrollieren, und dann muss er ja nur die Zahl, die auf dem Laufzettel steht, mit der tatsächlichen Stückzahl vergleichen. Keine Hexerei!« Er lachte.

»Aber ihr müsst euch versichern, dass es derselbe Fahrer ist. Das ist vielleicht nicht jedes Mal der Fall«, sagte ich.

Ruth lachte. »Henrik, du musst das Mädchen heiraten. Sie ist Gold wert.«

»Das habe ich mir verdammt nochmal auch schon überlegt!«, sagte Henrik ruhig und es war unmöglich auszumachen, ob das nur Spaß war. Ich hoffte es inständig.

»Jetzt verstehe ich besser, warum der Schlachtermeister die Garantieregelung unbedingt beibehalten wollte«, fuhr er fort. »Wahrscheinlich hat sie ihn erst auf die Idee gebracht, weil sie einen gewissen Schwund erklärt.«

»Bis er zu gierig geworden ist«, sagte ich.

»Genau.« Henrik schüttelte den Kopf. »Was für Idioten! Für ein paar Kronen ihre guten Jobs aufs Spiel zu setzen.«

»Warum willst du die Bilder nicht verwenden?«, fragte ich, als wir allein waren. »Es wäre doch am einfachsten, ihnen die Bilder zu präsentieren und sie um eine Erklärung zu bitten.«

Henrik schüttelte den Kopf. »Das ist zu gefährlich.«

»Gefährlich?«

»Denk doch mal nach, Bea! Diese Bilder hier werden beide ihre Jobs kosten. Du bist dir nicht sicher, ob der Fahrer dich oder zumindest das Auto gesehen hat, und wenn er die Bilder hier sieht, geht ihm der Zusammenhang vielleicht auf. Zum einen kann uns das verraten und das wäre, wenn auch nicht gefährlich, so doch hinderlich für unsere zukünftige Arbeit, und zum anderen kann dich das verraten – und das könnte gefährlich sein.«

»Selbst wenn er mich oder das Auto gesehen hat, werden sie nie herausfinden, wer ich bin. Es war ja nicht einmal mein Auto.«

»Man soll nie nie sagen, Bea, und dieses Risiko will ich einfach nicht eingehen.«

Ich wusste, dass unser Job sich dem Ende näherte, und ich fragte mich, wie ich Marion erklären sollte, dass ich nicht mehr so oft wie bisher zu *K & L* kommen würde.

»Sie sehen so nachdenklich aus«, sagte sie, als sie sich am nächsten Tag in der Cafeteria mit ihrem Tablett an meinen Tisch setzte.

»Tue ich das? Ja, das kann gut sein. Ich muss eine Entscheidung treffen und habe mir das Für und Wider überlegt.«

»Das klingt ziemlich ernst.«

»Das ist es auch. Mir ist ein Job angeboten worden.«

»Ein Job. Wo?«

»In einer Beratungsfirma. Es ist nur ein gewöhnlicher Bürojob und es klingt wirklich nicht aufregend, aber …«

Sie konzentrierte sich auf ihren Teller. »Sie sagen, er ist Ihnen angeboten worden? Von wem?«

Ich lachte. »Nein, ich meinte nicht, dass mich jemand auf der Straße angesprochen und mir einen Job angeboten hat. Ich habe vor einiger Zeit auf eine Anzeige geantwortet. Ich hatte nicht damit gerechnet, dass etwas dabei herauskommen würde. Ich war zwar zu einem Gespräch da, habe aber nichts mehr gehört, sodass ich eigentlich nicht mehr damit gerechnet hatte. Ich habe das Gefühl, dass sie ihn jemand anderem gegeben haben, der dann abgesprungen ist, denn gestern habe ich einen Brief bekommen, dass ich den Job haben kann, wenn ich noch interessiert bin.«

»Und das sind Sie?«

»Genau das ist es, was ich nicht weiß«, sagte ich. »Aber es wird wohl darauf hinauslaufen, dass ich zusage.«

»Wann werden Sie anfangen, wenn Sie annehmen? Am Ersten?«

»Nein, früher. Am Fünfzehnten.«

»Wie viel werden Sie verdienen?«

»17.000.«

»17.000! Damit wollen Sie sich zufrieden geben?«

»Ich sollte wohl froh sein, überhaupt so viel zu bekommen.«

»Ich möchte wetten, dass mein Mann Ihnen einen Job beschaffen kann, mit dem Sie 20.000 verdienen. Bis wann müssen Sie sich entscheiden?«

»So schnell wie möglich.«

»Warten Sie noch ein paar Tage, ja? Ich spreche heute Abend mit meinem Mann und dann sehen wir weiter. Sie sollen doch einen ordentlichen Job bekommen.«

Sie war so eifrig und hilfsbereit, dass es mir richtig schwer fiel, sie anzulügen.

»Ich kann vielleicht bis übermorgen warten«, sagte ich zögernd. Und dann fügte ich hinzu: »Aber eigentlich denke ich mehr daran, dass wir uns nicht mehr so häufig sehen können, wenn ich arbeite.«

»Ja, das ist wirklich schade. Wir verkehren sonst fast nur mit älteren Menschen. Wissen Sie was, könnten Sie sich nicht vorstellen, mit mir ins Fitnessstudio zu gehen? Ich gehe an zwei Abenden in der Woche hin.«

»Um wie viel Uhr?«

»Dienstags und donnerstags von sechs bis acht.«

»Ich glaube nicht, dass das etwas für mich ist«, sagte ich und fragte mich, ob sie wirklich den Großteil ihrer Zeit damit verbrachte, ihren Körper zu pflegen und bei *K & L* einzukaufen.

»Doch, sagen Sie doch Ja. Kommen Sie am Donnerstag. Wir können uns dort treffen. Sie brauchen ja nicht so früh da zu sein.«

»Okay«, sagte ich. »Dann komme ich.«

Aber ich sagte nur zu, um mit Marion zusammen zu sein. Ich hasse Fitnessstudios. Ich finde es sterbenslangweilig, an einer Maschine nach der anderen zu schwitzen; außerdem habe ich so schon genug Bewegung. Ich hätte sie natürlich einfach zu mir nach Hause einladen können, aber dafür kannten wir uns meiner Meinung nach noch nicht gut genug und ihr ging es offenbar genauso.

Es war knapp halb sieben, als ich das Fitnessstudio betrat. Die Frau an der Rezeption sah auf. »Hei, Sie sind bestimmt Bea?«

»Ja«, sagte ich überrascht.

Sie lächelte. »Ich habe keine hellseherischen Fähigkeiten. Marion hat gesagt, dass Sie vielleicht kommen. Sie bekommen heute eine Probestunde. Gratis – und wenn Sie meinen, dass das etwas für Sie ist, werden Sie Mitglied.«

Ich nickte.

»In dem Automaten da drüben gibt es kalte und warme Getränke. Sie können, wenn nötig, bei mir wechseln. Die Umkleideräume liegen den Gang dort hinunter.« Sie zeigte auf eine doppelte Glastür. »Damen links, Herren rechts. Und auf jeder Seite sind vier Sonnenbänke, die Sie gern benutzen können. Der Fitnessraum liegt am Ende des Ganges und dahinter ist ein kleinerer Raum für Aerobic. Fragen Sie nach Per. Er trainiert auch Marion. Er stellt ein Anfängerprogramm für Sie zusammen und vielleicht können Sie und Marion ja ein paar Übungen gemeinsam machen.«

»Danke«, sagte ich. »Ist Marion im Fitnessraum?«

»Ich glaube, sie ist gerade auf der Sonnenbank. Damit fängt sie gerne an.« Sie lächelte ein Lächeln, dass ich nicht deuten konnte. »Ich glaube, dass sie vor allem an der Sonnenbank interessiert ist.«

Ich nickte und sie nahm ein Handy und drückte eine Nummer. Ich habe ein gutes Gehör, und als ich durch die Glastüren ging, hätte ich schwören können, sie sagen zu hören: »Sie ist da.«

Als ich den Gang hinunterging, wurde eine der Türen auf der Damenseite geöffnet und ein großer, muskulöser Typ kam heraus und schloss sorgfältig die Tür hinter sich, bevor er den Gang entlang zum Fitnessraum ging. Ich zögerte einen Augenblick vor der Damenumkleide, dann setzte ich meine Tasche ab und schlich auf Zehenspitzen ein paar Schritte weiter. Die Tür zu der ersten Sonnenbank war geschlossen, die anderen drei standen weit offen.

Schnell schlich ich zurück zum Umkleideraum, nahm meine Tasche, öffnete die Tür und schloss sie laut hinter mir, als ich drinnen war.

Jetzt verstand ich, was das zweideutige Lächeln der Frau zu bedeuten hatte.

Marion und ihr Liebhaber gebrauchten die Sonnenbank als Treffpunkt.

Und ich wusste auch, wer der Liebhaber war, auch wenn ich ihm noch nicht von Angesicht zu Angesicht begegnet war.

6

In einer Woche im August kam plötzlich der Sommer und es hatte ganz den Anschein, als wäre er gekommen, um zu bleiben. Jeden Tag waren es um die Mittagszeit 24 Grad oder mehr und die ganze Stadt stöhnte unter der Wärme.

Heute war die Temperatur bis auf 27 Grad gestiegen, selbst jetzt, um acht Uhr morgens, war es fast unerträglich warm und die Meteorologen hatten eine tropische Nacht vorhergesagt.

Henrik und ich waren auf dem Weg zum Friedhof zu Allies Grab. Er hatte gefragt, ob wir an die Nordsee fahren sollten, und als ich ihm gesagt hatte, dass ich eigentlich vorhatte, auf den Friedhof zu gehen, hatte er vorgeschlagen, dort zuerst hinzufahren.

Er holte mich an der Haustür ab und Rade winkte mir zufrieden zu, als wir fuhren. Er ist felsenfest davon überzeugt, dass Henrik mein Freund ist.

Henrik sagte etwas, was ich nicht verstand. Er hat vier Lautsprecher im Auto und die Musik dröhnte aus ihnen heraus, sodass man kaum die eigenen Gedanken hören konnte.

»Kannst du das bitte ausmachen?«, bat ich.

»Die Musik?« Er warf mir einen erstaunten Blick zu.

»Ja, wenn du das Musik nennen willst.«

»Du hattest schon immer einen miserablen Musikgeschmack!«, stellte er fest, machte das Radio aber trotzdem aus.

»Nur weil wir nicht den gleichen Geschmack haben, muss meiner nicht miserabel sein«, sagte ich, während ich den Kopf schüttelte, um das Trommelfell wieder zu beruhigen. »Du glaubst anscheinend, dass ich nicht über Bruce Springsteen hinausgekommen bin, richtig?«

»Bist du das denn?« Er lachte. »Eigentlich habe ich geglaubt, dass du nicht über Boney M. hinausgekommen bist.«

»*De facto* mag ich auch Mozart und Beethoven, das weißt du genau. Die mochte ich schon auf dem Gymnasium.«

»Ja, das *Elvira Madigan*-Thema und *Jesus bleibet meine Freude.* Genau das sage ich ja, du hast einen miserablen Geschmack!«

»Ein bisschen weiter bin ich schon gekommen. Ich laufe nicht schreiend weg, wenn ich Wagner höre, und Mahler mag ich sehr, aber bei Strawinsky sträuben sich mir die Haare.«

»Aha! Wenn du gehört hast, dass das Strawinsky war, bist du auf dem richtigen Weg. Ihn zu kennen, heißt, ihn zu lieben! Du musst dich nur an ihn gewöhnen!«

»Das glaube ich nicht. Und auf jeden Fall werde ich mich nicht hier und jetzt an ihn gewöhnen. Erstens kann ich nicht gleichzeitig zuhören und reden und zweitens weigere ich mich, während des Fahrens *Le Sacre du Printemps* zu hören. Das klingt zu sehr nach Autozusammenstoß.«

»Was hörst du denn gewöhnlich?«

»Nichts. Ich meine, ich habe nie viel Musik gehört.«

»Auch nicht in den USA?«

Ich schüttelte den Kopf. »Nein, Philadelphia ist eine gute Stadt, um spazieren zu gehen. Und das habe ich getan. Ich wäre noch lieber Fahrrad gefahren, aber das wäre zu exotisch gewesen!«

»Sicher!«

Wir schwiegen einen Augenblick. »Ich habe übrigens Marion kennen gelernt«, sagte ich – beiläufig.

Er lachte. »Die diebische Elster. Was hältst du von ihr?«

Ich zögerte. Ich fand Marion anziehend. Ich war von ihr fasziniert, aber was hielt ich eigentlich von ihr?

»Sie ist schön, sie ist elegant, sie ist unglaublich charmant«, sagte ich schließlich. »Eigentlich bin ich hin und weg von ihr.«

»Hin und weg?« Er sah mich forschend an.

»Nein, nicht so, du Idiot! Aber sie ist bestimmt der Typ, auf den sowohl Männer als auch Frauen fliegen.«

»Männer vielleicht«, räumte er ein. »Aber Frauen in der Regel nicht, nach dem, was man so hört.«

»Einer ist immer neidisch.«

»Und du bist das nicht?«, zog er mich auf.

Ich schüttelte den Kopf. »Nein, ich glaube, dass ihr Leben ziemlich langweilig ist. Ich würde nicht mit ihr tauschen wollen.«

Ich sagte nicht, dass ich genau wusste, wie dieses Leben war, weil mein eigenes fast genauso ausgesehen hatte, bis ich schließlich dagegen rebelliert hatte.

»Sie ist ein Blender«, sagte Henrik. »Und ich bin mir sicher, dass sie genau das Leben führt, das zu ihr passt. Entschuldige bitte, aber meiner Meinung nach ist sie eine dumme Gans. Eine richtige Oberklassetussi! Was meinst du übrigens damit, dass du sie kennen gelernt hast. Wo?«

»Bei *K & L.* Wir haben zusammen in der Cafeteria zu Mittag gegessen.«

Ich war leicht verärgert, dass er sie eine dumme Gans genannt hatte, aber gleichzeitig kam ich mir auch ein wenig wie eine Verräterin vor, weil ich mich fragte, ob er wohl Recht hatte.

Er zog die Augenbrauen hoch. »Ich bin mir nicht sicher, ob das eine besonders gute Idee war.«

»Jedenfalls war es nicht meine Idee. Sie hat sich einfach an meinen Tisch gesetzt. Sie sei neugierig, hat sie gesagt. Sie konnte sich nicht darüber klar werden, ob sie mich für eine Ladendetektivin oder eine Ladendiebin halten sollte«, lächelte ich.

Henrik schien das nicht lustig zu finden.

»Verdammt! Glaubst du, dass noch andere ... jemand vom Personal ...?«

»Nein, ganz bestimmt nicht. Vergiss nicht, wie oft wir zwischen den verschiedenen Abteilungen gewechselt haben. Die Verkäuferinnen haben ihren festen Arbeitsplatz, sie sehen uns nur, wenn wir in ihrer Abteilung sind, und die meisten sehen sich die Kunden sowieso nicht an. Sie beherrschen die Kunst, durch einen hindurchzusehen, als wäre man Luft. Marion dagegen hält sich in denselben Abteilungen auf wie wir und ist natürlich sehr viel aufmerksamer. Sie muss sich ja immer versichern, dass niemand sie beobachtet, wenn sie etwas klaut.«

»Versuch trotzdem, sie zu meiden.«

»Das ist nicht so einfach. Ich habe mehrmals mit ihr zusammen gegessen. Ich mag sie.«

Aber möglicherweise war ich nicht mehr ganz so begeistert von ihr, wie ich es anfangs gewesen war. Es hatte mir nicht gefallen, sie mit dem Trainer, Per, im Fitnessstudio flirten zu sehen, und sie nicht zu sehen war unmöglich, da überall Spiegel angebracht waren. Es kam mir fast ein wenig lächerlich vor. Fast wie wenn J. Rindom mit Rade flirtete.

Sicher war Per ein schicker Typ und er schien auch recht sympathisch zu sein, aber er war mit Sicherheit nicht älter als dreiundzwanzig und Marion bemühte sich *zu sehr*, zehn bis fünfzehn Jahre jünger zu wirken, als sie war. Wenn ich im Spiegel ihre verführerischen Posen sah, ihre etwas zu intimen Berührungen und verliebten Blicke, schämte ich mich für sie.

»Unabhängig davon, ob du sie magst oder nicht, ist es nicht so clever, wenn ...«

Ich unterbrach ihn. »Ich weiß genau, was du sagen willst. Sie fällt überall auf, und wenn ich mit ihr zusammen bin, falle ich auch auf. Daran habe ich selbst schon gedacht, und nachdem wir uns kennen gelernt haben, habe ich dafür gesorgt, ihr nicht in den Abteilungen zu begegnen. Nur in der Cafeteria.«

Aus dem einen oder anderen Grund unterließ ich es zu erwähnen, dass ich auch mit ihr im Fitnessstudio gewesen war. War der Grund der, dass ich eingesehen hatte, dass meine Vorstellung, ihre Freundin zu werden, zu naiv war? Marion und ich gehörten definitiv nicht in die gleiche Schublade.

»Ich halte es immer noch für eine schlechte Idee, aber bald ist das auch egal. Ich rechne damit, den Fall Anfang nächster Woche abzuschließen.«

»Und was passiert dann?«

»Ein paar Leute werden gefeuert werden und ein paar andere kommen mit einer Verwarnung davon.«

»Was ist mit Tina aus der Parfümerieabteilung?«

»Sie gehört zu denen, die gefeuert werden.«

»Das ist doch ein merkwürdiger Job«, sagte ich. »Schuld daran zu sein, dass andere ihre Arbeit verlieren.«

»Das weigere ich mich gehört zu haben, Bea«, sagte er schroff. »Wir sind an gar nichts schuld. Das sind diese Leute verdammt nochmal selbst, heb dir dein Mitleid für die auf, die es verdient haben.«

Nun war es nicht so, dass ich Mitleid mit Tina hatte. Sie war absolut nicht mein Fall. Sie war eine von denen, die durch einen hindurchsehen, und wenn sie sich endlich dazu herablassen, einen zu bedienen, einem das Gefühl geben, einen Dreck wert zu sein. Ich bin solidarisch genug mit meinen Mitschwestern, um einzuräumen, dass sie ziemlich gut aussieht, aber das macht die Sache auch nicht besser.

Sie ist groß, hat eine ziemlich gute Figur und ist natürlich furchtbar gepflegt. Ihr Gesicht ist nicht eigentlich schön, es ist eins dieser charakterlosen Gesichter, die geschminkt richtig gut aussehen, ohne Schminke jedoch an Milchbrötchenteig erinnern. Meine Solidarität geht auch nicht so weit zu übersehen, dass ihr fast platinblondes Haar gefärbt ist.

Das erste Mal, als sie mich bediente, habe ich eine Gesichtscreme von Dior gekauft. Als sie sie aus dem Regal nahm, sah sie mich kritisch an und sagte, dass ich den Hals nicht vergessen sollte. »Die meisten Frauen Ihres Alters vergessen den Hals.«

Meines Alters! Zicke! Sie war mit Sicherheit älter als ich und meinem Hals fehlte nichts. Trotzdem stand ich, Gott steh mir bei!, an diesem Abend vor dem Spiegel und betrachtete forschend meinen Hals, was damit endete, dass ich ihn – sicherheitshalber – mit eincremte. So gesehen ist sie eine gute Verkäuferin, ich kann sie nur nicht leiden. Das Problem ist wahrscheinlich, dass ich Kritik zu persönlich nehme.

»Ich glaube übrigens, dass sie Marions Konto manipuliert.«

»Wie?«, fragte Henrik.

»Also neulich, bevor ich Marion selbst kennen gelernt habe, habe ich gesehen, wie sie verschiedene Parfüms ausprobiert hat. Tina hat sie bedient und mehrere Flaschen aus dem Regal genommen. Sie haben eine Zeit lang geredet und geplaudert, aber ich bin mir hundert Prozent sicher, dass Marion nichts geklaut hat. Trotzdem habe ich gehört, wie Tina später zu dem Abteilungsleiter gesagt hat, dass Marion wieder eine Flasche Parfüm geklaut hat.«

»The quickness of the hand deceives the eye!«

Ich schüttelte den Kopf. »Nichts da, Marion ist alles andere als eine Zauberkünstlerin, ich habe sie in Aktion gesehen. Und an diesem Tag trug sie weder weite Ärmel noch ein Halstuch. Außerdem hat das Parfüm, das Tina erwähnt hat, gar nicht auf dem Ladentisch gestanden.«

Ich sah die Szene vor mir. Ich hatte die beiden im Spiegel beobachtet, während ich so getan hatte, als würde ich einen neuen Lippenstift ausprobieren, aber erst jetzt wurde mir klar, dass ihrem Geplauder und Flüstern und ihren schnellen Blicken zu Tinas Kollegen hin etwas Verschwörerisches angehaftet hatte. Natürlich! Tina hatte das Parfüm gestohlen. Und Marion wusste es, genau wie sie wissen musste, dass es ihrem Konto angelastet wurde. Aber warum fand sie sich damit ab? Was hatte sie selbst davon? Wollte sie nur freundlich sein? So wie sie mir angeboten hatte, mir einen Job zu beschaffen?

Donnerstagabend hatte ich ihr gesagt, dass ich mich entschlossen hatte, den Job anzunehmen, der mir angeboten worden war, sodass sie ihren Mann nicht bemühen musste. Ich glaube, sie war enttäuscht. Jedenfalls war sie ein bisschen zugeknöpft und fragte, ob ich mich wirklich mit 17.000 zufrieden geben wollte, aber als ich ihr erklärte, dass ich die Firma angerufen und gesagt hatte, dass mir woanders 20.000 angeboten worden waren, und dass sie daraufhin das Anfangsgehalt auf 19.000 mit einer möglichen Steigerung nach den ersten drei Monaten erhöht hatten, taute sie auf.

»Dann hat es doch geholfen, oder?«, nickte sie selbstzufrieden.

Sie war wohl einfach nur nett und hilfsbereit.

Henrik parkte das Auto auf dem Roten Platz in der Garvergade und im Vorbeigehen sah ich verstohlen zu dem Haus in der Kirkeallee hinüber. Der Polo stand nicht vor der Tür und das Haus sah leer aus, also waren René und die Kinder – mit Ulla – wohl zum Strand gefahren.

»In dem Haus hast du einmal gewohnt, nicht wahr?«, fragte Henrik.

»Ja«, nickte ich. »Es war Großmutters Haus. Als Großvater starb, wurde oben für sie eine kleine Wohnung eingerichtet und Vater und Mutter bezogen mit uns den Rest des Hauses. Aber sie waren ja fast nie da, sodass es für uns immer Großmutters Haus war. Allie und ich haben es geerbt, als Großmutter starb.«

»Habt ihr das? Was ist mit deiner Mutter?«

»Sie hat zu unseren Gunsten auf die Erbschaft verzichtet. Ihnen fehlte ja nichts und Vater sagte, dass es schwachsinnig sei, für dasselbe Erbe zweimal Erbschaftssteuer zu zahlen.«

»Heißt das, dass dir das halbe Haus gehört?«

»Nein, nicht mehr. Allie und René haben mich ausbezahlt. Mit dem Geld habe ich mir die Wohnung gekauft.«

Wir öffneten das Gittertor und betraten den Friedhof. Allies Grab war hier auf dem alten Friedhof, der die Kirche umgab.

Henrik sah sie sich an. »Eigentlich ist das eine schöne Kirche.«

Ich nickte. »Wir sind hier getauft worden, Allie und ich.«

»Und konfirmiert?«

»Ja, Allie. Und sie sah traumhaft schön aus. Ich war ganz hingerissen. Sie sah so erwachsen aus.«

»Was ist mit dir?«

»Ich bin nicht konfirmiert worden. Ich wollte nicht, als es so weit war. Als Kinder wurden wir gezwungen, jeden Sonntag mit Großmutter in die Kirche zu gehen, wenn wir unter ihrer Obhut standen. Ich glaube nicht, dass sie das tat, weil sie selbst besonders religiös war, es gehörte sich einfach, in die Kirche zu gehen. Mit Hut und Handschuhen – nicht wir, sondern Großmutter. Allie ging gern in die Kirche, aber ich habe mich unbeschreiblich gelangweilt. Ich war wohl zu klein, aber Großmutter konnte mich ja nicht alleine zu Hause lassen, und als ich schließlich groß genug war, weigerte ich mich mitzugehen.«

Ich hatte keine Blumen mitgenommen, bei der Wärme war das sinnlos, aber ich kam mir trotzdem ein wenig armselig vor, als wir vor dem Grab standen. Ein wenig wie wenn man das Gastgeschenk vergessen hat. Als die Urne begraben worden war, hatte eine Flut von Blumen und Kränzen dagelegen, aber sie waren längst verwelkt.

Jetzt lag nur ein einziger Kranz vor dem Stein und in einer grünen Plastikvase ließ ein kleiner struppiger Strauß Wildblumen die Köpfe hängen.

Den hatten bestimmt die Kinder gepflückt.

Ich hatte Allie versprochen, dafür zu sorgen, dass im Herbst Rosen gepflanzt wurden. Viele Rosen.

»Allie hat die Grabstätte selbst ausgesucht«, sagte ich. »Direkt neben Großmutter und Großvater. Sie hat gesehen, dass sie frei geworden ist, und sie wollte gerne dort liegen. Sie hat gesagt, dass die Kinder dann einfach vorbeikommen und mit ihr reden können, wenn sie traurig sind. Du weißt schon, so wie Aschenputtel zum Grab ihrer Mutter gegangen ist – oder Allie zu Großmutters. Sie hat Großmutter wirklich geliebt.«

»Du nicht?«

»Nicht auf die gleiche Weise. Ich habe sie gemocht, weil sie meine Großmutter war, aber ich hielt sie für schrecklich alt und schrecklich streng. Es gab so viel, das ich nicht durfte. Allie war ja sozusagen ein pflegeleichtes Kind, das nie ausgeschimpft wurde. Ich war ein sehr unruhiges Kind, also wurde ich ausgeschimpft. Großmutter war in Wirklichkeit zu alt, um auf uns aufzupassen. Jedenfalls um auf jemanden wie mich aufzupassen. Sie war fünfundsechzig, als ich geboren wurde. Es war der reine Wahnsinn und verantwortungslos, dass Mutter und Vater uns ihr überlassen haben. Das mochte mit Allie gehen, als Großmutter noch sechs Jahre jünger war, aber was mich anbetraf, war das keine Lösung. Ich muss eine Plage für sie gewesen sein. Viel zu unruhig, laut und naseweis. Und dann war ich so ein unglaublich hässliches Kind.«

Henrik lachte. »Das zu glauben, fällt mir schwer.«

»Dann solltest du dir die Fotos ansehen, die ich aus der Zeit habe, als ich klein war«, lachte ich. »Ich sehe wirklich drollig aus mit meinem kleinen seltsamen Gummigesicht, das fast nur aus Mund und Augen und kreideweißem

Acrylhaar bestand, das nach allen Seiten abstand. Ich sah aus wie eine Kreuzung aus einem Frosch und einem Schlumpf. Ich habe auch ein bisschen geschielt.« Ich lachte. »Vater nannte mich *little ugly-face.*«

»Wie konnte er das tun? Das war doch gemein!«

»War es nicht. Er lachte immer, wenn er es sagte, und ich hatte ja keine Ahnung, was es bedeutete, und empfand es fast wie eine verbale Liebkosung, wie einen Spitznamen.«

»Warum liegen sie eigentlich nicht hier?«

»Wer? Meine Eltern?«

»Ja, wo sind sie begraben?«

»Nirgendwo. Man hat sie aus dem Flugzeug geworfen.«

Henrik starrte mich ungläubig an. »Was ...?«

Ich kicherte. »Ich meine natürlich, dass sie verbrannt worden sind und dass anschließend ihre Asche aus einem Flugzeug ins Meer gestreut wurde.«

»Wie seid ihr denn darauf gekommen?«

»Darauf sind nicht wir gekommen, das war Vaters Idee.« Ich musste bei dem Gedanken lachen und Henrik sah mich verwundert an. »Verstehst du, er ist nie geflogen. Er hat immer gesagt: ›Ich habe keine Angst vorm Fliegen, ich glaube, es würde mir sogar gefallen, aber ich habe Angst herunterzufallen. Deshalb weigere ich mich, meine Füße in ein Flugzeug zu setzen, aber wenn ich einmal sterbe, könnt ihr meine Asche über dem Meer verstreuen, dann bin ich wenigstens einmal geflogen.‹ Und es passte einfach so gut zu den beiden, dass Allie und ich uns einig wurden, es so zu machen.«

»Wie meinst du das, es passte zu ihnen?«

»Einfach so fortzufliegen, im Äther zu verschwinden. So waren sie. Beschwingt, munter, unbeständig. Sie haben wirklich im Hier und Jetzt gelebt. Wie die Sommervögel. Ich habe sie unglaublich gern gehabt.«

»Ich habe von dem Unfall in der Zeitung gelesen. Das muss ein Schock für euch gewesen sein.«

»Ja«, nickte ich und die Gedanken eilten unwillkürlich zu jenem Sommer vor zehn Jahren zurück.

Sean, der Scheißkerl, und ich hatten ein halbes Jahr vorher mit einer kleinen, bescheidenen Zeremonie geheiratet. *Sehr* bescheiden. Er war schließlich schon dreimal verheiratet gewesen! Natürlich wollten meine Eltern meinen Auserkorenen gerne kennen lernen, und da sie uns nicht besuchen konnten – wegen Vaters Flugangst –, mussten wir zu ihnen kommen, weshalb wir verabredeten, die Sommerferien in Dänemark zu verbringen. Mutter und Vater waren von Nizza heraufgekommen, wo sie die letzten Jahre gelebt hatten. Vater fuhr gerne Auto. In meiner Erinnerung kamen sie jedes Mal, wenn sie uns zu Hause besuchten, mit einem neuen Sportwagen, schöner und teurer als der vorherige, aber wahrscheinlich trügt die Erinnerung. Sie wohnten bei Allie und René und alle vier fuhren zum Flughafen hinaus, um uns abzuholen. Vater fuhr immer auf die letzte Minute, sodass Allie und René glücklicherweise schon in ihrem eigenen Auto vorausgefahren waren, Mutter und Vater folgten ihnen im Sportwagen. Kurz vor dem Flughafen wurden sie von einem Auto mit zwei jungen Männern gerammt, das mit viel zu hoher Geschwindigkeit aus einer Seitenstraße geschossen kam. Alle vier waren auf der Stelle tot, und während Allie und ich uns freudestrahlend und nichts ahnend am Terminal umarmten, fuhren draußen die Ambulanzen hin und her.

»Ja«, wiederholte ich. »Natürlich war das ein furchtbarer Schock. Seltsamerweise habe ich seitdem auch Flugangst. Als ich anfing, Psychologie zu studieren und zur Analyse zu gehen, wurde mir klar, dass ich in Wirklichkeit keine Angst vor dem Fliegen hatte, sondern vor dem, was mich bei der Landung erwartete.«

»Das klingt stimmig.«

»Irgendwie war es Ironie des Schicksals, dass Vater, der

an Flugangst litt, bei einem Autounfall umkam. Aber auch wenn es ein Schock und eine sinnlose Tragödie war, habe ich nicht wirklich tief getrauert. Nicht so wie jetzt um Allie.« Ich schwieg einen Augenblick und räusperte mich. »Vielleicht lag das daran, dass ich meine Mutter und meinen Vater nie so als Eltern betrachtet habe wie andere Kinder. Sie waren mehr wie ein paar liebe und amüsante Verwandte, die hin und wieder zu Besuch kamen und den Alltag mit Festen und Farben, mit Musik und Lachen füllten. Für Allie war es natürlich schlimmer. Ihr waren sie viel mehr Eltern gewesen. Aber seit ich fünf, sechs Jahre alt war, hatten sie fast immer im Ausland gelebt.«

»Hast du das nicht vermisst? Einen richtigen Vater und eine richtige Mutter zu haben?«

»Nee, ich hatte doch Großmutter. Und vor allem Allie. In gewisser Weise war sie eine Mutter für mich. Und sie war immer da.«

Ich sah auf den Stein hinunter. *ALLIE* stand da mit großen Buchstaben und erst darunter folgte ihr offizieller Name – *ALETA JANTZ CARLSEN.*

René hatte den Stein anfertigen lassen. Auch für ihn war sie vor allem Allie gewesen.

Ich war froh, dass Henrik mit mir hierhin gekommen war. Es hatte mir gut getan, von meiner Kindheit zu erzählen, von meinen Eltern und von Allie. Zu wissen, dass ich jemanden hatte, der sie auch gekannt hatte.

Bei unserer Morgenbesprechung am Dienstag *zogen wir Bilanz,* wie Henrik das nannte. Um sieben Uhr am Montagmorgen hatten der Direktor, der Personalchef und der Vertrauensmann eine unangemeldete Kontrolle in der Schlachtereiabteilung durchgeführt und damit war das Spiel für den Schlachtermeister vorbei. Er wurde gefeuert und des Ortes verwiesen, aber nicht angezeigt.

»Warum nicht?«, fragte ich.

Henrik zuckte mit den Schultern. »Das macht man nicht so gern. Schlechte Reklame.«

»So ein Unsinn«, wandte ich ein. »Wenn sie die Leute anzeigen, die eine Flasche Whisky klauen, müsste so etwas auch angezeigt werden.«

»Tja, das ist eben nicht üblich.«

»Und was ist mit dem Fahrer? Wird der auch nicht angezeigt?«

»Vermutlich nicht, aber das hat sein Arbeitgeber zu entscheiden. Er wird wohl nur gefeuert. Und wenn der Schlachter den Mund hält, wird er vielleicht von jeglicher Schuld freigesprochen. Es lässt sich nicht beweisen, dass er wusste, was vor sich ging. Rein theoretisch kann der Schlachter das Fleisch auch selbst in sein Auto geladen haben, nachdem der Fahrer gefahren ist.«

»Wir haben die Bilder.«

»Ja, aber davon werden wir keinen Gebrauch machen. Der Fahrer ist nicht unser Problem.«

»Was ist mit der Verkäuferin aus der Damenbekleidung?«

»Sie ist gefeuert und angezeigt worden. Das war organisierte Kriminalität, von außen gesteuert, also eine ganz andere Sache. Die ganze Bande wird ein paar Monate eingelocht werden und dann beginnen sie woanders von vorne. Wir werden nicht arbeitslos, solange *nette* Menschen bereit sind, gestohlene Ware billiger zu kaufen.«

»Und Tina?«

»Sowohl sie wie die Diebin aus der Weinabteilung kommen mit einer Kündigung davon. Aber sie waren noch nicht bis zu ihr vorgedrungen, als ich mit ihnen gesprochen habe. Sie hatte gestern frei. Aber auch wenn sie nicht angezeigt werden, dürfte das seine Wirkung nicht verfehlen. Die Gerüchte gehen bereits durch das ganze Haus, und sollten noch andere in Versuchung geraten sein, werden sie das jetzt ganz schnell vergessen.«

»Der Job ist also erledigt!«, sagte ich und lächelte leicht angestrengt. Ich hatte die ganze Zeit gewusst, dass dieser Tag kommen würde.

»Ja, Gott sei Dank!«, sagte Karin aus tiefster Seele. »Jetzt brauche ich auch Urlaub!«

Henrik sah reumütig aus. »Ich weiß sehr wohl, dass ich den ganzen Sommer über Raubbau an euch betrieben habe. Aber eigentlich habt ihr Glück. Das Wetter ist erst jetzt richtig gut.«

»Ja, das hast du schön gemacht«, lachte Karin. »Sollen wir uns jetzt vielleicht auch noch bei dir bedanken?«

Henrik lachte und drehte sich zu mir um. »Karin und Inge machen beide die nächsten vierzehn Tage Urlaub, es sei denn, es fällt etwas Akutes an. Ruth steht zur Verfügung und für dich habe ich eine kleine, einfache Aufgabe.«

»Für mich?«

»Ja, du hast doch wohl nicht geglaubt, dass du jetzt auch Urlaub hast? Du hast doch gerade erst angefangen.« Er sah mich fragend an. »Du hast doch nicht etwa vor, jetzt schon aufzuhören, oder?«

»Nee, aber ...« In Wirklichkeit war ich entzückt.

»Ja, ja, ja, ich weiß«, unterbrach mich Henrik. »Das Psychologiestudium und all das. Darüber sprechen wir Weihnachten.«

Er wusste, dass ich den Bescheid erhalten hatte, dass ich vielleicht nach Weihnachten anfangen konnte.

»Es geht um eine Ehegeschichte. Ich hoffe, dass du über so etwas nicht erhaben bist. Das sind wir nämlich nicht.« Wenn er *wir* sagte, meinte er immer das *NSC*. »Wir sind der Auffassung, dass es für einen Mann oder eine Frau genauso wichtig ist herauszufinden, ob der Ehepartner ihn oder sie betrügt, wie es für *K & L* wichtig zu wissen ist, ob die Angestellten das tun.«

»Okay.«

»Ruth wird dich mit den Arbeitsmethoden vertraut

machen. Das ist ihr Spezialgebiet. Sie ist die ganze Woche hier und wird dich einweisen und außerdem hat sie Bereitschaft, bis Karin und Inge wieder da sind.«

Ruth lächelte. »Bereitschaft heißt, dass ich immer mein Handy eingeschaltet habe und auf Abruf bereitstehe, wenn es schellt und die Kacke am Dampfen ist!«

Ich lachte.

»Was ist mit dir? Bist du hier?«, fragte ich Henrik.

Er nickte. »Die meiste Zeit. Ich habe ein paar Kleinigkeiten außer Haus zu erledigen, aber ansonsten bin ich hier. Da liegt eine Menge Papierkram, der erledigt werden muss.«

»Er muss ein paar dicke, fette Rechnungen schreiben!«, flüsterte Ruth laut.

Eine Woche war vergangen, seit ich zuletzt mit Marion gesprochen hatte. Ich hatte sie zufällig vor *K & L* getroffen und wir hatten miteinander geredet, als plötzlich ein Jubelschrei ertönte: Tante Bea! Tante Bea!, und einen Moment später warf sich Sofie, Allies Älteste im Alter von sieben Jahren, in meine Arme, während die Zwillinge schreiend hinterhergestürzt kamen und meine Beine umarmten. Ulla hielt sich ein wenig verlegen im Hintergrund.

»Hei, ihr Racker«, sagte ich. »Sagt der Dame schön Guten Tag. Sie heißt Marion.«

Sofie grüßte höflich, die beiden Kleinen starrten sie mit großen Augen und Schnuller im Mund an. Ich lachte. »Das sind meine Nichten«, sagte ich zu Marion. »Allies Kinder.«

»Sie haben doch gesagt, dass Sie keine Familie haben.« Sie sah mich fast vorwurfsvoll an und ich erinnerte mich ein wenig peinlich berührt, wie ich mich bei unserer ersten Begegnung in Selbstmitleid gesuhlt hatte.

»Ich meinte, keine Erwachsenen«, erklärte ich kleinlaut.

»Ach ja, natürlich.« Sie lächelte. »Nun, ich muss weiter.«

»Wie wäre es mit einem gemeinsamen Mittagessen?«, fragte ich.

»Heute nicht, ich bin ein wenig in Eile.«

»Vielleicht sehe ich heute Abend im Fitnessstudio vorbei«, sagte ich.

»Ja, tun Sie das«, sagte sie. Sie klang nicht besonders enthusiastisch. Sie hatte auch nicht umhin gekonnt zu bemerken, dass ich ihren offenen Flirt mit Per nicht guthieß.

Ich beschloss, an jenem Abend nicht ins Fitnessstudio zu gehen, und seitdem hatte ich sie nicht mehr gesehen, sodass ich mich, als ich unerwartet eine Stunde zu meiner freien Verfügung hatte, da mein neues *Objekt* zum Frisör gegangen war, entschloss, in der Cafeteria von *K & L* zu Mittag zu essen. Vielleicht würde ich sie ja dort treffen.

Ich sah mich um, als ich die Cafeteria betrat, aber Marion war nicht da. Ich wählte einen Tisch, der so weit wie möglich von den ewig dasitzenden Türken entfernt lag, und legte meine Sonnenbrille und meine Zigaretten darauf. Bei der Wärme trug ich keine Jacke, die ich über die Stuhllehne hängen konnte, um zu markieren, dass dieser Tisch besetzt war. Ich hoffte, dass die Sonnenbrille nicht gestohlen wurde, während ich zur Theke ging.

Ich nahm ein Tablett, versorgte mich an der Selbstbedienungstheke mit Essen und Trinken und landete schließlich mit meiner Beute an der Kasse.

»37 Kronen«, sagte die Kassiererin. Ich gab ihr einen Fünfzig-Kronen-Schein, sie tippte den Betrag ein und begann das Wechselgeld abzuzählen.

»Haben Sie das von Frau Back-Hansen gehört?«, fragte sie, als sie mir das Geld gab. In ihrem Blick lag Sensationslust und in ihrem Tonfall eine Andeutung von Schadenfreude. Sie hatte mich zusammen mit Marion hier gesehen und sowohl ihr Blick wie ihre Stimme deuteten an, dass das nichts war, womit man sich rühmen konnte; ich sollte mir nur nichts einbilden.

»Nee«, sagte ich und versuchte uninteressiert zu klingen, während ich mich fragte, ob Marion in einem Geschäft, in dem es keine rettende *Regelung* gab, auf frischer Tat ertappt worden war. »Was ist denn mit ihr?«

»Sie ist tot!«

Ich hatte das Tablett bereits aufgenommen, aber jetzt setzte ich es hart wieder ab.

»Tot!«, rief ich schockiert. »Ja aber ... wie denn? Ein Unfall?«

»Es wird von Selbstmord gesprochen.«

Sie klang fast euphorisch.

Marion tot!

Ich starrte auf meinen Krabbensalat und fühlte die Übelkeit im Hals aufsteigen. Dann machte ich auf dem Absatz kehrt und marschierte zum Ausgang.

»Ihr Essen! Was ist mit Ihrem Essen?«, rief sie hinter mir her. Blöde Zicke!

»Essen Sie es selbst!«, schrie ich wütend, ohne den Kopf zu drehen.

Man ermordet ja immer den Boten.

7

Ohne anzuklopfen, stürmte ich in Henriks Büro. Er sah von seinem Schreibtisch auf, ohne das geringste Anzeichen von Überraschung.

»Ich habe mir schon gedacht, dass du kommst«, sagte er. »Ich habe versucht, dich anzurufen. Du hast es also erfahren!«

Das Letzte war mehr eine Feststellung als eine Frage.

»Es stimmt demnach, Henrik? Marion *ist* tot.«

»Ja, es tut mir Leid. Sie wurde tot in ihrer Garage gefunden. Wie hast du es erfahren?«

»Bei *K & L.* Von der Kassiererin in der Cafeteria. Sie hat es genossen, mir das zu erzählen.«

Henrik zuckte mit den Schultern. »Alle genießen es, einem als Erster von einer Sensation zu erzählen. Was hat sie gesagt?«

»Dass es Selbstmord war. Aber ich weigere mich, das zu glauben.«

»Unglaublich, wie schnell sich Gerüchte verbreiten.«

»Aber stimmt das? War es Selbstmord?«

»Selbstmord oder ein Unfall. Das lässt sich noch nicht mit Bestimmtheit sagen. Es kann beides sein und da wird man ihr – oder besser den Hinterbliebenen – natürlich den Zweifel zugute kommen lassen. Doch aufgrund der mir vorliegenden Informationen gehe ich eigentlich von Selbstmord aus.«

Ich fragte nicht, woher er seine Informationen hatte.

»Warum? Erzähl mir, was passiert ist.«

»Sie wollte zu einem Treffen des *Ladies Circle* um 19 Uhr und hat das Haus ungefähr um 18.45 Uhr verlassen, nachdem sie sich von ihrem Mann verabschiedet hat. I. C. hat sie nicht fahren sehen, aber er meint, das Auto gehört zu haben. Er ist sich nicht sicher und man weiß auch noch nicht, ob sie an dem Treffen teilgenommen hat. Vielleicht ist sie nicht weiter als bis zur Garage gekommen. Vielleicht war sie ganz woanders.«

Er schnitt eine viel sagende Grimasse.

»Du meinst, dass sie sich mit einem Liebhaber getroffen hat?«

»Es wäre nicht das erste Mal in der Geschichte, dass ein Treffen als Entschuldigung gebraucht wird, und angeblich hatte Marion einen hohen Verschleiß.«

Ich schüttelte mich. Es war mir unangenehm, wenn so von ihr gesprochen wurde.

»Offensichtlich wird viel über Marion geredet, was?«

»Wundert dich das? In einer Stadt dieser Größe redet man viel über Leute wie I. C. und seine Frau. Den lokalen Jetset.«

»Ja, okay, das weiß ich. Es ist nur so ... widerwärtig.«

»Einig.«

»Und weiter?«

»I. C. meint, gegen 22 Uhr das Auto zurückkommen gehört zu haben – er saß in seinem Arbeitszimmer –, aber als Marion nicht ins Haus gekommen ist, ist er davon ausgegangen, dass er sich geirrt hat.«

»Warum ist er nicht rausgegangen und hat nachgesehen?«

»Jetzt sei aber mal vernünftig, Bea. Warum sollte er das? Nachher ist man immer schlauer, aber er sagt, dass diese Treffen oft sehr lange dauerten und dass er keinen Grund hatte, unruhig zu werden.«

Den hatte er aber. Er wusste es nur nicht.

»Okay, und dann?«

»Gegen 11 schellte es an seiner Tür. Es war einer der Nachbarn, der mit seinem Hund draußen war. Sowohl auf dem Hin- wie auf dem Rückweg hat er gehört, dass in I. C.s Garage ein Automotor lief, und Unrat gewittert.«

»War die Garage geschlossen?«

»Ja, und da war I. C. sofort klar, dass etwas nicht in

Ordnung war. Er rannte zur Garage – vom Haus aus führt eine Tür hinein –, drückte auf den automatischen Türöffner und machte den Motor von Marions Auto aus. Gleichzeitig rief er dem draußen vor der Garage stehenden Nachbarn zu, Hilfe zu rufen. Als der Nachbar zurückkam, war I. C. dabei, Marion künstlich zu beatmen.«

»Sie saß also im Auto?«

»Nein, in dem Fall könnte von einem Unfall gar keine Rede sein. Sie lag auf dem Garagenboden und die Tür zur Fahrerseite stand offen. I. C.s Erklärung oder Theorie ist die, dass sie unmittelbar nachdem sie ausgestiegen war und das Tor geschlossen hatte gestolpert ist. Sie hatte Schuhe mit sehr hohen Absätzen an.«

»Na und? Sie hätte doch wieder aufstehen können. Man wird doch nicht so einfach bewusstlos!« Ich schnipste mit den Fingern. »Von der einen Sekunde auf die andere. Diese Erklärung ist nicht hieb- und stichfest.«

»Natürlich nicht. I. C. meint, dass sie sich bei dem Fall am Kopf verletzt haben muss, aber das ist wahrscheinlich Wunschdenken!«

»Du glaubst also an Selbstmord?«

Henrik zuckte mit den Schultern. »Das ist am wahrscheinlichsten, nicht? Die Polizei hat übrigens eine fast leere Whiskyflasche auf dem Boden des Autos gefunden. Der Verschluss lag auf dem Sitz.«

Ich sah ihn an. »Das deutet darauf hin, dass sie sich zuerst Mut angetrunken hat.«

»Ja, oder währenddessen. Ich habe mir nicht so viele Gedanken darüber gemacht.«

»Es wundert mich nur, dass sie aus dem Auto ausgestiegen ist«, sagte ich. »Wenn sie schon vorhatte, sich umzubringen, wäre es doch bequemer gewesen, im Auto zu sitzen als auf dem harten Garagenboden.«

Henrik nickte. »Einig, und ich glaube auch, dass sie das gemacht hat. Meine Quelle – deren Quelle der Nachbar ist – sagt, dass sie, als er sie zum ersten Mal sah, fast an dem Auto lehnte, als wäre sie herausgerutscht. Doch als er nach dem Anrufen zurückkam, lag sie ein gutes Stück vom Auto entfernt – in der Nähe des Druckschalters für die Tür.«

»Dann hat I. C. sie bewegt, um seine Theorie zu untermauern. Hat der Nachbar das der Polizei erzählt?«

»Nein, und das wird er auch nicht. Wozu soll das gut sein, sagt er – und da hat er ja Recht.«

»Mit anderen Worten, wenn I. C. will, dass es ein Unfall ist, ist es ein Unfall.«

»Ja.«

»Ich möchte wissen, ob er selbst daran glaubt?«

»Das tut er bestimmt – nach einiger Zeit.«

»Es sei denn, es gibt einen Brief.«

»So etwas ist eher selten«, sagte Henrik. »Das ist ein Mythos.«

Ich nickte. »Ja, ich weiß.«

Wir saßen eine Weile schweigend da. Der Schock ließ langsam nach, aber ich war noch immer ziemlich erschüttert. Es wäre übertrieben zu sagen, dass ich trauerte, dafür kannte ich sie zu kurz, aber trotzdem ... Vielleicht trauerte ich um das, was hätte werden können. Und noch dazu Selbstmord! Ich fasste es nicht. Henrik klang sehr überzeugend, aber das bedeutete noch lange nicht, dass er Recht hatte.

»Warum glaubst du, hat sie das gemacht?«

Er schüttelte den Kopf. »Du bist die Psychologin.«

»Ja, aber ich verstehe es nicht. Sie hatte doch alles. Sie war jung, schön und reich!«

»Ja, noch. Hinter den Reichtum sollten wir schon ein Fragezeichen setzen.«

»Ach, bestimmt haben sie und I. C. in der einen oder anderen Steueroase Geld auf die Seite geschafft. Deshalb wundere ich mich auch. Ich kannte sie bestimmt nicht gut, aber Marion war – meiner Einschätzung nach – eine Überlebenskünstlerin. Einfach nicht der Typ, der Selbstmord begeht.«

»Warum nicht?«

Ich dachte nach. »Weil sie so lebenshungrig war. Sie war lustig und charmant, vielleicht war sie auch gierig, oberflächlich und egozentrisch, aber …« Ich schüttelte den Kopf. »Ich kann einfach nicht glauben, dass sie Selbstmord begangen hat. It's out of character.«

»Dann halten wir uns eben an I. C.s Erklärung und sagen, dass es ein Unfall war. Deine Freundin kommt von einem Treffen nach Hause, vielleicht von einem Treffen mit einem Liebhaber – das könnte den Whisky erklären. In der Garage stolpert sie, betrunken wie sie ist, und schlägt mit dem Kopf auf, sodass sie das Bewusstsein verliert. Unglücklicherweise hat sie schon die Garagentür geschlossen, aber *nicht* den Motor ausgestellt.«

»Oh!«, rief ich.

»Aber lass uns nicht weiter darüber diskutieren. Sie ist tot, langer Rede kurzer Sinn.«

»Glaubst du, du kannst herausfinden, wo und wann sie beerdigt wird?«

»Das kannst du in der Todesanzeige sehen.«

Ich schüttelte den Kopf. »Vor der Beerdigung wird es wohl keine Anzeige geben. Und falls doch, wird dort garantiert stehen, dass die Beerdigung in aller Stille stattfindet. I. C. ist sicherlich nicht daran interessiert, einen Knüller mit Pressefotografen und all dem daraus zu machen. Wenn du also herausfinden kannst …«

»Warum willst du das wissen?«

»Weil ich hingehen will.«

»Das kannst du doch nicht, wenn die Beerdigung in aller Stille stattfindet.«

»Abgesehen von I. C. werden alle glauben, dass ich eine Einladung habe.«

»Und was ist mit ihm?«

»Er wird mich gar nicht sehen.«

Henrik sah mich forschend an. »Hältst du das für klug, Bea? Wird das nicht zu viel aufreißen …?«

Ich unterbrach ihn. »Nein, ich muss dorthin gehen. Ich … ich mochte sie und ich muss zu ihrer Beerdigung gehen, um zu begreifen, dass sie wirklich tot *ist.* Wenn ich das nicht tue, werde ich sie weiter überall sehen.«

»Das ist deine Entscheidung.«

Ja, wessen sollte es auch sonst sein!

Und ich wusste, dass es für mich wichtig war.

Als ich aufs Internat ging, wurde eine meiner Freundinnen überfahren. Großmutter hatte es nicht für notwendig gehalten, mich zum anderen Ende des Landes reisen zu lassen, um an ihrer Beerdigung teilzunehmen, und seitdem habe ich bereut, dass ich mich ihr gefügt habe.

Es hat etwas damit zu tun, die Dinge zu Ende zu bringen. Sie abzuschließen. Abschied zu nehmen.

Aus diesem Grund wurmt es mich auch immer noch, dass Sean, der Scheißkerl, sich geweigert hat, mir Auf Wiedersehen zu sagen, als wir geschieden wurden.

Am nächsten Vormittag saßen Ruth und ich in meinem Büro, nachdem ich unserem *Objekt* zur Arbeit gefolgt war.

»Sie hat sich gestern die Haare schneiden lassen«, sagte ich. »Und färben.«

»Ups!«, sagte Ruth. »Dann hat ihr Mann wohl Recht, dass da irgendetwas ist. Neuer Mann, neue Frisur!«

»Glaubst du wirklich?«, fragte ich zweifelnd. »Sie ist über fünfzig.«

Ruth schüttelte lächelnd den Kopf. »Das ist der Fehler bei euch Jungen. Ihr glaubt, dass die Welt bei euch beginnt und bei euch endet und dass die Generation eurer Eltern kein Sexleben hat.«

»Nein«, protestierte ich. »Ich glaube das jedenfalls nicht. Ich weiß definitiv, dass meine Eltern bis zu ihrem Tod ein sehr aktives Sexleben hatten, und da waren sie über sechzig.«

Ich konnte mich genau an die Geräusche aus ihrem Schlafzimmer erinnern, wenn sie zu Hause zu Besuch waren.

»Na, siehst du.«

»Ja, aber du musst doch zugeben, dass sie langweilig aussieht, auch wenn ihr die neue Frisur steht. Sie ist mit Sicherheit keine Sexbombe. Sie wiegt mindestens zehn Kilo zu viel und hat einen Hintern wie ein Scheunentor, wer sollte sich schon in sie verlieben?«

Ruth lachte. »Sei doch nicht so naiv, Bea. Es gibt Massen von Männern, die eine warme, mollige Frau, bei der sie Schutz suchen können, so einem modernen Kleiderständer vorziehen. Nimm nur mal ihren Mann.«

Unser *Objekt* war Altenpflegerin, und wenn sie etwas am Laufen hatte, dann jedenfalls nicht an ihrem Arbeitsplatz. Männer sind beim Pflegepersonal ziemlich unterrepräsentiert. In drei Tagen war sie nur an einem einzigen Abend aus gewesen, ich hatte sie beschattet, und das, um an einem EDV-Kurs teilzunehmen.

»Ich glaube, dass er sich das nur einbildet. Wie lange sollen wir weitermachen?«

»Solange er dafür bezahlt.«

»Das ist hinausgeworfenes Geld.«

»Das ist sein Problem«, sagte Ruth zynisch.

Sie ist die älteste meiner Kolleginnen, aber wir verstehen uns am besten. Ich weiß immer noch nicht, wie viele wir sind; bis jetzt habe ich noch zwei weitere Kollegen kennen gelernt – Mogens und Jakob. Sie sind beide in den Vierzigern.

»Och, das variiert ein bisschen«, hatte Ruth auf meine Frage ausweichend geantwortet. »Wir haben ein paar freie

Mitarbeiter, auf die wir zurückgreifen können wie auf mich.«

Mogens und Jakob sehen aus, als hätten sie eine Vergangenheit bei der Polizei. Wenn sie hier nur als freie Mitarbeiter arbeiten, *sind* sie vielleicht sogar Polizisten. Das würde mich nicht wundern. Henrik ist selbst Polizist gewesen. Jedenfalls hat er sich bei der Polizei beworben und war auf der Polizeischule, bis er herausfand, dass das nicht das Richtige war. Vielleicht kennt er sie daher.

Nach dem Mittagessen kam er zu mir herein. Ruth war zum Essen gegangen, sodass ich allein im Büro war.

»Ich habe es herausgefunden«, sagte er. »Und du hast Recht. Die Beerdigung findet in aller Stille statt. Übermorgen. Um 13 Uhr in der *Margrethekirke.*«

»Schon?«

»Ja. Und außerdem kann ich dir erzählen, dass sie sternhagelvoll war. 1,7 Promille. Sie *war* auf dem Treffen im *Ladies Circle,* ist jedoch unmittelbar nach dem Essen gegangen. Sie hat sich mit Kopfschmerzen entschuldigt. Sie hat das Hotel *Phönix* um 20 Uhr verlassen.«

»Wo war sie dann bis 22 Uhr?«

»Vermutlich in der Garage, aber deine Vermutung ist nicht mehr wert als meine. Sie hat ein Glas Rotwein zum Essen getrunken – das war alles.«

»Hat niemand sie nach Hause kommen sehen?«

»So viel wird da nicht recherchiert, Bea, ob es nun ein Unfall war oder Selbstmord. Sie kaufen übrigens die Geschichte mit dem Unfall, laut Gerichtsbeschluss.« Er ging zur Tür. »Du sahst aus, als wolltest du gerade gehen.«

»Ja, gleich.« Ich sah auf meine Uhr. »Unser Objekt hat um zwei Uhr frei, da sollte ich wohl zur Stelle sein.«

»Gut.« Er blieb in der Tür stehen. »Ach, da ist übrigens noch etwas. Sie war schwanger.«

Er verschwand in seinem Büro und ich starrte sprachlos auf die leere Tür.

Die Kirche war nicht einmal zu einem Viertel gefüllt, als ich hineinschlich und mich lautlos so weit nach vorne setzte, wie ich mich traute. Es war sehr still im Raum, das Glockenläuten draußen war deutlich zu hören. Hin und wieder räusperte sich jemand und ein paar Schuhe schabten über den Boden, dann war es wieder still.

Ich fand den Sarg merkwürdig nackt. Er war mit weißen Kallas geschmückt. Allies Sarg war mit hellroten Rosen und weißen Margeriten geschmückt gewesen. Ihren Lieblingsblumen. Hier erinnerte mich nichts an Allie oder Allies Beerdigung. Die *Margrethekirke* war eine neue Kirche mit moderner Ausstattung. Nicht einmal die Psalmen waren dieselben, sah ich, als ich die Nummern im Gesangbuch nachschlug.

Das ferne Läuten hörte auf und einen Moment war es totenstill in der Kirche, während das Echo verhallte. Die Orgel intonierte den ersten Psalm und der Chor begann zu singen. Soweit ich hörte, sang niemand der Trauergäste mit.

Dicht bei dem Sarg saßen die nächsten Angehörigen. Links saß I. C., ich erkannte ihn von den Bildern. In Wirklichkeit sah er älter und kleiner aus. Neben ihm saßen zwei Paare mittleren Alters. Marion hatte erwähnt, dass ihr Mann einen Neffen und eine Nichte hatte, vermutlich waren das also der Neffe und die Nichte mit ihren Ehepartnern. Soweit ich Marion verstanden hatte, waren sie nicht gerade Busenfreunde gewesen. Sie hatten sie bestimmt recht kühl aufgenommen. Verständlicherweise. Unbestreitbar verringerte es ihre Zukunftsaussichten, wenn der Erbonkel plötzlich heiratete, darüber hinaus noch eine Frau, deren Vater er hätte sein können.

Ich rutschte ein wenig, um zu sehen, wer auf der anderen Seite des Sargs saß. Wer mochte das sein? Marion hatte ja keine Familie, aber diese Leute passten auch nicht zu I. C.s wohl gekleidetem Umgangskreis. Ganz vorne saßen ein paar ältere oder alte Menschen, auf jeden Fall in den Siebzigern. Die Frau wischte sich die ganze Zeit mit einem Taschentuch die Augen und schniefte hin und wieder hörbar, wobei I. C.s Nichte sich jedes Mal wand. Neben den Alten saßen zwei dicke Frauen in den Fünfzigern mit zwei ebenso dicker, gleichaltriger Männer und in der Reihe dahinter ein etwas jüngeres und weniger fülliges Paar sowie einige junge Menschen. Sie glichen einer Horde Schlümpfe. Waren das vielleicht derzeitige und frühere Angestellte aus I. C.s und Marions Haushalt? Es musste ja eine verhältnismäßig enge Beziehung bestehen, da sie so nahe bei dem Sarg saßen.

Meine Gedanken gingen ihre eigenen Wege, kreisten aber die ganze Zeit um Marion. Hatte sie gewusst, dass sie schwanger war? Und hatte I. C. das gewusst? Ich hatte meine Zweifel. War er überhaupt der Vater des Kindes? Ich hatte meine Zweifel. I. C. hatte einige Herzanfälle hinter sich und aus den Bemerkungen, die sie hatte fallen lassen, hatte ich den Eindruck gewonnen, dass sie kein Sexleben mehr hatten. Am wahrscheinlichsten war, dass Per, ihr Geliebter, der Vater war. Es wunderte mich, dass der cleveren, selbstsicheren und erfahrenen Marion ein solcher Patzer passiert war. Hatte das die Panik ausgelöst? Ich hatte meine Zweifel. Sie war erst ungefähr in der achten Woche, hätte also eine Abtreibung vornehmen lassen können und I. C. hätte nie etwas zu erfahren brauchen.

Konnte die Schwangerschaft Selbstmordgedanken ausgelöst haben? Das zu beurteilen war unmöglich.

Ich kam erst wieder zurück in die Gegenwart, als die Pfarrerin, eine junge Frau übrigens, mit einem dicken schwangeren Bauch unter dem Talar, mit der Grabrede begann.

»Wir sind heute hier versammelt, um von Marion Elise Back-Hansen Abschied zu nehmen.« Ach du meine Güte, hieß sie auch noch Elise. Meine Gedanken begaben sich wieder auf Abwege. Ob die Pfarrerin wohl jedes Mal den vollen Namen erwähnte, wenn sie von der Verstorbenen sprach? Das tat sie und plötzlich hatte man das Gefühl, als würde es sich um einen fremden Menschen handeln. Aber das waren die Toten für die Pfarrerin in den meisten Fällen wohl auch.

»Und ihr, ihre Nächsten, fragt euch sicher warum? Warum müsst ihr eine geliebte Ehefrau, Tochter, Tante und Schwägerin verlieren?«

Die Pfarrerin drehte sich halb um und umfasste die Schlumpffamilie mit dem Blick.

Wie peinlich! Ich hatte das Gefühl, ihretwegen rot zu werden. Sich so einen Schnitzer zu erlauben: Ob sie zwei Grabreden vertauscht hatte? Ich hatte in der Vorhalle gesehen, dass um 14 Uhr noch eine andere Beerdigung stattfinden sollte.

Ich hielt den Atem an und wartete auf die Reaktion.

Aber es passierte nichts! Keine Proteste, kein verwundertes Murmeln. Hörte denn niemand zu? Nur das Schniefen der alten Frau war zu hören. Alle anderen saßen trockenen Auges da, selbst I. C. vergoss keine Träne und starrte mit versteinertem Blick auf den Sarg.

Und langsam dämmerte es mir. Die Pfarrerin irrte sich nicht. Das war Marions Familie, die oben rechts von dem Sarg saß. Ihre Mutter und ihr Vater, ihre Geschwister und deren Kinder.

Elternlos! Kinderheim! Alles war gelogen. Aber warum?

Und ich Idiotin hatte den ganzen Unsinn geglaubt.

Die Feierlichkeit war vorbei. Alle erhoben sich, als der Sarg, gefolgt von der engsten Familie, hinausgetragen wurde. I. C.s Neffe und Marions Brüder oder Schwäger und vielleicht ein Neffe trugen ihn. Direkt hinter dem Sarg ging I. C., gestützt von seiner Nichte. Danach folgte der Rest der Schlümpfe. Es war unbegreiflich, dass sie mit der schlanken, eleganten Marion verwandt sein sollten. Im Verhältnis zu ihnen war sie wie ein Rassepferd unter großen, starken jütischen Pferden. Die beiden älteren Frauen waren nicht nur dick, wie ich jetzt sah. Sie waren fett. Enorm fett! Mit riesigen Busen und Hinterteilen, die bei jedem Schritt wackelten und schaukelten. Waren das ihre Schwestern oder ihre Schwägerinnen? Die Schwestern, entschied ich. Sie glichen der Mutter, die allerdings einmal schöner gewesen sein musste und nicht ganz so fett war.

Die beiden Familien standen jeweils auf einer Seite der Kirchentür, aufgereiht wie zwei feindliche Clans. Die Capulets und die Montagues.

Am liebsten wäre ich abgehauen. In der Menge verschwunden, aber es gab keine Menge, in der ich verschwinden konnte.

Ich reichte I. C. die Hand und sprach ihm mein Beileid aus. Er sah blass und erschüttert aus und schien nichts von dem, was gesagt wurde, zu begreifen. Die Nichte und der Neffe dankten zurückhaltend und kühl. Marions Freunde waren offenbar ihre Feinde.

Ich ging durch das Niemandsland vor der Kirche zu Marions Familie, die versammelt beieinander stand und Misstrauen ausstrahlte. Die alte Frau und ihr Mann hatten sich bereits in eins der wartenden Autos gesetzt.

»Mein herzliches Beileid!« Ich reichte der ersten der Frauen die Hand und umfasste etwas, das sich anfühlte wie ein fetter, schlapper Klumpen Teig. Ich musste mich beherrschen, meine Hand nicht anschließend an meinem Rock abzuwischen.

»Ich war eine Bekannte von Marion«, sagte ich erklärend. »Ich habe ehrlich gesagt nicht gewusst, dass sie eine so große Familie hatte.«

»Nein, sie wollte nichts mit uns zu tun haben«, sagte die Schwester.

»Sie war sich zu fein für uns«, sagte die andere Schwester hasserfüllt. »Sie hat Sie wohl glauben gemacht, dass sie aus feinem Hause ist.«

»Nein, sie ...«, begann ich, wurde jedoch von ihr unterbrochen.

»In ihr steckten so viele Lügen wie Scheiße in einer Kuh – und das schon immer.«

»Sigrid!« Ihr Bruder versuchte sie zu bremsen.

»Das ist die Wahrheit«, sagte sie. »Fein musste es sein und fein musste es klingen und sie hatte ja auch das Glück, sich einen reichen Mann zu angeln. Aber es war schon ein verdammtes Glück, dass er ihr Führungszeugnis nicht sehen wollte, als sie in der Firma eingestellt wurde«, fügte sie boshaft hinzu.

»Ssst, Sigrid!«, versuchte es der Bruder.

Sie drehte sich hitzig zu ihm um. »Du weißt doch selber, dass sie geklaut hat wie ein Rabe.«

»Das war eine Krankheit«, sagte er entschuldigend.

»Eine Krankheit! Ja, wenn du das glaubst, glaubst du wohl alles. Aber sie hat den Männern immer etwas vormachen können und da bist du keine Ausnahme.«

»Vater konnte sie nichts vormachen«, wandte ihre Schwester ein.

»Ja, aber Mutter sah ihre Fehler nicht. Nie! Seit sie geboren war, hieß es die kleine Marion hier und die kleine Marion da. Das Beste war nicht gut genug für die kleine Marion. Sie war ja so schön, so schön, so schön. Ich habe mich immer gefragt, von wem Mutter sie wohl bekommen hat. Uns glich sie überhaupt nicht.«

»Jetzt hör aber auf, Sigrid«, sagte der Bruder verlegen und erhielt unerwartet von der anderen Schwester Unterstützung.

»Ja, lasst Mutter aus dem Spiel. Marion ist tot und jetzt reden wir nicht mehr darüber.«

Sigrid gab sich nicht so leicht geschlagen. Sie nickte in

Richtung eines schicken jüngeren Mannes. »Und der da, ihr Geliebter, besitzt die Frechheit, hier aufzutauchen.«

Ich sah ihm interessiert nach. Hatte sie mehrere gehabt?

»Du weißt doch gar nicht, ob das ihr Geliebter war«, protestierte der Bruder. »Und Marion kann doch nichts dafür, dass er hier ist. Er und I. C. sind Freunde.«

»Ja, schöne Freunde, die er da hat.«

Offenbar hatten sie meine Gegenwart fast vergessen, ich war nur der Anlass zu ihrer Lästerei. Ich murmelte eine völlig überflüssige Beileidsbezeugung und zog mich zurück. Ich sollte wohl besser verschwinden, bevor noch mehr Leichen aus dem Keller geholt wurden. Ich schaffte es nicht, noch weitere Teigklumpen zu drücken und mir noch mehr hasserfüllte Ausfälle über Marion anzuhören.

Der Bruder folgte mir. Er sah aus, als hätte er etwas auf dem Herzen.

»Sie meinen es nicht so«, sagte er entschuldigend. »Aber sie waren immer ein bisschen eifersüchtig auf Marion. Sie war die Schönste und sie war Mutters Augenstern, aber wir haben sie alle verwöhnt. Sie war so viel jünger. Ich bin sechs Jahre älter als sie und ich bin der Zweitjüngste. Ich habe Marion immer sehr gern gehabt. Und ich kann gut verstehen, dass sie mehr vom Leben wollte. Sie hatte sowohl den Verstand als auch das Aussehen dafür. Schade, dass es so gekommen ist.«

Ich nickte. »Ja, was für ein sinnloser Unfall.«

»Ja, das war es wohl«, sagte er zögernd.

Ich sah ihn fragend an, ohne etwas zu sagen.

»Ja, nur ... ich habe gedacht ... glauben Sie, dass sie es selbst getan haben könnte?«

Ich dachte nach, bevor ich antwortete. »Ja, das könnte sie. Aber warum sollte sie?«

»Genau«, sagte er. »Warum sollte sie? Deshalb habe ich mich ja auch gefragt, ob sie in etwas hineingeraten sein kann, das ihr über den Kopf gewachsen ist.«

Weiß Gott, was er damit gemeint hat, dachte ich, als ich den Ort des Geschehens verließ.

Und warum waren die Schwestern so voller Hass?

War das nur geschwisterliche Eifersucht, die jetzt an die Oberfläche kam? Marion war sehr viel jünger als die anderen. War sie wirklich, wie Sigrid angedeutet hatte, das Ergebnis eines Seitensprungs? Eine Frucht der Liebe, die die Mutter angebetet und verwöhnt hatte?

War Marion so furchtbar gewesen, wie die Schwestern behaupteten, oder waren sie nur wütend, frustriert und enttäuscht, weil Marion zur Unzeit gestorben war und all das schöne Geld jetzt an I. C. und nach ihm an seine Familie ging?

Denn was das Geld anging, war Marions Familie jetzt definitiv aus dem Spiel.

Wenn überhaupt etwas zu erben war, sahen die Zukunftsaussichten für I. C.s Familie jetzt wiederum etwas besser aus.

Der Gedanke ließ mich nicht los.

8

Es war ein Glück, dass Ruth Bereitschaft hatte, denn das hieß, dass ich sie bitten konnte, mich abzulösen, wenn ich zum Rudern wollte; ich brauchte ›meine jungen Männer‹, wie sie sie nannte, also nicht im Stich zu lassen. Henrik nannte sie ›meine Galane‹!

»Unbegreiflich, dass dir das gefällt!«, sagte er, wenn ich loszog, um mit dem Rad zum Vestre Bådhavn zu fahren.

»Das ist eine ausgezeichnete Art, sich Bewegung zu verschaffen«, antwortete ich. »Und ich rudere gerne. Was ist mit dir? Du joggst doch selbst jeden Tag.«

»Aber nicht mit einer Horde junger Kerle.«

Ich lachte. »Pech für dich. Du verpasst was. Wir haben viel Spaß miteinander.«

Hin und wieder irritierten mich die Jungen natürlich bis zum Gehtnichtmehr, wenn ich fand, dass sie sich zu albern und kindisch aufführten, aber meistens amüsierte ich mich. Wenn sie richtig in Fahrt waren, konnten sie so unbeschreiblich lustig sein, dass ich mich vor Lachen auf dem Boden hätte wälzen können. Besonders Anders und Martin. Joachim war etwas ruhiger und außerdem glaube ich, dass er ein wenig in mich verliebt war, was seinen Äußerungen einen leichten Dämpfer aufsetzte.

Wenn wir gerudert, das Boot sauber gemacht und uns umgezogen hatten, radelten wir ins Klubhaus am Vestre Bådhavn, um unseren Flüssigkeitshaushalt mit einer unschuldigen Cola wieder ins Gleichgewicht zu bringen. Wir sahen uns nur zum Rudern, darüber hinaus hatte ich keinen Kontakt zu ihnen. Ich hatte ihnen versprochen dabeizubleiben, bis die Saison im September zu Ende war.

Wenn wir unsere Cola getrunken hatten, fuhren wir zusammen mit dem Rad in die Stadt und dort trennten sich unsere Wege.

Wo ihre hinführten, weiß ich nicht, ich selbst ging wieder der Aufgabe nach, unser Objekt zu überwachen und ihrem bis auf weiteres ereignislosen Leben zu folgen.

Ich muss einräumen, dass es mich irgendwie verblüffte, als ich schließlich herausfand, dass es vielleicht doch nicht ganz so ereignislos war, wie ich angenommen hatte.

Am nächsten Morgen im Büro erzählte ich Ruth die Aufsehen erregende Neuigkeit.

»Ruth, hör zu! Du wirst es nicht für möglich halten!«

Sie lachte. »Aber sicher. Ich glaube alles, was du sagst.«

»Dann bist du verdammt nochmal verrückt!« Ich setzte mich ihr gegenüber. »Ich glaube, ihr Mann hat Recht, sie hat einen Geliebten! Oder jedenfalls einen Verehrer!«

»Was habe ich dir gesagt! Neue Frisur, neuer Mann!«

»Ja, aber du errätst nicht, wer es ist.«

Ruth sah mich lächelnd an. »Ich werde es nicht einmal versuchen. Ich sehe doch, dass du darauf brennst, es mir zu erzählen.«

»Es ist ihr Lehrer! Der Computer-Freak. Was sagst du jetzt?«

»Herzlichen Glückwunsch!«

»Hättest du auch auf ihn getippt?«

»Ja, denn wenn es jemanden gibt, ist er der Einzige, der infrage kommt, wenn wir von den Greisen im Altenheim einmal absehen, nicht?«

»Du wirkst nicht sonderlich überrascht! Aber ich konnte es fast nicht glauben. Ich hatte ihn zwar im Verdacht, aber es kam mir doch ziemlich weit hergeholt vor.«

»Warum?«

»Ganz ehrlich, Ruth, du hast ihn doch gesehen! Er ist mindestens zehn Jahre jünger als sie.«

»I. C. war 33 Jahre älter als Marion. Und dein Ex, wie viele Jahre älter war er?«

»Zwanzig Jahre. Aber das sind doch Männer. Das ist etwas ganz anderes!«

»Ist es das? Warum? Warst du nicht in deinen Mann verliebt, obwohl er zwanzig Jahre älter war?«

»Doch, aber …«

»Siehst du!«

Ich sah gar nichts. Ich glaubte noch immer, dass das nicht das Gleiche war.

»Wo hast du ihn übrigens kennen gelernt – deinen Ex?«, fragte Ruth.

»Er war Kunde in dem Geschäft, in dem ich gearbeitet habe.«

Ruth sah mich verblüfft an. »Hier in der Stadt?«

Ich lachte. »Nein, in New York.«

»In New York. Ich hatte angenommen, dass du erst rübergegangen bist, nachdem du ihn getroffen hast.«

»Nein, durchaus nicht. Ich bin nach dem Abitur als Aupairmädchen in die USA gegangen. Nach Boston beziehungsweise einer Vorstadt von Boston.«

»Und wie bist du in New York gelandet?«

»Ich habe den Aupairjob nicht ausgehalten. Ich sollte auf zwei Kinder aufpassen, einen Jungen von fünf und ein Baby, und der Junge war einfach eine Pest! Ich habe nie herausgefunden, ob er nur schlecht erzogen oder ob er hyperaktiv war. Er war sehr intelligent, machte aber hin und wieder einen total durchgeknallten Eindruck und mich behandelte er fast schon mit Verachtung. Wie ein niedriger stehendes Wesen. Am ersten Abend aß die ganze Familie zusammen Abendbrot – das war übrigens das einzige Mal –, und während ich in meinem besten Schulenglisch Konversation mache, sagt der kleine Scheißkerl: ›Bea spricht wie ein Baby!‹ Ich hätte ihn am liebsten erwürgt, vor allem als er fortfuhr: ›Wenn man nicht sprechen kann, kann man auch nicht denken, nicht, Mama?‹ Kannst du dir vorstellen, dass *Mama* stolz von ihrem begabten Sohn zu mir hinsah und belehrend meinte: ›Eigentlich hat der Junge Recht. Die Sprache ist schließlich die Voraussetzung des abstrakten Denkens.‹ Und ich rief: ›Aber ich habe meine eigene Sprache, verdammt nochmal! Ich bin Dänin. Ich spreche Dänisch. *Dänisch ist eine Sprache!*‹«

Ruth lachte. »Was hat sie dazu gesagt?«

»Sie sagte: ›Oh, yes? Yes, I suppose so.‹«

»Und dann bist du abgereist?«

»Nein, ich habe es drei Monate ausgehalten. Ich hielt es für eine Niederlage, das Handtuch zu werfen. Ich bin erst abgereist, als er eines Abends, als er sich waschen sollte, abgehauen und splitternackt, mit mir auf den Fersen und zum Ärger der Nachbarn, durch das schöne Villenviertel gerannt ist. Da habe ich mir gesagt, dass es eine noch größere Niederlage wäre zu bleiben. Ich hatte eine schwedische Freundin, die nach New York gegangen war, und die hat mir einen Job in einer Art Konditorei oder Cafeteria besorgt.«

»Und da hast du deinen Mann kennen gelernt?«

»Nein, denn da war ich auch nur drei Monate. Die Besitzerin war eine ungeheuer fette und ungeheuer nette Dame, die zusammen mit ihrem Sohn, der noch fetter und noch netter war, den Laden betrieb. Das Problem war, dass er sich in mich verliebt hatte. Ein anderes Problem war, dass ich selbst fett wurde.«

»Fett? Du?«

»Ja. Schon in Boston hatte ich mehrere Kilo zugenommen. Teils aus Heimweh, teils weil ich aufgehört hatte zu rauchen und anstatt zu rauchen aß. Abend für Abend saß ich vor dem Fernseher und zappte durch die Kanäle und aß literweise Eis. Und in der Konditorei bestand ja reichlich Gelegenheit, den ganzen Tag lang Kuchen zu essen. Ich hatte fast zehn Kilo zugenommen, ohne mir eigentlich Gedanken darüber zu machen; die anderen waren ja noch viel fetter. Aber eines Tages, als ich mit einem Tablett die Treppe heruntergehen wollte, rutschte ich aus und saß mit einem Krach auf dem Hintern. Du weißt schon, direkt auf dem Steißbein.«

»Au!«

»Ja, und ob! Es tat so eklig weh, dass ich zu weinen anfing, und der Sohn war untröstlich. ›Please, don't cry, big baby. Don't cry, big baby‹, bettelte er, während er meine Schulter tätschelte. Er selbst wog um die 150 Kilo, also nannte er mich *big baby!*« Ich sah Ruth an und lachte. »Da ist mir klar geworden, dass das so nicht weiterging, dass ich etwas tun musste.«

»Und was hast du getan?«

»Wieder hat mir meine schwedische Freundin, Maritta, geholfen. Ich bekam einen Job in einem Geschäft, in dem skandinavische Gebrauchskunst verkauft wurde. Glas, Stoffe, Stricksachen und Schmuck. Das konnte ich zumindest nicht essen und die Kilos rasselten nur so herunter, schneller als ich sie mir angegessen hatte. Zu dem Zeitpunkt hatte ich auch mein Heimweh überwunden.«

»Und da hast du deinen Mann kennen gelernt.«

»Ja, er kannte die Besitzerin, eine Schwedin, und kaufte immer bei uns ein, wenn er geschäftlich in New York war. Er hatte eine Reinigungskette geerbt und war – nach unseren Begriffen – steinreich. Er begann mich einzuladen und ich fand das total aufregend. Nicht dass ich in ihm den Prinzen auf dem weißen Pferd sah, aber er war schon etwas anderes als mein fetter Verehrer. Sean, der Scheißkerl, sah gut aus, war gut gekleidet, topfit, sonnenbankbraun und all das, aber es waren wohl seine Selbstsicherheit und seine weltmännischen Manieren, die den Ausschlag gaben. Er führte mich in teure Restaurants und schicke Nachtklubs und ich war nur ein kleines, naives Mädchen aus Jütland, das tief beeindruckt war und sich einbildete, in ihn verliebt zu sein. Und als er mir einen Heiratsantrag machte, habe ich Ja gesagt.«

»Trotz des Altersunterschieds.«

Ich lächelte schief. »Ja, aber was sein Alter anging, hat er mich übrigens belogen. Ich glaubte, er sei neununddreißig, aber er war einundvierzig. Und ich weiß, das mag verrückt klingen, aber ich glaube nicht, dass ich Ja gesagt hätte, wenn ich es gewusst hätte. Für mich war vierzig irgendwie die Grenze.«

»Und wie ist es dann gelaufen?«, fragte Ruth. »Ich kann mir ja ausrechnen, dass ihr nicht glücklich *ever after* gelebt habt ...«

Ich zuckte mit den Schultern. »Am Anfang lief es eigentlich recht gut. Glaube ich. Ich war ja verliebt, doch wenn ich zurückdenke, kommt es mir vor, als hätte ich mich von Anfang an gelangweilt. Der Scheißkerl ging seinen Geschäften nach und ich puzzelte in dem riesigen Haus herum, wo es für alles Personal gab, sodass ich meine Zeit damit verbrachte, Blumen zu arrangieren, Romane zu lesen, in unserem Hallenschwimmbad zu schwimmen, fernzusehen und mich zu laaaaaangweilen! Und dann war da ja das Projekt BABY.«

Ruth lachte, als ich ihr davon erzählte.

»Ja, jetzt kann ich auch darüber lachen, aber damals war das nicht besonders lustig. Nach drei Jahren bin ich zu allen möglichen Untersuchungen gerannt, um herauszufinden, warum ich nicht schwanger wurde. Erfolglos übrigens – aber es gab eine Erklärung: Sean konnte keine Kinder zeugen!«

Ruth sah mich ungläubig an. »Wusste er das?«

»Ja. Deshalb nenne ich ihn ja einen Scheißkerl. Ich habe es herausgefunden, nachdem wir geschieden waren. Bei Gelegenheit werde ich dir davon erzählen.«

»Wie lange hast du ausgehalten?«

»Ewig«, seufzte ich. »Ich war nämlich so altmodisch zu glauben, dass eine Heirat etwas für immer sei, aber nach fünf, sechs Jahren begann ich mich zu fragen, ob das wirklich alles war, was ich mir vom Leben wünschte und ich kam zu dem Schluss, dass es das nicht war. Aber der Gedanke an Scheidung kam mir nicht, stattdessen schrieb ich mich – sehr gegen Seans Willen – an der Universität ein, um Psychologie zu studieren. In Wirklichkeit diente das wohl dem Zweck – wie bei so vielen anderen –, mich besser kennen zu lernen.«

»Und als du dich kennen gelernt hattest, wolltest du die Scheidung.«

»Nein! Ich habe überhaupt nichts über mich gelernt und die Scheidung kam vollkommen überraschend für mich.«

Ich hatte keine Lust gehabt, Marion diese Geschichte zu erzählen, aber bei Ruth war das etwas anderes. Vielleicht weil sie so viel älter war.

»Heißt das, dass er die Scheidung wollte?«

Ich nickte. »Ja, es war ein paar Tage vor unserem siebten Hochzeitstag. Drei Tage, um genau zu sein. Der Rechtsanwalt des Scheißkerls oder besser dessen Sekretär hatte ein paar Tage vorher angerufen und mich gebeten, zu einer Besprechung zu ihm zu kommen. Ich erschien zur vereinbarten Zeit in seinem Büro, ohne zu ahnen, was mich erwartete. Ich kannte ihn bereits, weil er den Papierkram in Verbindung mit unserer Hochzeit erledigt hatte. Unter anderem hatten wir Gütertrennung vereinbart, was ja nur fair war. Ich meine, er hatte Millionen und ich besaß sozusagen nichts.

Der Anwalt begrüßte mich so überschwänglich, dass ich sofort das Gefühl hatte, dass mich etwas Unangenehmes erwartete, und sobald ich in dem für die Mandanten vorgesehenen Stuhl Platz genommen hatte, setzte er sich an den Schreibtisch und verschanzte sich hinter einem hässlichen Briefbeschwerer aus Marmor und Bronze. Dem amerikanischen Adler! Ich sehe ihn noch vor mir.

Er kam schnell zur Sache. Er wollte es wohl hinter sich bringen, denke ich.

›Nun, Sie sind jetzt sieben Jahre verheiratet‹, begann er.

›Ja, in drei Tagen‹, nickte ich.

›Ja, genau.‹ Er blätterte in den Papieren auf seinem Schreibtisch, ohne mich anzusehen. ›Und Sie erinnern sich vielleicht, dass Sie ein paar Tage vor der Hochzeit hier in meinem Büro einige Dokumente unterschrieben haben?‹

›Ja, etwas über Gütertrennung, nicht?‹

Ich war ein wenig stolz, dass ich mich noch erinnern konnte, dass das *separate estate* hieß. Ich hatte es damals nachgeschlagen, als ich nach Hause gekommen war.

›Ja, unter anderem.‹ Er räusperte sich. ›Vielleicht erinnern Sie sich nicht mehr, aber Sie haben auch eine Erklärung unterschrieben, die besagt, dass in dem Fall, dass die Ehe nicht innerhalb von sieben Jahren Früchte trägt …‹

›Wie bitte?‹

›Ja, äh, wenn Sie also kein Kind bekommen haben oder erwarten, Sie bereit sind, ohne Ansprüche auf Unterhalt in die Scheidung einzuwilligen, falls Ihr Mann das wünscht.‹«

Ruth starrte mich wie aus allen Wolken gefallen an. »Hast du das unterschrieben?«

»Das habe ich auch gefragt und er hat mir stumm das Dokument überreicht. Selbst nach so vielen Jahren dort drüben hatte ich Schwierigkeiten, die Juristensprache zu verstehen, und ich hatte bestimmt nicht gewusst, was ich da unterschrieben hatte. Aber das war eben so.«

»Was hast du dazu gesagt?«, fragte Ruth.

»Eigentlich war mir noch immer nicht klar, worauf das Ganze hinauslaufen sollte, sodass ich ihm das Dokument zurückgab und sagte, dass da doch nur stand, dass ich bereit sei, mich von Sean scheiden zu lassen, falls er das wünsche.

›Aber das tut er nicht‹, schloss ich.

Endlich sah er mich an. Wie ein Schuldirektor, der einem hoffnungslosen Schüler erklärt, dass jetzt Schluss ist.

›Doch, das tut er, Beatrice. Sie sind auf seine Veranlassung hier. Sean will die Scheidung. Er ist jetzt achtundvierzig und da es nicht den Anschein hat, dass Sie ihm ein Kind gebären können, will ...‹

Ich saß einfach nur da und starrte ihn an. Ungläubig.

Er fuhr schnell fort. ›Sean wird sich natürlich an seinen Teil der Vereinbarung halten, dem zufolge Sie fünfzehntausend Dollar für jedes Jahr bekommen, das Sie verheiratet waren, also einhundertfünftausend Dollar.‹

›Einhundertfünftausend Dollar‹, wiederholte ich. Mein Mund war trocken und mein Gesicht fühlte sich steif an. Wie Papier.

›Ja, darauf haben wir uns damals geeinigt.‹

Ich konnte mich nicht erinnern, dass wir uns auf irgendetwas geeinigt hatten.

Ich war wie gelähmt. Die Situation war einfach grotesk.

›Es hat keine nennenswerte Inflation stattgefunden, aber auf meine Empfehlung hin wird Sean Ihnen trotzdem noch weitere zwanzigtausend Dollar für die aktuellen Ausgaben zukommen lassen.‹

Er sah aus, als erwarte er ein Schulterklopfen.

›Welche Ausgaben?‹

›Flugticket, Hotel und so weiter.‹

›Flugticket?‹

Ich sprach ihm nach wie ein Papagei. Ich war einfach nicht in der Lage, klar zu denken.

›Ja, er geht davon aus, dass Sie nach Hause nach Deutschland reisen wollen.‹

›Dänemark‹, berichtigte ich automatisch.

Die Lähmung ließ langsam nach und ich saß noch genauso still da und wurde immer wütender auf Sean. Der Scheißkerl!

›Entschuldigung, Dänemark! Ihren persönlichen Besitz können Sie selbstverständlich mitnehmen. Auch das, was er Ihnen geschenkt hat. Kleidung, Schmuck und so weiter.‹

Wie ungeheuer edel! Ich *hatte* nur das, was er mir gegeben hatte.

›Abgesehen von dem Verlobungsring!‹, fügte er hinzu.

›Dem Verlobungsring?‹.

Das schlug dem Fass den Boden aus. Dieser Ring war das einzig wirklich kostbare Schmuckstück, das der Scheißkerl mir geschenkt hatte.

›Ja, den möchte er zurück. Es tut mir Leid.‹

›Mir auch. Den kann ich ihm nicht geben.‹

›Beatrice, seien Sie vernünftig.‹

›Ja, aber ich kann ihn ihm nicht geben, ich habe ihn verloren.‹

›Wo?‹

›Im Fluss. Im Da Skoo Kill.‹

›Stimmt das?‹

Ich sah ihm direkt in die Augen. ›Ja.‹«

Ruth unterbrach mich. »Hattest du ihn verloren?«

Ich lachte. »Natürlich nicht. ›Ja, dann weiß ich nicht, wie Sean sich zu den zusätzlichen zwanzigtausend Dollar stellen wird‹, sagte er.

›Der Ring war ein Geschenk, ich glaube demnach nicht, dass er ihn zurückverlangen kann. Aber dazu muss das Gericht Stellung nehmen‹, sagte ich eiskalt.

Er biss sich auf die Lippe. ›Es besteht kein Grund, die Sache vor Gericht zu bringen. Ich werde versuchen ihn umzustimmen.‹

›Hat Sean nicht vor, selbst mit mir zu reden?‹

›Nein, er will keine Szenen. Er will, dass Sie das Haus verlassen haben, wenn er Samstag nach Hause kommt.‹

›Will er sich nicht von mir verabschieden?‹

›Nein, Sie sollen Samstag fort sein.‹

›Heute ist Donnerstag!‹

›Ja.‹

›Okay‹, ich stand auf. Ich musste aus diesem Büro, bevor ich explodierte.

›Einen Augenblick, Beatrice. Ich habe das Scheidungsgesuch hier. Wenn Sie bitte gleich unterschreiben wollen, dann …‹

Ich sah auf ihn hinunter. Am liebsten hätte ich ihm seinen eigenen Briefbeschwerer auf den Kopf gehauen. ›Wenn auf meinem Konto einhundertfünfundzwanzigtausend Dollar eingegangen sind, werde ich hierher kommen und unterschreiben.‹

›Ja, aber Sean möchte gerne, dass das bis Samstag unterschrieben ist. Ich weiß nicht, ob ich das Geld so schnell überweisen kann, Beatrice. Heute ist Donnerstag.‹

›Ja.‹«

Ich sah zu Ruth hinüber. »Und das war das Ende dieser Ehe.«

»Hast du ihn nie mehr gesehen?«

»Den Scheißkerl? Nur von weitem. Wir haben kein Wort mehr miteinander gewechselt, obwohl ich weiter in Philadelphia gewohnt habe.«

»Was hast du mit dem Ring gemacht?«

Ich lachte. »Ich war so wütend, dass ich direkt nach Hause gefahren bin und meine sämtlichen Partykleider draußen auf dem Rasen verbrannt habe. Den Rest meiner Sachen habe ich gepackt und dann bin ich zum Shuilkill-Fluss gefahren, dem Da Skoo Kill, wie sie ihn nennen, und habe den Ring dort *verloren.* Ich hoffe, dass ihn ein Fisch verschluckt hat!«

»Du bist total verrückt!«

»Nein, ich wollte weder lügen noch stehlen, aber der Scheißkerl sollte den Ring nicht zurückbekommen. Jetzt *hatte* ich ihn im Fluss verloren.«

Ruth lachte. »Okay, ich kann dich gut verstehen.«

»Ich fühlte mich so gedemütigt, Ruth. So erniedrigt. Er hatte mich gekauft und bezahlt, als wäre ich eine kleine, billige Nutte. einhundertfünftausend Dollar. Auf dem Nachhauseweg von dem Anwalt, dem Arschloch, hatte ich es ausgerechnet. Wir hatten sieben Jahre lang ungefähr dreihundert Mal im Jahr miteinander geschlafen. zweitausendeinhundert Mal. Das heißt genau fünfzig Dollar pro Mal. Fünfzig Dollar!«

»Plus Kost und Logis«, sagte Ruth todernst und wir brachen beide in hilfloses Gelächter aus.

»Was ist denn so lustig?«

Wir hatten Henrik überhaupt nicht hereinkommen hören.

»Unser *Objekt*«, sagte ich schnell, indem ich Ruth einen warnenden Blick zuwarf. »Sie hat tatsächlich einen Verehrer – mehr ist es sicher nicht – und er ist zehn Jahre jünger.«

»Das zu hören wird ihren Mann freuen.«

»Dass es einen anderen gibt?«, fragte ich verblüfft.

»Nein, dass er zehn Jahre jünger ist. Dann hat sie bestimmt nicht vor, ihn zu verlassen. Bist du ganz sicher?«

»Nicht hundertprozentig und ich habe auch keine Beweise, wenn es das ist, was du meinst, aber gestern Abend sind sie nach dem Kurs in seinem Auto weggefahren und ich gehe davon aus, dass er sie nach Hause gebracht hat. Leider konnte ich ihnen nicht folgen. Ich hatte ja kein Auto mit, weil sie sonst immer den Bus nimmt. Aber es ist nicht schwer auszurechnen, dass sie so eine halbe Stunde extra hatten, mindestens, denn sie konnte ihrem Mann ja sagen, dass sie den Bus verpasst hat.«

»Der Lehrer kann sie auch nach Hause gefahren haben – ganz unschuldig.«

Ich schüttelte den Kopf. »Das glaube ich nicht. Warum sollte er für eine seiner Schülerinnen den Fahrer spielen. Er wohnt am anderen Ende der Stadt, das habe ich überprüft.«

»Wir brauchen trotzdem etwas Greifbareres, bevor wir unserem Klienten etwas sagen.«

»Ja, natürlich. Aber wir brauchen nicht mehr so viele

Stunden darauf zu verwenden. Es passiert bestimmt nichts bis zum nächsten Kurstermin.«

»Dann nimm eins der Autos und mach ein paar scharfe Bilder für unseren Klienten«, sagte Henrik.

Ich sah ihn an. »Sag mal, hast du nie Angst, dass etwas schief geht? Dass etwas passiert?«

»Was sollte denn passieren?«

»Ja, was ist, wenn der Mann Amok läuft und seine Frau erwürgt oder sie und seinen Rivalen niederschießt.«

Henrik lachte. »Das tut er nicht.«

Ich warf ihm einen ärgerlichen Blick zu. »Ich glaube nicht, dass es da etwas zu lachen gibt. Man hört doch von so etwas.«

»Ja, aber das sind nicht die Menschen, die sich an uns wenden«, sagte Henrik beruhigend – woher auch immer er das wusste. »Die Männer, die zu uns kommen, wollen vor allem Gewissheit. Es ist selten, dass es zur Scheidung kommt. Da sind die Frauen anders. Wenn sie Beweise haben, dass der Mann untreu ist, folgen Heulen und Zähneklappern und Rachegelüste! Sie wollen die Scheidung und dem armen Kerl am liebsten das Fell über die Ohren ziehen – jedenfalls finanziell. Nee du, das Einzige, womit ich hin und wieder rechnen muss, ist, dass das Misstrauen sich als grundlos erweist. Das passiert, aber es ist – glücklicherweise – selten. Es ist nämlich fast unmöglich, einen Klienten davon zu überzeugen, dass da nichts ist. Er grübelt weiter und wird immer misstrauischer, eifersüchtiger und paranoider und das kann dann unangenehm werden. Aber das geht uns schließlich nichts an.«

»Willst du behaupten, dass Männer weniger eifersüchtig sind als Frauen, nur weil sie nicht die Scheidung wollen?«

Henrik schüttelte den Kopf. »Nein, das behaupte ich nicht. Aber die meisten messen einem einzelnen Seitensprung nicht so viel Bedeutung zu; wahrscheinlich haben sie selbst ein paar hinter sich. Sie verlangen nur, dass

Schluss ist. Die krankhaft eifersüchtigen Männer kommen nicht zu uns. Die beschatten ihre Frauen selbst.«

»Und was soll ich jetzt tun?«

»Jetzt machst du erst einmal ein langes Wochenende. Du hast inzwischen ein paar freie Tage gut.«

Der Gedanke an Marions Tod geisterte noch immer in meinem Kopf herum und eigentlich hätte ich gerne Ruths Meinung dazu gehört, aber sie hatte das Büro, gleich nachdem Henrik gekommen war, verlassen. Ich überlegte, mit ihm darüber zu reden, nahm jedoch Abstand davon. Ich hatte das Gefühl, dass er mich nur für verrückt erklären würde. Jedenfalls würde er meine Ideen nicht ernst nehmen. Das tat ich selbst kaum, aber ich hatte den Gedanken, mehr über Marion herauszufinden, noch nicht aufgegeben.

Ich wunderte mich noch immer über die Geschichte, die sie mir erzählt hatte. Die Schwester hatte gesagt, dass sie immer gelogen hatte. Einerseits um sich interessant zu machen, andererseits, und das hauptsächlich, um sich feiner zu machen, als sie war. Warum hatte sie mir die Geschichte von dem Kinderheim erzählt? Wollte sie mir das Gefühl geben, dass wir ein gemeinsames Schicksal hatten? Oder hatte sie mich übertreffen wollen? Du glaubst, du hast ein schlimmes Schicksal, aber meins ist noch viel schlimmer! Das war jetzt mit Sicherheit gleichgültig, nicht gleichgültig war jedoch, ob irgendetwas an ihrem Tod verdächtig war.

Am Sonntagmorgen wachte ich zeitig auf, obwohl ich spät ins Bett gegangen war. Am Vorabend hatte ich Henrik zum Essen eingeladen. Es war das erste Mal, dass er mich in meiner Wohnung besucht hatte, und ich war etwas nervös gewesen, wie es laufen würde. Zum Essen auszugehen, ins Kino oder Konzert zu gehen war eine Sache, etwas anderes war es, allein zusammen zu sein.

Ich hatte das Dessert im Voraus zubereitet, alles andere

machte ich frisch. Ich koche gerne, aber er sollte nicht glauben, dass ich seinetwegen einen ganzen Tag in der Küche stehen würde. Also gab es Krabben in kochend heißem Knoblauchöl als Vorspeise, dann einen Salat aus gebratener Paprika, ein Wok-Gericht als Hauptgang und zum Schluss das Dessert, Tiramisu mit Himbeeren.

Vor dem Essen tranken wir ein Glas Weißwein auf meinem Balkon, aber es wurde bald zu kühl, um draußen zu sitzen, sodass wir uns ins Warme verzogen.

Ich fühlte mich gut und ein bisschen aufgedreht, als wir nach dem Essen beim Kaffee saßen. Ich hatte eine Platte mit ›Hintergrundmusik‹ aufgelegt und die Lautstärke so weit heruntergedreht, dass wir uns unterhalten konnten, ohne von der Musik gestört zu werden. Irgendwann ließ er den Arm von der Sofalehne auf meine Schulter rutschen und ich stand leicht verwirrt auf.

»Möchtest du einen Cognac oder etwas anderes?«

»Noli me tangere?«, sagte Henrik leichthin. »Nein, danke, keinen Cognac. Ich habe reichlich gehabt. Sonst muss ich heute Nacht hier bleiben.«

»Ja, und das geht nicht«, lächelte ich nervös. »Ich muss auf meinen Ruf achten.«

»Nur deshalb?«

»Nein«, sagte ich.

Er sah mich fragend an, ohne etwas zu sagen.

»Ich bin ein gebranntes Kind«, murmelte ich.

»Okay, lassen wir das ruhen. Vorläufig.«

Ich atmete erleichtert auf. Natürlich hatte ich in den drei Jahren seit meiner Scheidung ein paar Bekanntschaften gehabt, aber das waren One-Night-Stands gewesen. Nichts Ernsthaftes. Ich hatte Angst, etwas mit Henrik anzufangen. Wir waren Freunde, aber er war auch mein Chef und mein Kollege. Es würde nur Schwierigkeiten geben. Peinlich sein. Wenn ich wenigstens in ihn verliebt gewesen wäre, aber davon konnte nicht die Rede sein.

Gegen Mitternacht brach er auf.

»Das müssen wir wiederholen«, sagte er. »Aber nächstes Mal kommst du zu mir. In der Küche bin ich unübertroffen – und nicht nur da.« Er lachte.

Seinem Selbstvertrauen mangelte es jedenfalls an nichts.

Er umarmte mich, dann ging er. Eine freundschaftliche Umarmung.

Ich räumte auf, bevor ich ins Bett ging, und ließ die Tür zum Balkon offen stehen, um den Essensgeruch aus der Wohnung zu bekommen, deshalb war es frisch und etwas kühl, als ich am nächsten Morgen aufstand. Ich stellte die Kaffeemaschine an und duschte lange. Als ich mich angezogen hatte, ging ich hinunter und holte die Zeitung aus dem Briefkasten. Sonntagmorgens lasse ich mir immer viel Zeit und frühstücke ausgiebiger als in der Woche. Frisch gepressten Saft, Jogurt, Speck und Spiegelei und als Abschluss Kaffee mit Toast. Eigentlich hätte ich lieber Brötchen, aber ich mochte nicht zum Bäcker gehen.

Ich esse in der Küche, beende die Mahlzeit in der Regel jedoch damit, dass ich mich mit meiner Kaffeetasse und der Zeitung ins Wohnzimmer setze. Ich hatte das Radio eingeschaltet und hörte mit halbem Ohr der Musik zu, während ich Zeitung las.

Kurz vor acht stellte ich das Radio etwas lauter, um die Nachrichten zu hören, und holte mir noch eine Tasse Kaffee aus der Küche, als ich den Sprecher die Herzogin von Wales, Prinzessin Diana, erwähnen hörte.

Ich blieb da stehen, wo ich war, stand ganz still und lauschte.

Prinzessin Diana war tot.

Umgekommen bei einem Autounfall in Paris.

Es war, als ginge die Welt unter.

Das Gefühl einer unerträglichen Katastrophe erfüllte mich.

Ich habe oft alte Menschen sagen hören, dass alle sich erinnern können, wo sie waren und was sie taten, als sie hörten, dass Präsident Kennedy erschossen worden war.

Erst an diesem Morgen verstand ich das.

Für meine Generation wird es mit Prinzessin Diana genauso sein.

Ich werde mich immer erinnern, dass ich mit einer leeren Kaffeetasse in der Küche stand, als ich hörte, dass Lady Di tot war.

9

Ich hielt es nicht aus, allein in der Wohnung zu sitzen. Ich musste mit jemandem reden. Mit jemandem die Nachricht teilen. Plötzlich verstand ich die Kassiererin in der Cafeteria besser, die mir von Marion erzählt hatte. Vielleicht hatte auch sie einfach nur Lust gehabt, die Information mit jemandem zu teilen. Vielleicht war ich mit meinem Urteil zu schnell gewesen.

Ich ging hinunter und schellte an Rades Tür und plötzlich wurde mir klar, wie wenig Leute ich im Grunde genommen zum Reden hatte, wenn der Hausmeister der Einzige war, mit dem ich diese Neuigkeit teilen konnte.

»Haben Sie heute Morgen Radio gehört?«, fragte ich ohne Einleitung, als Rade die Tür öffnete.

»Ja, das habe ich, Mädel«, sagte er. »Lady Di ist tot. Ich habe es gehört. Kommen Sie herein, dann bekommen Sie einen Kaffee.«

Ich folgte ihm in seine Wohnung. »Wir trinken ihn in der Küche«, sagte er.

Er hatte das Radio eingeschaltet und wir lauschten still den Berichten über den Unfall.

Rade schüttelte den Kopf. »Ja, ja«, sagte er. »Die Alten müssen sterben und die Jungen können sterben.«

Aber genau das war so schwer zu akzeptieren. Erst Allie, dann Marion und jetzt Diana. Drei fast gleichaltrige junge Frauen, die noch ein langes Leben hätten vor sich haben sollen.

Natürlich ging die Welt nicht unter, aber an den nächsten Tagen beherrschte Dianas Tod sowohl die Medien als auch die Gespräche der Leute. Etwas, das dem Begriff *Volkstrauer* näher kommt, werde ich wohl nie erleben. Ja, fast Welttrauer. Es kam einem seltsam vor, dass das Leben einfach weiterging. Aber das tat es und ich folgte unserem Objekt im Auto und machte einige Bilder von Küssen und Zärtlichkeiten.

»Eigentlich ist das alles ziemlich unschuldig«, sagte ich zu Henrik, als ich sie ihm gab. »Ich glaube, wir sollten dem jetzt einen Stopper vorsetzen, bevor es sich zu mehr entwickelt.«

Er lächelte. »Dann tun wir das. Und ich kann dich trösten, dass diese kleine Episode hier garantiert für niemanden etwas kaputtmacht. Ganz im Gegenteil, bestimmt bekommt sie der Ehe wie eine Frischzellenkur.«

Ich selbst nahm mir jedoch etwas vor, das Henrik bestimmt weniger unschuldig finden würde. Ich stattete I. C. einen Besuch ab. Natürlich hatte ich vorher angerufen und über seine Sekretärin einen Termin gemacht. Ich wollte ihn nicht privat aufsuchen, das kam mir zu anmaßend vor.

Ich hatte mir mit meiner Kleidung Mühe gegeben. Ich trug ein weißes Kostüm mit schwarz eingefassten Abschlusskanten und weiße hochhackige Schuhe mit schwarzen Spitzen. Ich sah wie eine Beileidskarte aus, dachte ich, als ich mich im Spiegel betrachtete. Ich hatte das Kostüm unmittelbar vor meiner Scheidung gekauft und es war noch immer modern. Jedenfalls hatte ich vor kurzem ein Bild von Diana gesehen, auf dem sie etwas Ähnliches trug.

I. C.s Sekretärin war eine ältere Dame. Ich schätzte sie auf Ende fünfzig. Sie zuckte zusammen, als ich das Vorzimmer betrat.

»Ach du meine Güte, sehen Sie ihr ähnlich!«

»Wem?«, fragte ich leicht verwirrt. Unwillkürlich musste ich an Diana denken und ihr ähnelte ich überhaupt nicht.

»Marion. Nicht im Gesicht, aber in Gestalt und Gang.«

Ich erinnerte mich an das erste Mal, das ich Marion in der Cafeteria gesehen und wie ich sie einen kurzen Augenblick lang für Allie gehalten hatte. Vielleicht waren Allie und ich uns über die Jahre immer ähnlicher geworden.

Die Sekretärin warf einen Blick auf die Uhr. Ich war, wie üblich, überpünktlich. »Sie müssen Beatrice Jantz sein. Bitte, I. C. erwartet Sie.« Sie ging mir voraus zur Tür und zögerte einen Moment, bevor sie anklopfte. »Würden Sie versuchen es kurz zu machen?«, bat sie. »I. C. geht es nicht gut und er wird schnell müde. Er hätte nach Marions Tod Urlaub machen sollen, aber …« Sie zuckte mit den Schultern, klopfte leicht an die Tür und öffnete sie, ohne eine Antwort abzuwarten. »Beatrice Jantz, I. C.«, sagte sie und zog sich lautlos zurück.

I. C. war offenbar nicht der Typ, der seine Bedeutsamkeit dadurch unterstreichen musste, dass er hinter dem Schreibtisch sitzen blieb. Er erhob sich sofort mit einem entgegenkommenden Lächeln und ich ging schnell zu ihm hin und reichte ihm zur Begrüßung die Hand. Er war ein kleiner, dünner Mann, kleiner, als ich ihn von der Kirche in Erinnerung hatte. Ich war einen Kopf größer als er, aber es schien ihm nichts auszumachen, zu mir aufsehen zu müssen. Natürlich war er das von Marion gewohnt. Er sah alt und müde aus, Marions Tod war ihm offenbar sehr nahe gegangen. Er machte eine einladende Handbewegung zu dem Stuhl auf der anderen Seite des Schreibtisches hin und wartete höflich, bis ich Platz genommen hatte, bevor er sich wieder hinsetzte.

Er richtete den Blick auf mich, und als ich in seine eisblauen Augen sah, begriff ich, dass er – trotz der feinen Manieren – kein Mann war, den man unterschätzen sollte. Bestimmt konnte er stahlhart sein.

»Ich habe verstanden, dass Sie meine Frau kannten«, begann er. »Und Sie haben um ein Treffen mit mir gebeten. Diesem Wunsch bin ich nachgekommen, aber ich muss einräumen, dass mir nicht ganz klar ist, was Sie sich davon versprechen.«

Das geht mir nicht anders, dachte ich.

Ich räusperte mich. »Marion und ich waren Freundinnen«, erklärte ich – nicht ganz in Übereinstimmung mit der Wahrheit, aber wer sollte mir widersprechen? »Wir haben uns zufällig bei *K & L* kennen gelernt und es hat sich so ergeben, dass wir regelmäßig zusammen mittaggegessen haben und ich im selben Fitnessstudio trainiert habe wie sie.«

»Ja?« Er sah mich fragend an.

»Natürlich war Marions Tod ein Schock für mich. Das war er ja für alle. Sie war so ... so lebendig!« Ich schwieg einen Moment, bevor ich in einem etwas geschäftsmäßigeren Ton, der andeutete, dass ich jetzt zu dem eigentlichen Grund meines Besuchs kam, fortfuhr. »Ich wusste Bescheid über Ihre Frau, über ihr ... äh ...«

»Psychisches Problem«, warf I. C. ein.

»Ja«, sagte ich dankbar. »Marion hat es mir selbst erzählt, deshalb denke ich, dass ich sie automatisch ein wenig im Auge behalten habe, wenn wir zusammen bei *K & L* waren.«

»Ja?« Sowohl Stimme als auch Blick waren jetzt schärfer. »Und was haben Sie bemerkt?«

»Etwas, was mich gewundert hat«, sagte ich. »Ich habe ein paarmal gesehen, wie Marion ihr Halstuch auf die Theke gelegt und damit etwas in ihre Handtasche oder Tasche verschwinden lassen hat; merkwürdig war nur, dass selbst dann, wenn ich sicher war, dass es dem Personal nicht entgangen war, niemand eingegriffen hat.« Ich warf ihm einen fragenden Blick zu.

Er räusperte sich. »Das kann ich Ihnen erklären. Meine Frau ist ... war ein ungewöhnlicher Mensch, den ich sehr geschätzt habe, und ihre psychische Krankheit war natürlich ein großes Problem für uns beide. Ich habe versucht ihm den Stachel zu nehmen, indem ich mit *K &L* eine Vereinbarung getroffen habe, damit sie keine Unannehmlichkeiten bekam. Das Personal hatte ganz einfach die Order zu tun, als sei nichts geschehen, und die Ware meinem Konto anzuschreiben. Das hat immer tadellos funktioniert.«

Ich nickte nachdenklich. »Ja, so etwas habe ich mir schon gedacht.«

»Aber ich verstehe immer noch nicht ...«

»Ich glaube, dass Einzelne unter dem Personal diese Regelung missbraucht haben. Haben Sie jemals mit Ihrer Frau überprüft, ob sie wirklich ...«

»Nein, nie. Wir haben nie darüber gesprochen. Ich habe die Rechnungen bezahlt und damit fertig.«

»Aber ...«

»Natürlich habe ich gewusst, dass diese Regelung missbraucht werden konnte und sicherlich auch hin und wieder missbraucht worden ist. Ich bin nicht naiv, aber ich war der Ansicht, dass es den Preis wert war.« Wieder sah er mich fragend an. »Meinen Sie das nicht?«

»Doch, vielleicht. Ich dachte nur, dass es ... ungerecht ist, wenn Sie glauben, dass Marion ... äh ... erheblich mehr gestohlen hat, als sie es wirklich getan hat. Ich bin mir zum Beispiel ganz sicher, dass eine der Damen in der Parfümabteilung Dinge gestohlen hat, mit denen sie Marions Konto belastet hat.«

Die graublauen Augen waren ausdruckslos geworden, aber ich konnte sehen, dass sich ein Muskel in seiner einen Wange bewegte. Die Information hatte Eindruck gemacht, auch wenn er versuchte es zu verbergen.

»Nun gut«, sagte er.

»Das können auch noch andere getan haben«, fuhr ich mit Todesverachtung fort. »Und vielleicht habe ich ja zu viel Fantasie, aber was wäre, wenn einer von ihnen Angst bekommen hätte, dass Ihre Frau das entdeckt hatte und den Betreffenden auffliegen lassen wollte oder es bereits getan hatte. Wäre es nicht vorstellbar ...?«

»Was wäre vorstellbar?«

»Dass Ihre Frau nicht durch einen Unfall umgekommen ist. Dass sie sich den Kopf nicht beim Fallen verletzt hat, sondern in der Garage niedergeschlagen worden ist. Vielleicht sollte sie nicht umgebracht werden, sondern ...«

Er unterbrach mich. »Sie haben vollständig Recht, Sie haben zu viel Fantasie. Außerdem kann man ohne die Fernbedienung von draußen nicht in die Garage kommen.«

»Der Betreffende hätte sich mit hineinschleichen können, als das Auto hineingefahren ist. Oder als es herausgefahren ist, und er hätte drinnen warten können.«

»Der Platz vor der Garage ist beleuchtet, das ist also ganz ausgeschlossen. Außerdem ist es unwahrscheinlich, dass jemand bis zum Äußersten geht, um sich zu rächen, und das ist es wohl, was Sie andeuten, oder um einer Anzeige wegen der kleinen Diebstähle zu entgehen, die ihm kaum mehr als eine Geldstrafe einbringen würde.«

»Aber sie würde ihn noch sehr viel mehr kosten. Sie würde ihn den Job kosten! Und wo würde er ohne Empfehlung und mit einem nicht ganz sauberen Führungszeugnis einen neuen bekommen?«

»Wie gesagt. Sie haben zu viel Fantasie.« Er wirkte irritiert. »Ich habe in wenigen Minuten eine Besprechung, wenn Sie also sonst nichts auf dem Herzen haben ...«

»Nein«, ich stand auf. »Das habe ich nicht. Ich dachte nur, Sie sollten wissen, dass Marion ... dass sie nicht ...«

»Ja, das habe ich verstanden und dafür danke ich Ihnen.«

Er klang nicht sonderlich dankbar.

Ich zögerte.

»Ich hoffe, ich habe keine Wunden aufgerissen. Ich weiß, dass meine Idee weit hergeholt ist, aber ich habe Gerüchte gehört, dass Marion ... Selbstmord begangen haben soll. Und das zu glauben fällt mir noch schwerer.«

»Es war ein *Unfall!*«, beharrte er. »Es besteht kein Grund, etwas anderes zu glauben. Marion war nicht deprimiert und wir führten trotz des Altersunterschieds eine sehr glückliche Ehe – egal was Sie vielleicht gehört haben. Ich habe meine Frau sehr geliebt und sie hat mich geliebt.« Vor den Verben erfolgte ein fast unhörbares Zögern, als hätte er sich noch immer nicht an die Vergangenheitsform gewöhnt. »Die Leute sagen viel, aber ich kann Ihnen versichern, dass sie mich nicht des Geldes wegen geheiratet hat, ganz im Gegenteil, das Geld hat sie eher ein wenig erschreckt. Nein, es war Liebe!«

Ich wusste nicht, was ich dazu sagen sollte, nickte nur, und er erwartete offenbar auch keine Antwort.

»Ich habe ihr in der Tat mehrere Anträge gemacht, und als sie mir endlich eine positive Antwort gegeben hat, hat sie mir einen Brief geschrieben, in dem sie unter anderem schrieb: *Es hat andere Männer in meinem Leben gegeben und sie sind wieder daraus verschwunden, ohne Narben zu hinterlassen. Aber mit dir ist das etwas anderes! Ich weiß, dass es Liebe ist, denn du kannst mir wirklich wehtun. Dich zu verlieren hieße, einen Teil meiner selbst zu verlieren.*«

Bei den letzten Worten wurde seine Stimme leicht heiser.

Himmel! So ein banaler Quatsch! Ob sie den selbst erfunden hatte? Oder stammte er aus irgendeinem Roman?

»Sehr hübsch!«, sagte ich und hoffte, dass ich nicht zu ironisch klang. »Aber selbst wenn Sie miteinander glücklich waren und sie offensichtlich nicht deprimiert war, weiß man nie, ob nicht die Schwangerschaft …«

Er wurde leichenblass und sein Gesicht schien vor meinen Augen zu schrumpfen.

»Die Schwangerschaft?«, sagte er heiser. »War sie schwanger?«

Oh my god! Er hatte keine Ahnung! Ich und meine große Klappe. Ich hatte es einfach als gegeben angenommen, dass er den Totenschein gesehen hatte.

Er schüttelte den Kopf wie ein erschöpfter Boxer.

»Ja«, sagte ich leise. »Sie war schwanger.«

Er fragte nicht, woher ich das wusste. Akzeptierte es nur als Tatsache. Vielleicht glaubte er, sie hätte es mir erzählt.

»Oh, Gott!«, murmelte er und hielt sich die Hände vor das Gesicht. » Wenn ich nur gewusst hätte ... Ich habe Marion geliebt, ich hätte alles für sie getan, aber ...«

Er ließ die Hände fallen und sah mich an, als fragte er sich, wer ich war oder warum ich noch immer da war.

»Gehen Sie!«, bat er. »Würden Sie so freundlich sein zu gehen.«

Ich ging ruhig hinaus und schloss lautlos die Tür hinter mir. Die Sekretärin sah fragend auf und ich blieb an ihrem Schreibtisch stehen.

»Ich glaube, er sollte sich ein paar Minuten erholen«, erklärte ich ihr.

Sie nickte. »Es fällt ihm so schwer, darüber zu reden. Ich war ehrlich gesagt verblüfft, dass er überhaupt mit Ihnen reden wollte.«

Sie sah bekümmert aus. Offenbar hatte sie dieses mütterliche Verhältnis zu ihrem Chef, das so viele Privatsekretärinnen haben. Oder sie war – bewusst oder unbewusst – in ihn verliebt.

»Waren Sie schon hier, als Marion in der Firma eingestellt wurde?«

»Warum?«, fragte sie.

»Nun, ich habe mich einfach gefragt, was für eine Ausbildung sie hatte.«

»Hat sie Ihnen das nicht erzählt? Ich dachte, sie waren Freundinnen.«

»Das habe ich auch gedacht«, sagte ich. »Ich kannte sie noch nicht so lange, aber sie hat mir versprochen, mir Arbeit zu besorgen.«

»Hier?«

»Ja, ich glaube schon, aber dann schien sie das Interesse an mir verloren zu haben.«

Sie lachte ein kurzes Lachen. »Ja, das sieht ihr ähnlich. Ich bin seit fast 40 Jahren hier. Ich bin hier in die Lehre gekommen, als die Firma neu gegründet wurde. Marion ist vor knapp zehn Jahren hier aufgetaucht und hatte eine Menge feiner Examen. Einen Abschluss der höheren Handelsschule und ein Examen als Diplomkauffrau und was weiß ich. I. C. hat den ganzen Unsinn geschluckt.« Sie lächelte bitter. »Meiner Meinung nach war sie die reinste Anne Castberg – wir haben ihre Examensunterlagen nie gesehen. Einmal war es dies und einmal war es das, sie hatte immer ein paar gute Erklärungen parat. Und bevor ein halbes Jahr vergangen war, war sie mit I. C. verlobt und da war es dann auch gleichgültig.«

Ich nickte, auch wenn ich nicht wusste, wer Anne Castberg war.

Als ich das Büro verließ, wusste ich nicht, ob ich sehr viel klüger geworden war.

Die Frage, die mich am meisten interessierte, hatte ich nicht stellen können. Ich hatte mich trotz allem nicht überwinden können, I. C. zu fragen, ob er glaubte, dass sein Neffe und seine Nichte Marion gemeinsam ermordet haben könnten.

Aber über eines war ich mir inzwischen sicher: I. C. war nicht der Vater von Marions ungeborenem Kind.

Donnerstagabend hatte ich einen dieser idiotischen Unfälle, die sehr viel schlimmer hätten ausgehen können. Damit tröstet man sich ja immer, wenn etwas passiert, das nicht hätte passieren müssen.

Ich hatte mit den Jungen gerudert. Die Saison lag in den letzten Zügen, und gerade an diesem Tag war mir das nur recht. Ich freute mich fast auf das Ende der Saison. Das Wetter war fast herbstlich, kühl und windig. Es schien, als sollten wir jetzt für das schöne Sommerwetter bestraft werden, das wir an den meisten Augusttagen gehabt hatten. Es hatte den ganzen Tag wie aus Kübeln gegossen, sodass alles nass und klamm und ungemütlich war. Selbst das Wasser schien nasser und schwerer als sonst, das Rudern war mühsam und wir hatten alle vier nicht die rechte Lust.

Nach dem Rudern tranken wir die obligatorische Cola, bevor wir nach Hause radelten und uns wie üblich in Vesterbro trennten, wo ich in die Vingaarsgade hinunter abbog, während die Jungen geradeaus weiterfuhren. Wären wir ein wenig länger bei unserer Cola sitzen geblieben – oder ein wenig kürzer –, wäre ich gut nach Hause gekommen, aber es sind genau diese Wenns, die zu nichts führen. Wir hatten einfach dagesessen und genau auf diese zu nichts führende Weise über Dianas Unfall geredet. Wäre der Fahrer nicht betrunken gewesen, wären die Paparazzi nicht da gewesen und wäre dies und wäre das nicht gewesen!

Der Unfall passierte, als ich fast zu Hause war. Ich fuhr schnell die Straße hinunter, den Kopf vor dem Regen gebeugt, als ich plötzlich hinter mir ein Auto hörte. Instinktiv wusste ich, dass etwas nicht stimmte. Vielleicht hatte ich – ohne darüber nachzudenken – registriert, dass der Fahrer die Geschwindigkeit verringerte oder den Gang wechselte, irgendetwas ließ mich jedenfalls, unmittelbar bevor ich die letzte Seitenstraße überqueren wollte, bremsen, doch zum Anhalten war es zu spät, und während ich geradeaus weiterfuhr, schwenkte das Auto nach rechts. Der Zusammenstoß war unvermeidbar; ich flog durch die Luft und wäre sicherlich mit dem Kopf auf den Bürgersteig oder gegen die Hauswand geknallt, hätte Rade nicht eine Rettungsaktion hingelegt, die eines Peter Schmeichel würdig war. Er hatte gerade die Lottoscheine weggebracht und es war der pure Zufall, dass er genau in dem Augenblick an genau der Stelle stand; auch hier kamen also ein paar Wenns ins Spiel.

Wir lagen total verschlungen da und saßen anschließend, als wir unsere Arme und Beine befreit hatten, erst einmal auf dem Bürgersteig und erholten uns, bevor wir uns mit gegenseitiger Hilfe wieder aufrichteten. Rade hatte es den Atem verschlagen, als ich in ihn hineingekracht war, und er hatte sich im Fall das Handgelenk verstaucht, ich konnte auf einem Fuß nicht richtig auftreten, aber abgesehen von einer kaputten Jeans und einigen Schrammen und Rissen, schien ich fantastisch gut davongekommen zu sein. Das Auto verschwand einfach. Vielleicht hatte der Fahrer gar nicht bemerkt, was passiert war, obwohl mir jetzt meine Zweifel kamen.

Ein junger Mann mit einem Handy in der Hand kam von dem gegenüberliegenden Bürgersteig zu uns hinübergelaufen.

»Uha, uha! Das sah gefährlich aus«, sagte er außer Atem. »Ich habe die 112 angerufen. Sie schicken einen Krankenwagen.«

»Das ist bestimmt nicht nötig«, sagte ich. »Es war nicht so schlimm, wie es hätte kommen können. Was ist mit Ihnen, Rade?«

»Ich bin in Ordnung, ich brauche nur einen Verband um das Handgelenk, dann geht es.«

»Das war verdammt nochmal Glück im Unglück, dass Sie gerade hier standen!«, sagte der junge Mann zu Rade. »Ansonsten, bye-bye sweetheart! Und dann haut der Kerl einfach ab, verdammt nochmal! Aber ich habe mir die Nummer notiert. Bei den ersten beiden Zahlen bin ich mir nicht ganz sicher, aber die letzten waren 1448, das kann man sich ja leicht merken. Der Typ muss total betrunken gewesen sein, deshalb ist er natürlich auch abgehauen. Er kam um die Ecke, als führe er eine verdammte Rallye, und er muss Sie einfach gesehen haben.«

»Das sind die toten Winkel«, sagte ich fast entschuldigend. Schließlich war nichts Schlimmes passiert.

»Nichts da. Es war schließlich kein Verkehr. Dann muss er auf jeden Fall tief und fest geschlafen haben.«

»Möglicherweise bin ich schneller gefahren, als er gedacht hat, oder er hat geglaubt, dass ich auch abbiege.«

»Das ist egal, das kostet ihn den Führerschein«, sagte der Junge zufrieden. »Einfach von einem Unfallort abzuhauen, da gehen sie scharf vor.« Er sah mich von oben bis unten an. »Er muss Ihnen auch Ihre Kleidung ersetzen – und das Fahrrad. Das wird doch nie mehr ein Fahrrad, verdammt nochmal.«

»Glauben Sie nicht?«, sagte ich dem Weinen nahe, ich hatte also doch einen kleinen Schock. Es war schließlich nur ein Fahrrad. Aber es hatte Allie gehört. Sie hatte es mir gegeben, als ich die Wohnung gekauft hatte, ein paar Wochen vor ihrem Tod, damit ich hin- und herfahren konnte. Keine von uns sprach aus, was wir beide dachten, nämlich dass sie es selbst nicht mehr brauchen würde.

»Doch, doch«, sagte Rade tröstend. »Ich kann Ihnen das reparieren.«

Es kam nicht nur ein Krankenwagen, es kamen zwei. Mit Blaulicht! Es war fast komisch. Aber auch ein wenig peinlich, denn es hatte sich bereits ein kleinerer Auflauf gebildet und wir sahen beide unverschämt wohlbehalten aus. Ich verstehe nicht, woher all die Menschen kamen. Gerade noch war die verregnete Straße öde und leer und jetzt schien es, als würden die Leute aus Erdlöchern hervorquellen.

Mit vielen Entschuldigungen, dass wir nicht verletzt waren, schickten wir die Krankenwagen wieder fort und zögernd zerstreute sich der Auflauf. Kurz darauf erschien die Polizei. Wenn die Nummer, die unser barmherziger Samariter mit dem Handy notiert hatte, stimmte, war das Auto bereits gefunden. Im Moment parkte es auf dem Boulevard und war leider bereits schon am Nachmittag als gestohlen gemeldet worden, sodass von neuen Jeans –

geschweige denn von einem neuen Fahrrad – nicht die Rede sein konnte, aber das erklärte zumindest, warum der Typ einfach abgehauen war.

Eigentlich hatte ich vorgehabt, am nächsten Vormittag Per, Marions Trainer – und vermutlichen Geliebten –, im Fitnessstudio zu besuchen, aber als ich morgens aufstand, war mein Knöchel geschwollen und blauschwarz, sodass ich beschloss, bis zum Abend damit zu warten. Mit einem verletzten Fuß und einem beschädigten Fahrrad war ich praktisch immobil, aber Rade hatte versprochen, das Fahrrad im Laufe des Tages zu reparieren. Er stand zu seinem Wort und Freitagabend gegen sieben radelte ich zum Fitnessstudio hinaus. Mein Tempo war etwas gemäßigter als sonst, nicht weil ich plötzlich Angst hatte, Fahrrad zu fahren – so einen Unfall hat man nur einmal –, sondern weil ich fast nur den linken Fuß gebrauchen konnte. Der rechte tat zu sehr weh, um mit ihm in die Pedale zu treten.

An der Rezeption stand dieselbe Frau wie letztes Mal, als ich dort gewesen war. Sie sah mich leicht verwundert an, als ich zu der Schranke gehumpelt kam.

»Gibt es irgendwelche Übungen, die für einen verstauchten Fuß gut sind?«, fragte ich.

Sie schien ihre Zweifel zu haben. »Das glaube ich, ehrlich gesagt, nicht, aber das sollten Sie besser Per fragen.«

»Ist er heute Abend hier?«, fragte ich. »Und ist überhaupt Platz?«

»Ja.«

»Dann möchte ich mich gerne anmelden«, sagte ich. »Ich kann ja auf die Sonnenbank gehen, wenn ich sonst nichts machen kann.«

Per kam mir mit einem Lächeln des Wiedererkennens entgegen, als ich den Fitnessraum betrat. Ich fragte mich, ob er mich wirklich wiedererkannte oder ob die Frau an der Rezeption ihm über Funk einen Tipp gegeben hatte.

»Was haben Sie denn gemacht?«, fragte er.

»Ich bin mit dem Fahrrad gefallen und habe mir den Fuß verstaucht«, sagte ich. Ich mochte ihm nicht die ganze Geschichte erzählen. »Kann man da irgendetwas machen?«

»Meinen Sie, hier?«

»Ja.«

Er schüttelte den Kopf. »Nein, das Beste, das Sie tun können, ist, ihn ruhig zu halten. Sie können es auch mit einem Eisbeutel versuchen.«

»Aber mit ein paar Gewichten kann ich doch sicher ein bisschen spielen, oder?«

»Das halte ich für keine gute Idee.«

»Okay, dann gebe ich mich heute mit den Thera-Bändern zufrieden«, sagte ich. »Und anschließend gehe ich auf die Sonnenbank.«

»Eigentlich denke ich, dass Sie es mit der Sonnenbank bewenden lassen sollten.«

»Ja, vielleicht.« Ich hatte uns ein wenig von den anderen wegmanövriert, während wir miteinander sprachen. »Eigentlich hatte ich gar keine richtige Lust, hierher zu kommen, nachdem Marion .... Das war ein furchtbarer Schock, nicht?«

»Ja, verdammt! Zuerst wollte ich es gar nicht glauben. Es kam zu ... plötzlich. Ich habe die ganze Zeit darauf gewartet, sie hereinkommen zu sehen. Aber das ist wohl normal.«

»Ja, vor allem wenn es sich um jemanden handelt, der einem nahe stand.«

Er kniff die Augen leicht zusammen. »Wie meinen Sie das denn?«

»Ach hören Sie doch auf, Per. Sie waren doch ihr Geliebter, oder?«

Er bekam einen roten Kopf. »Wer sagt das?«

»Marion hat mir gegenüber nicht gerade ein Geheimnis daraus gemacht.«

Er biss sich auf die Lippe. »Nein? Nun, dann besteht wohl kein Grund zu leugnen.«

»Aber es war doch ein Unfall? Es gibt Leute, die von Selbstmord reden.«

»Ja, das habe ich auch gehört.«

»Aber das glauben Sie nicht, oder?«

»Ich weiß es, ehrlich gesagt, nicht. Die letzten Male, die wir zusammen waren, war sie wirklich ein bisschen deprimiert. Sie hatte I. C. gegenüber ein schlechtes Gewissen und sprach davon, dass wir uns nicht mehr sehen sollten. Jedenfalls nicht so, Sie wissen schon ...«

»Aber das haben Sie nicht.«

»Es war eben schwer, auch für sie. Das war keine einfache Bettgeschichte, wenn Sie das glauben. Wir haben uns geliebt. Sie hat einmal zu mir gesagt, dass sie erst jetzt wisse, was Liebe ist. Wissen Sie warum?«

Ich wusste es nicht, aber ich konnte es erraten.

»Nein«, sagte ich.

»Weil ich ihr wirklich hätte wehtun können.«

»Haben Sie das auch so empfunden?«

Er nickte. »Ja«, murmelte er. Er sah zu Boden und fuhr sich mit dem Handrücken schnell über die Augen.

»Waren Sie der Vater des Kindes, das sie erwartet hat?«

»Was?« Er starrte mich an. Es bestand kein Zweifel, dass ihn die Frage überraschte.

»Sie war schwanger. Waren Sie der Vater?«

»Woher wissen Sie das?«

Ich zögerte. »Das hat mir Marion selbst ... aber vielleicht habe ich sie ja missverstanden.«

»Das haben Sie bestimmt. Daran glaube ich nicht. I. C. war nicht im Stande zu ... zu irgendetwas. Und wir haben immer Safersex praktiziert.«

Ich zuckte mit der Schulter. »Es kann auch sein, dass sie das nur so gesagt hat.«

»Nein, Sie müssen sie missverstanden haben.«

»Ja, vielleicht.« Ich gab ein leichtes Stöhnen von mir. »Ich gebe es auf. Sie haben Recht, mit dem Fuß kann ich nichts machen. Ich sollte mich besser mit der Sonnenbank zufrieden geben.«

Ich konnte seine Augen im Rücken spüren, als ich ging.

Hatte er wirklich nicht gewusst, dass Marion schwanger war?

Hätte sie es ihm nicht erzählt, wenn er der Vater des Kindes war?

Nein, davon konnte man nicht ausgehen. Vor allem nicht, falls oder besser da sie bestimmt eine Abtreibung vornehmen lassen wollte.

Oder weil er nicht der Vater des Kindes war.

Aber wenn er es nicht war, wer war es dann?

Da blieb – jedenfalls soweit ich wusste – nur eine Möglichkeit.

Der gut gekleidete Typ, der den Ärger von Marions Schwester Sigrid erregt hatte, indem er zu der Beerdigung gekommen war.

Ich hatte keine Ahnung, wer er war und wie er hieß, aber das ließ sich herausfinden.

Die Frage war nur, was ich mit dieser Information wollte.

Hin und wieder verstand ich selbst nicht, warum mich das alles so beschäftigte.

War es nur aus dem Grund, dass ich instinktiv fühlte, dass mit Marions Tod etwas nicht stimmte?

Am Samstagmorgen sah mein Fuß – sofern das überhaupt möglich war – noch schlimmer aus, weshalb ich mein Schwimmtraining auch an diesem Tag ausfallen ließ. Bestimmt hatte ihm die Fahrradtour am Vorabend nicht gut getan.

Kurz vor Mittag humpelte ich zum nächsten Supermarkt und kaufte eine riesige Tüte Lakritzkonfekt, zwei

Croissants mit Krabben- und Hühnersalat, eine Packung Papiertaschentücher und ein Paket Tiefkühlerbsen.

Als ich nach Hause kam, machte ich eine große Kanne Tee, die ich unter einer Teehaube zusammen mit einem Becher auf den Sofatisch stellte. Anschließend legte ich ein Handtuch auf das eine Tischende, stellte eine kleine Schale mit warmem Seifenwasser sowie Wattepads, Nagelfeile, Nagellack und so weiter bereit, legte die Papiertaschentücher daneben, deponierte die Tüte mit dem Lakritzkonfekt in Reichweite und setzte mich so bequem wie möglich in die Sofaecke, die Beine hoch und das in einen Lappen gewickelte Paket Tiefkühlerbsen auf dem geschwollenen Knöchel.

Jetzt war ich gerüstet, Prinzessin Dianas Beerdigung in der Westminster Abbey beizuwohnen. Ich trank Tee, aß die Croissants, feilte meine Nägel, vergoss Massen von Tränen, trank noch mehr Tee, lackierte meine Nägel und weinte noch mehr Tränen, während ich mich mit Lakritzkonfekt voll stopfte.

Als zum Schluss Elton John – der sonst zu meinen bestgehassten Interpreten gehört – *Goodbye England's Rose* sang und die Kameras die tausende und abertausende von tränennassen Gesichtern vor der Kirche einfingen, war ich vollständig aufgelöst.

Ich weiß, ich weiß! Natürlich war das eine Art Massenhysterie, aber es war nicht nur das.

Ich weinte um all die verlorenen Möglichkeiten, um Jugend, Schönheit und Leben, die so brutal ausgelöscht worden waren, um Marion und vor allem um Allie!

Hier, allein in meiner Wohnung, konnte ich endlich die Kontrolle aufgeben und mich ganz der Trauer hingeben, in Tränen baden und im Weinen schwelgen. Das war Reinigung, Erlösung, Katharsis! Es ging mir wunderbar! Obwohl mein Kopf wehtat und die Nase lief.

Und dann schellte natürlich das Türtelefon.

Ich ließ es schellen. Ich war weder darauf eingestellt, jemanden zu sehen, noch mich irgendjemandem zu zeigen.

Aber das insistierende Schellen hörte nicht auf.

Ich habe Schwierigkeiten, ein Telefon – auch ein Türtelefon – schellen zu lassen, ohne abzunehmen, sodass es damit endete, dass ich hinhumpelte und fragte, wer da war.

»Henrik! Kann ich raufkommen?«

»Okay.«

Ich drückte auf den Knopf, der die Haustür öffnete, schloss die Wohnungstür auf und humpelte zurück in meine Sofaecke.

Die Beerdigung war vorbei, nur noch ein paar Schnappschüsse von abfahrenden Autos waren zu sehen.

Henrik kam ins Wohnzimmer.

»Wie in aller Welt siehst du denn aus?«, fragte er. »Hast du dich erkältet?«

Ich nickte Richtung Fernsehen. »Dianas Beerdigung«, erklärte ich.

»Das darf doch wohl nicht wahr sein!«, rief er. »Das darf doch wohl nicht wahr sein! Du willst mir doch nicht erzählen, dass du den ganzen Nachmittag hier gesessen und um sie geweint hast. Herrgott nochmal, sie war doch nur …«

Ich unterbrach ihn. »Ich will deine Meinung gar nicht hören. Sie war nicht nur! Sie hatte *etwas*, irgendetwas, nenn es Star Quality, aber auch den einen oder anderen unerklärlichen symbolischen Wert. Für mich jedenfalls. Und wenn du auch nur ein Wort sagst, schmeiß ich dich die Treppe hinunter.«

Henrik lachte – leicht einfältig. Dann zeigte er auf das Arrangement auf dem Tisch. »Darf ich das auch nicht kommentieren?«

»Doch, nur zu!«

»Soweit ich sehe, hast du Lakritzkonfekt gegessen, Tee

getrunken und dir die Nägel gefeilt, während du dir gleichzeitig die Augen aus dem Kopf geheult hast.«

»Ja.«

»Und du hast dir alles im Voraus bereitgestellt, als wolltest du dir einen wirklich gemütlichen Tag zu Hause machen?«

»Ja.«

Er schüttelte den Kopf. »Ich werde Frauen wohl nie verstehen. Nie! Selbst wenn ich hundert werde.«

»Das glaube ich auch«, sagte ich. »Warum bist du eigentlich gekommen?«

Er antwortete nicht. Er hatte gerade die Tiefkühlerbsen entdeckt. »Und was zum Teufel ist das?«, fragte er.

»Tiefkühlerbsen«, sagte ich. »Das heißt, sie waren einmal tiefgekühlt, jetzt sind sie aufgetaut.«

»Ist es indiskret zu fragen, was eine Tüte Tiefkühlerbsen auf deinem Sofa zu suchen hat?«

Ich lachte. »Überhaupt nicht. Ich habe mir den Fuß verstaucht, deshalb. Und es hat wirklich geholfen.«

Ich sah auf meinen Fuß. Die Schwellung war jedenfalls zurückgegangen und das Blauschwarz hatte ins Gelbliche gewechselt.

»Wie hast du das denn angestellt?«

Ich erzählte ihm die ganze Geschichte mit allen komischen Details, aber er schien sie nicht sonderlich lustig zu finden.

»Verdammt, Bea, du hättest tot sein können«, sagte er erschüttert.

»Ja, aber das bin ich nicht«, sagte ich leichthin. »Und du hast mir noch immer nicht gesagt, warum du gekommen bist.«

»Das ist auch nicht sonderlich wichtig. Ich dachte nur, du solltest es wissen.«

»Was?«

»I. C. ist tot.«

10

Ich sah Henrik verständnislos an. Einen Augenblick hatte ich das Gefühl, dass mein Gehirn streikte. Dann wurde mir klar, was er gesagt hatte.

»I. C. ist tot? Marions Mann?«

Henrik nickte.

»Ja, aber …« Ich wollte gerade sagen, dass er noch lebte, als ich mit ihm gesprochen hatte, hielt mich jedoch im letzten Moment zurück. »Aber er war doch nicht krank, oder?«

»Sein Herz war schwach und diese Steuerbetrugsgeschichte hat ihm mit Sicherheit zu schaffen gemacht, sodass Marions Tod wohl der letzte Tropfen war. Man sagt, dass er ihn sehr schwer getroffen hat.«

Ich muss zugeben, dass ich erschüttert war. Ich hoffte, dass Henrik es nicht bemerkte. Nicht weil I. C. tot war – ich kannte ihn nicht, er war alt und krank und nicht sonderlich sympathisch –, sondern weil ich mich auf die eine oder andere Weise schuldig fühlte. Meine Information über Marions Schwangerschaft war ein Schock für ihn gewesen und hatte möglicherweise zu seinem Tod beigetragen.

»Wann ist er gestorben?«

»Heute Nacht. Seine Haushälterin hatte frei, aber am Vormittag ist der Neffe zu ihm herausgekommen und hat ihn tot im Bett gefunden. Er ist still eingeschlafen, wie man so sagt. Und vielleicht war das gut so. So ist er um einen langen Rechtsstreit und wahrscheinlich um eine Verurteilung herumgekommen.«

»Ich habe, ehrlich gesagt, nicht richtig verstanden, was ein betrügerischer Konkurs genau ist«, gestand ich. »Als ich das Wort zum ersten Mal gehört habe, konnte ich mir gar nichts darunter vorstellen.«

Henrik lachte. »Das ist in der Tat ziemlich kompliziert. Ich werde es dir bei Gelegenheit erklären.«

»Dann kannst du mir bei der Gelegenheit auch erklären, was eine *Anne-Castberg-Nummer* ist. Mich erinnert das ans Ringen. An einen *Viertel Nelson.*«

»Anne Castberg ist eine Person. Eine Dame.«

»Aha, ich habe gehört, wie jemand etwas als *die reinste Anne-Castberg-Nummer* bezeichnet hat.«

»Dann muss von einem Betrug der einen oder anderen Art die Rede gewesen sein. Anne Castberg war eine Dame, die behauptete, eine Menge feiner, renommierter Examen zu haben, und die daraufhin Museumsdirektorin in einem feinen, teuren Museum drüben auf der Teufelsinsel wurde.«

»Auf der Teufelsinsel?«

»Auf Seeland! Den Ausdruck musst du doch schon mal gehört haben. Also, sie hat den Job nicht allzu gut gemacht und später stellte sich heraus, dass die ganzen feinen Examen frei erfunden waren.«

»Ich habe mir schon gedacht, dass es etwas in der Richtung sein muss.«

Und Marions feine Examen waren nach Meinung der Sekretärin die reinste *Anne-Castberg-Nummer.* Wie sie in der Firma zurechtgekommen war, erzählte die Geschichte jedoch nicht und ihre Ehe konnte man im Grunde genommen wohl als Erfolg bezeichnen. I. C. hatte sie jedenfalls bis zum Schluss geliebt.

»Wer mag jetzt wohl erben?«, fragte ich.

»Der Neffe und die Nichte sind seine einzigen Verwandten, deshalb nehme ich an, dass sie erben. I. C. war nicht der Typ, der sein Vermögen wohltätigen Organisationen oder *Katzen in Not* vermacht. Aber wenn ich an ihrer Stelle wäre, wäre ich vorsichtig, Erbe und Schulden anzunehmen. Jedenfalls was die Schulden betrifft.«

»Warum ist es so schief gelaufen?«

»Jetzt sollte ich besser ein wenig aufpassen, was ich sage, damit du mich nicht die Treppe hinunterwirfst«, sagte er mit einem schiefen Lächeln. »Und natürlich gibt es da mehrere Gründe. Die Firma war auf dem absteigenden Ast. Sie hätte die Krise überstehen können, aber I. C. hat sich an Währungsspekulationen versucht – erfolglos. Ich weiß genau, dass du eine Schwäche für Marion hattest, aber meiner Meinung nach hat sie I. C. verdorben. Bis er sie geheiratet hat, galt er als tüchtiger, vielleicht etwas harter, aber durch und durch rechtschaffener Geschäftsmann, der seine Schulden bezahlte. Marion dagegen war – entschuldige, wenn ich das sage – total amoralisch. Nicht unmoralisch, sondern amoralisch. Und ich glaube nicht, dass man mit einem durch und durch amoralischen Menschen zusammenleben kann, ohne dass das auf die eine oder andere Weise abfärbt. Nimm nur das Beispiel, dass er ihre Diebstähle einfach akzeptiert hat.«

Obwohl ich mein Bild von Marion gründlich revidiert hatte, musste ich sie verteidigen – und ihn.

»Sie hat nicht geklaut, Henrik«, protestierte ich. »Sie war Kleptomanin.«

»War sie das?« Henrik hob die Augenbrauen. »Das hätte ich gerne von einem Psychiater bestätigt. Übrigens hat das vor Gericht absolut keine Bedeutung. Aber es war eine sehr bequeme Erklärung.«

»Nein, jetzt hör aber auf! Natürlich war sie Kleptomanin, warum sollte sie sonst stehlen? Sie hatte doch Geld genug.«

»Hatte sie das? Sie hatte eine Karte von *K & L* und ein Konto in einigen der besseren Boutiquen. Aber ich glaube nicht, dass sie besonders viel Geld in den Händen hatte. Und es wäre doch möglich, dass sie hin und wieder ein paar Geschenke machen wollte, von denen I. C. nichts wissen sollte.«

»Ach!«, rief ich, weil mir plötzlich Marions und Tinas

verschwörerisches Verhalten in der Parfümerie einfiel. Belastete Tina das Konto mit dem Parfüm, um sich später das Geld mit Marion zu teilen, wenn sie das Diebesgut zum *Freundschaftspreis* verkauft hatte? Das war möglich. Und war die teure Uhr, die Per trug, ein Geschenk von Marion? Das war auch möglich. Mir waren nicht viele Illusionen über Marion geblieben, aber hätte sie noch gelebt, wäre ich bestimmt noch immer ihrem Charme erlegen – wenn auch nur kurz.

So war es wohl auch I. C. gegangen, nur dass es bei ihm angedauert hatte. Aber Henrik war der Meinung, dass sie ihn angesteckt – geradezu verdorben hatte.

»Wie kommst du darauf? Dass das Marions Einfluss war?«

»Weil es erst anfing, nachdem sie einige Jahre verheiratet waren. Da begannen die ganzen krummen Touren. Ein hässlicher Rechtsstreit wartete auf ihn, als er starb. Veruntreuung, betrügerischer Bankrott, Steuerbetrug, you name it. Das Firmengeld hat sich scheinbar in Luft aufgelöst, sodass es ihn sein Privatvermögen gekostet hätte. Ich kann mir auch nicht vorstellen, dass er mit gewissen Leuten Geschäfte gemacht hätte, wäre seine Moral nicht langsam durchlässiger geworden.«

»Mit was für Leuten?«

»Vor allem mit Mogens Andersen, einem notorischen Konkursbetrüger, aber auch mit Poul Kjeldsen. Er ist vielleicht kein so großer Fisch, aber er hat auch keine reine Weste. Er wurde sogar ein Freund des Hauses – oder vielleicht besser der Frau des Hauses.«

Ihn musste ich auf Marions Beerdigung gesehen haben. Marions Schwester hatte ja mehr als angedeutet, dass etwas zwischen den beiden war.

»Ich glaube, ich habe ihn auf Marions Beerdigung gesehen«, sagte ich. »Schöner Mann, Anfang vierzig, groß, dunkel, gut gekleidet – fast zu gut gekleidet.«

»Ja, das dürfte passen.«

»Was macht er?«

»Ich würde ihn als eine Art Schwarzhändler in Devisen bezeichnen.«

»Schwarzhändler in Devisen?«

»Ja, das ist so ein Ausdruck. Er hat ein Büro in Vesterbro.« Er lächelte mich schwach an. »Wie sind wir auf all die langweiligen Leute gekommen? Lass uns etwas rausfahren. Wenn du das schaffst.«

Henrik war nicht nur aufgetaucht, weil er sich vor Sehnsucht nach mir verzehrte, stellte ich fest, sondern auch um mir zu zeigen, wo ich Montagmorgen meinen neuen Job antreten sollte. Eine kleine, einfache Sache, bei der es um einen vermuteten Versicherungsbetrug ging, sagte er. Er schien meinen verletzten Fuß nicht als Hinderungsgrund zu betrachten. Eigentlich ging es nur darum, in einem Auto zu sitzen und das Objekt im Auge zu behalten.

Anschließend fuhren wir nach Løkken, wo wir zwei Pizzen kauften, die wir unten am Strand aßen, während wir den Sonnenuntergang beobachteten.

I. C. wurden schöne, aber ein wenig langweilige Nekrologe in den lokalen Zeitungen gewidmet und er wurde in aller Stille beerdigt. Ich hatte nicht das Bedürfnis, an der Beerdigung teilzunehmen. Und ich fragte mich noch immer, ob Marions Tod wirklich ein Unfall gewesen war, ein Selbstmord oder … Die dritte Möglichkeit wirkte zu fantastisch, doch hatten I. C.s Tod und Marions Schwangerschaft sie in gewisser Weise wahrscheinlicher erscheinen lassen. Ich beschloss, mir bei Gelegenheit Ruths Meinung anzuhören. In den vergangenen Wochen hatte ich mehr und mehr Respekt vor ihr bekommen. Vor ihrem Wissen, ihrer Erfahrung und vor ihrem gesunden Menschenverstand.

Karin und Inge kamen aus dem Urlaub zurück und wir

teilten den neuen Job zwischen uns auf. Henriks Sekretärin, Bente, hatte Ferien und Ruth vertrat sie.

Die Gelegenheit ergab sich, als sie mich eines Abends zu sich einlud. Zu meiner Überraschung war ihre Wohnung fast ultramodern eingerichtet.

»Ultramodern ist zu viel gesagt«, lachte sie, als ich es kommentierte. »Aber eigentlich ist das gar nicht so verwunderlich. Vergiss nicht, dass ich keine Erbstücke habe. Ich habe aus den USA nichts mit nach Hause gebracht und meine Eltern auch nicht, deshalb haben mein Mann und ich alles neu gekauft. Er war geschieden und besaß im Grunde genommen nur eine Liege und einen Schreibtisch.«

»Ach so, deshalb.«

»Apropos«, fuhr sie fort. »Was hast du eigentlich nach deiner Scheidung gemacht? Dein Ex hat doch keinen Unterhalt gezahlt und so lange dürfte die Summe, die du bekommen hast, auch nicht gereicht haben?«

»Lange genug, um ein Geschäft aufzubauen«, sagte ich. »Meine Freundin Maritta arbeitete immer noch in dem Geschäft in New York, in dem ich selbst angestellt gewesen war, und wir wurden uns einig, gemeinsam ein Haus in der Antique Road in Philadelphia zu kaufen und ein ähnliches Geschäft zu eröffnen. Ich ließ den Großteil des Geldes einfließen, das ich aus der Scheidung bekommen hatte, und sie lieh sich etwas von ihrem Vater. Wir bekamen massenhaft Hilfe und gute Ratschläge von unserem früheren Boss, der schwedischen Dame, und ich habe dir ja erzählt, dass es über alle Erwartungen gut lief. Jedenfalls konnten wir davon leben.«

»Und jetzt?«

»Vorläufig führt Maritta das Geschäft allein weiter und überweist mir meinen Anteil des Gewinns, aber früher oder später müssen wir natürlich eine Dauerlösung finden.«

»Wie soll die aussehen?«

»Dazu habe ich noch nicht richtig Stellung genommen.«

Die Wahrheit war, dass ich es immer wieder hinausschob.

»Aber da ist etwas ganz anderes, das mir durch den Kopf geht«, sagte ich. »Es betrifft Marion.«

»Ja?«, sagte Ruth interessiert. »Lass hören.«

»Wenn Marion noch gelebt hätte, als I. C. starb, hätte sie vermutlich alles geerbt.«

»Ja, vermutlich.«

»Und sie war noch nicht einmal vierzig, sodass sie wahrscheinlich wieder geheiratet und möglicherweise Kinder bekommen hätte. Das heißt, dass I. C.s Familie – was das Erbe angeht – für immer aus dem Spiel gewesen wäre.«

»Ja?« In Ruths Stimme lag bereits eine Spur Skepsis, aber ich ließ mich nicht davon anfechten.

»Es war auch kein Geheimnis, dass I. C. ein schwaches Herz hatte und über dreißig Jahre älter war, sodass die Wahrscheinlichkeit, dass Marion ihn überleben würde, sehr hoch war.«

»Worauf willst du hinaus?«

»Wenn Marions Tod nun kein Unfall war – und an einen Unfall glaubt Henrik jedenfalls nicht –, wäre es doch nicht ganz undenkbar, dass Marion in Wirklichkeit ... ermordet worden ist.«

Ich zögerte, bevor ich es aussprach. Denn in dem Moment, indem ich es in Worte fasste, wurde es nahezu undenkbar.

Ruth sah mich mit einem kleinen Lächeln in den Augenwinkeln an. Ich konnte sehen, dass sie es nicht ernst nahm.

»Von wem?«

»Von I. C.s Familie. Von dem Neffen und der Nichte. Von einem von ihnen oder von beiden gemeinsam.«

»Wie?«

»Sie hätten zum Beispiel unter irgendeinem Vorwand ein Treffen mit ihr vereinbaren können. Es ist ja immer noch unklar, wo sie die zwei Stunden zwischen dem Verlassen des Hotels und ihrem Nachhausekommen war.«

»Es sei denn, sie ist direkt nach Hause gefahren.«

»Ich glaube nicht, dass sie das getan hat. Ich glaube, dass sie irgendwo anders war. Ich glaube auch nicht notwendigerweise, dass sie es selbst getan haben, sie können jemanden angeheuert haben.«

Es klang immer unwahrscheinlicher, aber ich fuhr fort.

»Vielleicht hat man sie irgendwo betrunken gemacht, vielleicht auch auf den Kopf geschlagen – und dann in ihrem eigenen Auto nach Hause gefahren und in der Garage zurückgelassen, wo der Motor seine giftigen Gase ausspuckte. Das ließ sich leicht machen. Die Fernbedienung lag ja im Auto.«

Ruth lachte. »Seine giftigen Gase ausspuckte! O Bea, du bist wunderbar!« Sie schüttelte den Kopf. »Aber meine Antwort heißt Nein, Nein und nochmals Nein! Das ist vollkommen undenkbar. Ich glaube, dein Erfolg mit dem Schlachter bei *K & L* hat deine Urteilskraft getrübt. Zum einen sind wir hier nicht in den USA und es dreht sich nicht um ein riesiges Vermögen. Zum anderen sind I. C.s Neffe und seine Frau beide Zahnärzte und verdienen richtig Geld. Die Nichte ist Augenärztin und ihr Mann Bankdirektor. Alle vier sind äußerst wohlhabend. Warum um alles in der Welt sollten sie wegen ein paar Millionen ein solches Risiko eingehen? Normale Menschen rennen nicht durch die Gegend und bringen Leute um. Deshalb garantiere ich dir, das ist out of question – far out!«

»Ja, aber …«, begann ich.

»Und noch etwas«, fuhr sie fort. »Ich glaube nicht, dass viel übrig bleibt, wenn und falls die Steuerbehörde den Fall gewinnt. Ich weiß zwar, dass die Spatzen von den

Dächern pfeifen, dass es I. C. und/oder Marion gelungen ist, beträchtliche Summen ins Ausland zu überführen, aber wo sind die? Und weiß I. C.s Familie überhaupt, wo sie suchen muss? Daran habe ich so meine Zweifel.«

»Wer weiß es dann?«

Ruth zuckte mit den Schultern. »Niemand! Marion und I. C. können es ja keinem mehr sagen. Möglicherweise weiß I. C.s Sekretärin etwas, sie ist ja seit Ewigkeiten bei ihm, aber auch das bezweifle ich. Dann ist da Poul Kjeldsen, aber ich glaube, er hat genug damit zu tun gehabt, sein eigenes Vermögen außer Landes zu bringen.«

Poul Kjeldsen. Ja, natürlich! Warum hatte ich nicht an ihn gedacht? Welche Rolle spielte er bei dem Ganzen? Wenn er nicht nur I. C.s Freund und Geschäftspartner, sondern auch Marions Liebhaber war, wie die Schwester und laut Henrik die Gerüchte behaupteten, wusste er vielleicht Bescheid. War er vielleicht der Einzige, der Bescheid wusste.

Und Marion hatte ihn zu Gunsten eines neuen – jüngeren – Liebhabers fallen gelassen.

Alles war da. Eifersucht, Rache, Begehren.

Ich hielt den Atem an.

Das war noch eine Möglichkeit.

Ein unerwartet aufgetauchter Kandidat.

Ich wollte unter allen Umständen mit ihm reden.

Er klang neugierig, als ich ihn anrief, um einen Termin mit ihm zu vereinbaren. Neugierig, aber nicht abweisend. Ich hielt mich an die Wahrheit und sagte, dass ich mit ihm über Marion sprechen wollte.

Er empfing mich lächelnd. »Beatrice Jantz? Sie erinnern mich an Marion. Eine jüngere und schönere Ausgabe.«

Ja, das glaubst du doch selbst nicht, dachte ich. Er war ein gut aussehender Typ, sonnengebräunt, echt, dachte ich, nicht sonnenbankbraun, und er besaß etwas von demselben unmittelbaren Charme, den auch Marion besessen hatte, nur hatte ich das Gefühl, dass er ihn je nach Bedarf ein- und ausschalten konnte. Vielleicht war ich trotz allem durch meine Bekanntschaft mit Marion gegen diese Art synthetischen Charme immun geworden.

In einem Regal zwischen den Fenstern stand ein silberner Pokal, über dem ein vergrößertes Foto von einem Segelboot hing, auf dem ein Mann mit dem Körper über der Reling lehnte und am Tauwerk zog. Ich schätzte, dass es Poul Kjeldsen war. Von dort, wo ich saß, konnte ich es nicht sehen.

Er folgte meinem Blick. »Frühere Heldentaten«, sagte er lächelnd. »Jetzt habe ich ein Motorboot. Das ist nicht dasselbe, aber wir werden schließlich älter.« Er sah mich neugierig an. »Ich kann mich nicht erinnern, dass Marion von Ihnen gesprochen hat«, fuhr er fort.

»Wir kannten uns erst ein paar Monate«, erklärte ich – fast in Übereinstimmung mit der Wahrheit.

»Ach so, deshalb. Marion und ich haben uns in der letzten Zeit vor ihrem Tod nicht oft gesehen.«

Wenn er der Vater von Marions Kind war, hatten sie sich jedenfalls acht Wochen vorher gesehen – und nicht nur das.

»Wir haben uns zufällig kennen gelernt«, erklärte ich. »Aber offenbar passte unsere Chemie, denn wir sind uns schnell recht nahe gekommen.«

»Nahe? Ach ja?« Er lächelte schief. »Und was wollen Sie mir damit sagen?«

Ich lächelte zurück. »Nichts Besonderes. Ich versuche nur zu erzählen, dass Marion kein Geheimnis daraus gemacht hat, dass Sie ein Verhältnis mit Ihnen hatte.«

»Gehabt hat«, sagte er. »Das ist eine alte Geschichte. Und ich würde nicht einmal sagen, dass wir ein Verhältnis hatten. Marion und ich waren gute Freunde. Ich war verrückt nach ihr – in homöopathischen Dosen. Wir hatten

Spaß miteinander. Marion war eine klasse Frau, schön und lustig und mit Appetit auf das Leben, deshalb sind wir natürlich auch miteinander ins Bett gegangen. I. C. konnte ja seinen ehelichen Pflichten, wie man so schön sagt, nach seinem ersten Herzanfall nicht mehr nachkommen, ihm ging also nichts ab. Aber tiefere Gefühle spielten von keiner Seite hinein.«

»Sie hat Ihnen nie gesagt, dass Sie sie gelehrt haben, was Liebe ist, weil Sie ihr wirklich wehtun könnten, oder so etwas?«

Er warf den Kopf zurück und lachte laut. »Nein, Gott bewahre! Man konnte viel über Marion sagen, aber sentimental war sie bestimmt nicht. Ich habe mir keine Illusionen über sie gemacht – und sie, was das anging, über mich auch nicht. Wir waren, wie gesagt, gute Freunde und ich habe ihr bei ein paar Geldtransaktionen geholfen, das ist ja mein Metier.«

»Hatte Marion eigenes Geld?«, fragte ich verblüfft.

Er kniff die Augen leicht zusammen. »Aha, so weit ging ihre Vertraulichkeit also nicht?«

Oh, shit! Ich hätte mir die Zunge abbeißen können, aber ich musste versuchen zu retten, was zu retten war.

»Doch, sie hat erzählt, dass Sie ihr geholfen haben, etwas Geld *beiseite zu schaffen.* Aber ich habe das so verstanden, dass es dabei nur um I. C.s Geld ging.«

»Das tat es ursprünglich natürlich auch, aber er hatte Marion einen Teil überschrieben. Sie hatte eine Scheinfirma im Ausland. Übrigens habe ich ihr nicht geholfen, *Geld beiseite zu schaffen,* das ist schließlich illegal«, fügte er tugendhaft hinzu. »Aber natürlich gefiel ihr die Aussicht nicht, bis auf die Haut ausgezogen zu werden, finanziell gesehen, sodass ich ihr erklärt habe, wie sie sich am besten absichern kann.«

»Was ist nach Marions Tod aus dem Geld geworden?«

»Gute Frage! Nichts, möchte ich meinen. Es lag ja sicher und gut, wo es lag, warum also hätte I. C. etwas unternehmen sollen? Er war nicht dumm, deshalb hat er vorhergesehen, dass er in eine Situation geraten konnte, in der es gut war, das Geld zu haben. Eigentlich weiß ich darüber nichts. Wie gesagt, habe ich Marion in den letzten Monaten vor ihrem Tod nicht so oft gesehen, sie hatte bestimmt ein anderes Eisen im Feuer, und mit I. C. habe ich nach ihrem Tod kaum gesprochen. Ich habe es versucht, aber er war ... ja, ich bin kaum zu ihm durchgedrungen. Er war so merkwürdig geworden. Er machte einen fast geistesschwachen Eindruck. In sich verschlossen und am Ende! Gut, dass er gestorben ist.«

»Wenn Sie Marion so gut gekannt haben, was halten Sie dann von den Gerüchten, dass sie Selbstmord begangen hat?«, fragte ich.

»Selbstmord? Marion? Diese Gerüchte habe ich nicht gehört und ich kann Ihnen versichern, dass Marion die Letzte wäre, die das tun würde. Es sei denn – jeder kann ja eine Depression bekommen und ich habe sie, wie gesagt, in der letzten Zeit nicht gesehen, aber nein ... das können Sie getrost vergessen.«

»Sie war doch schwanger, deshalb ...«

Er lachte. »Schwanger? Nein, wissen Sie, das glaube ich nicht. Woher haben Sie das? Noch so ein Gerücht.«

Ich schüttelte den Kopf. »Nein, das ist eine Tatsache.«

Er lachte noch immer. »Ich wette, das haben Sie von Marion und das macht es nicht gerade zu einer Tatsache, meine Liebe. Wenn Sie Marion ebenso lange gekannt hätten wie ich, würden Sie wissen, dass sie manchmal ziemlich leichtfertig mit der Wahrheit umging. Es machte ihr Spaß, Geschichten zu erzählen. Wenn sie etwas länger gelebt hätte, hätte sie Ihnen sicher erzählt, dass sie eine Fehlgeburt gehabt hat. Auf die eine oder andere dramatische Weise. So war Marion eben.«

»Ja, aber ...«

»Nein. Ich kann Ihnen versichern, dass das erfunden ist. Was das anging, sicherte Marion sich doppelt ab, wenn Sie verstehen, was ich meine. So wie die Situation nun einmal war, konnte sie I. C. ja nicht glauben machen, dass er der Vater des Kindes war, auch wenn er ansonsten gutgläubig war, was Marion anging.«

»Ich habe es von jemandem, der bei der Obduktion dabei war. Sie war in der achten Woche.«

Er sah mich skeptisch an. »Das finde ich merkwürdig. Soweit ich weiß, haben diese Leute doch Schweigepflicht.«

»Ja, natürlich. Er hat sich verplappert. Er hat geglaubt, dass ich es bereits wusste.«

»In der achten Woche? Ja, dann bin ich jedenfalls nicht der trauernde Vater.« Er sah mich fragend an. »Was interessiert Sie eigentlich an der Sache?«

Es wunderte mich, dass er erst jetzt fragte.

»Ich studiere Psychologie und arbeite an einer Fallstudie über Marion. Eigentlich war das ihre Idee. Es fing mit ihrer Kleptomanie an und ...«

Die Lügen gingen mir glatt über die Zunge, hinterließen jedoch einen leicht bitteren Nachgeschmack.

Er unterbrach mich. »Sie haben nicht viel Erfahrung, oder?«

»Nein«, gab ich zu. »Ich bin noch nicht fertig. Ich wollte meine Staatsexamensarbeit über Marion schreiben. Als sie starb, wollte ich das Projekt erst fallen lassen, aber nach genauerem Nachdenken habe ich beschlossen, weiter daran zu arbeiten. Das mag vielleicht etwas zynisch klingen, aber wenn sie wirklich Selbstmord begangen hat, macht das die Sache in gewisser Weise noch interessanter.«

Er starrte mich an. »Haben Sie *etwas* zynisch gesagt? Ach, du meine Fresse. Das klingt verdammt zynisch!« Er schüttelte den Kopf. »Langsam glaube ich, dass Sie und Marion einander ebenbürtig waren. Sie hätte bestimmt genauso reagiert. Aber leider kann ich Ihnen nicht mit einem Selbstmord dienen. Dazu hatte sie nicht den Mut. Und wenn sie wirklich schwanger gewesen wäre, hätte sie das Kind abtreiben lassen, ohne dass jemand etwas davon erfahren hätte.«

»Ja, Sie haben sie natürlich besser gekannt als ich.«

»Ich habe den Eindruck, sie sehr viel besser gekannt zu haben. Und wenn Sie einen guten Rat von einem alten Mann haben wollen, lassen Sie die Psychologie fallen. Wenn Sie Marion nicht durchschaut haben, fehlt Ihnen zur Psychologin das richtige Feeling.«

»Ich hoffe, das lernen zu können.«

Er schüttelte den Kopf. »Nee. Entweder man hat es oder man hat es nicht.«

Ich erhob mich. »Wenn I. C.s Erben nicht wissen, wo Marions Geld ist, was passiert dann damit?«

Er zuckte mit den Schultern. »Dann liegt es in der einen oder anderen Bank und bringt Zinsen und eines schönen Tages wird das Konto eingezogen.«

»Wissen Sie, wo es liegt?«

Er lachte. »Nein. Und selbst wenn ich es wüsste, hätte ich nichts davon. Man braucht sowohl die Kontonummer wie das Kodewort und den Ausweis und was weiß ich noch alles.«

»Ach so, jedenfalls vielen Dank, dass Sie sich Zeit für mich genommen haben.«

Er zuckte mit den Schultern. »Es hat mir wirklich Spaß gemacht. Ich bin nämlich ein sehr viel besserer Psychologe als Sie und ich glaube, dass Sie mit Ihrem Besuch ein ganz anderes Ziel verfolgt haben. Staatsexamensarbeit, leck mich am Arsch!«

»Was meinen Sie …«

»Ach, hören Sie doch auf, Schätzchen. Ich weiß nicht, wie viel oder wie wenig Marion Ihnen erzählt hat, aber ich bin mir ganz sicher, dass Sie davon geträumt haben,

Marions Vermögen in Ihre kleinen, niedlichen Hände zu bekommen. Das kann ich gut verstehen, das würde ich auch gerne – aber das ist und bleibt ein Traum.«

Diebe glauben, dass alle stehlen, dachte ich, hielt aber klugerweise den Mund.

Er begleitete mich zur Tür. »Wie wäre es mit einem Drink an einem der kommenden Abende? Und vielleicht mit einem anschließenden Abendessen.«

Ich schüttelte lächelnd den Kopf. »Nein, danke. Mein Freund ist sehr eifersüchtig.«

»Schade. Ich glaube, wir könnten viel Spaß miteinander haben.«

Daran hatte ich so meine Zweifel.

»Was hältst du davon?«, fragte ich Ruth am Tag darauf, als ich ihr mein Gespräch mit Poul Kjeldsen wiedergegeben hatte.

»Dasselbe, was ich die ganze Zeit gemeint habe«, sagte Ruth. »An der Sache ist kein Fleisch. Wie so viele andere zweifle ich daran, dass Marions Tod ein Unfall war, aber er kann einer gewesen sein. Und sonst war es Selbstmord. Alles andere sind Hirngespinste. Dass Marion immer fröhlich und munter wirkte, beweist gar nichts. Ganz im Gegenteil. Ich kenne diesen Typ Mensch. Er verträgt keinen Widerstand, dann wählt er den leichtesten Weg.«

»Jaa«, sagte ich zweifelnd. »Glaubst du, es stimmt, dass er nicht weiß, wo das Geld ist?«

»Bea, wir wissen nicht einmal, ob überhaupt Geld da ist. Marions Selbstmord deutet darauf hin, dass keins da ist. Aber wenn es ihnen gelungen ist, etwas auf die Seite zu schaffen, ja, dann glaube ich ihm. Er weiß möglicherweise, über welche Kanäle es geflossen ist, aber bestimmt nicht, wo es gelandet ist. Ich wette, dass Marion – und I. C. – sich nicht in die Karten haben gucken lassen, was das angeht.«

»Ja, vielleicht.«

»Hör auf, dir darüber Gedanken zu machen«, riet sie. »Schluss, aus, Ende!«

»Ja, du hast bestimmt Recht«, räumte ich ein. »Es gibt auch genug, worüber ich mir Gedanken machen muss.«

»Und das wäre?«

»Ich muss mich entscheiden, was ich will.«

»Im Hinblick auf was?«

»Auf das Geschäft. Marittas Lebensgefährtin würde mich gerne auszahlen. Sie hilft bereits im Geschäft mit und mir ist durchaus klar, dass wir, wenn ich hier bleibe und an dem Gewinn Anteil habe, ohne selbst etwas zu leisten, zu viele sind. Dann kann keiner von uns davon leben.«

»Gibt es da noch etwas zu überlegen?«

»Ja, denn wenn ich verkaufe, ist das ein unwiderruflicher Entschluss. Deshalb muss ich mich entscheiden, ob ich hier bleiben oder in die USA zurückgehen will.«

»Ist die Wahl so schwer?«

»Ich finde schon.«

»Das finde ich nicht. Du gehörst hierher, stimmt's?«

»Das tat ich, als Allie noch lebte, aber jetzt ...«

»Was ist mit Henrik?«

»Was soll mit ihm sein?«

»Er ist in dich verliebt.«

»Das macht es bestimmt nicht leichter. Ich bin nicht in ihn verliebt.«

»Nein?«

»Nein«, sagte ich ein wenig schroff. »Ich mag ihn sehr«, fügte ich besänftigend hinzu. »Aber es war nicht so, dass ich in dem Moment, als ich ihn wiedersah, wusste, dass er der Mann meines Lebens ist.«

Ruth lachte. »Du bist eine Romantikerin, nicht? Wie oft ist das schon so?«

»Bei meinen Eltern war es so«, sagte ich. »Habe ich dir nie erzählt, wie sie sich kennen gelernt haben?«

Ruth schüttelte den Kopf. »Nein, erzähl, erzähl!«

»Es war an einem Sommertag am Nordseestrand.«

»Das fängt gut an«, lächelte Ruth.

»Ja, nicht? Meine Mutter war damals verlobt und schlenderte mit ihrem Verlobten am Strand entlang. Mein Vater kam aus der entgegengesetzten Richtung, und als sie sich trafen, sahen sie sich nur an und *Krach,* schlug der Blitz ein! Vater ging ein Stück weiter, dann kehrte er um, holte sie ein und fragte Mutter, ob sie ihn heiraten wollte. Sie sagte Ja und sie gingen zusammen zurück.«

»Was hat ihr Verlobter dazu gesagt?«

»Das weiß ich nicht. Keiner von ihnen konnte sich daran erinnern. Das behaupteten sie jedenfalls. Sie sagten, dass sie ihn ganz vergessen hatten. Und das glaube ich gerne. Andere existierten nicht wirklich für sie.«

»Und so lebten sie glücklich bis an ihr Ende.«

»Ja. Meine Großmutter war entsetzt. Vater war Zeichner, Illustrator und das war etwas Außergewöhnliches. Damals verdiente er auch nicht sehr viel. Außerdem ging alles viel zu schnell, viel zu unüberlegt. Aber es *war* die große Liebe! Sie blieben so verliebt ineinander. Vater kaufte kleine Geschenke für Mutter, die am Morgen auf ihrem Teller lagen – oder er legte einfach eine taufrische Rose hin. Sie hatten nur Augen füreinander.«

»Und du hast nur Augen für sie. Aber Liebe kann auch anders aussehen. Es muss nicht unbedingt der Blitz einschlagen.«

»Nee, vielleicht nicht«, gab ich widerstrebend zu.

»Und sie haben ein bisschen geschummelt, nicht?«, sagte Ruth.

»Wie meinst du das?«

»Ich meine, dass sie ihre Liebe nie auf die Probe gestellt haben. Vielleicht haben sie das nicht gewagt. Sie blieben weiter ein liebendes Paar, aber sie übernahmen nie die schwere Aufgabe, eine Familie zu sein, obwohl sie Kinder in die Welt gesetzt haben. Diese Aufgabe und diese Verantwortung überließen sie deiner Großmutter.«

»Ja, aber glaub nur nicht, dass es ihre Absicht war, Kinder zu bekommen«, protestierte ich. »Doch, Allie vielleicht, aber selbst da bin ich mir nicht sicher. Ich war jedenfalls ein Unfall. Mutter war über vierzig, als ich geboren wurde.«

In gewisser Weise hatte Ruth Recht. In ihrer Beziehung schien es keinen Platz für uns zu geben. Ich glaube, dass sie uns geliebt oder gemocht haben, aber mit einer gewissen Distanz. Als wir noch klein waren, konnte Vater am Mittagstisch sitzen und Allie und mich mit einem verwunderten Lächeln ansehen, als verstünde er selbst nicht ganz, woher wir kamen. Das ist eins der wenigen Dinge aus meiner Kindheit, an die ich mich deutlich erinnere. Schon damals waren sie jedes Jahr mehrere Monate weg und von meinem achten, neunten Lebensjahr an wohnten sie fest in Nizza und kamen nur für einen langen Sommerurlaub nach Hause. Wir haben sie dort unten besucht, aber ich hatte nie das Gefühl, dorthin zu gehören. Allie und ich gehörten in Großmutters Haus. Und ich kann mich nicht erinnern, etwas vermisst zu haben.

»Bis wann musst du dich entscheiden?«

Ich zuckte mit den Schultern. »Das liegt bei mir, aber am liebsten bis Neujahr. Vielleicht ist es klug, den Herbst abzuwarten, bevor ich mich entscheide.«

»Ich glaube, dass du hierhin gehörst.«

Stimmte das? Ja, vielleicht.

Philadelphia war bereits sehr weit weg.

Eine andere Welt, eine andere Zeit.

Ich würde mich dort bestimmt genauso wurzellos fühlen.

11

In Wirklichkeit hatte der Herbst bereits begonnen. Der September war trübe gewesen, neblig und verregnet. Ich war froh, als wir das letzte Mal in dieser Saison rudern gingen, obwohl ich die Jungen bestimmt ein wenig vermissen würde.

Und dann lief alles so fantastisch gut, dass ich mir fast wünschte, wir könnten auch den Rest des Jahres weiterrudern. Es war einer jener Tage, an denen alles gelingt, und ich hatte das Gefühl, das Boot flöge nur so über das Wasser – wie ein Tragflächenboot. Wir waren in Form, wir waren im Takt, wir waren wie ein Körper, wir waren ganz souverän!

Die Sonne war untergegangen und es hatte zu dämmern begonnen, als wir zum Ruderklub zurückkamen. Wir waren alle aufgedreht, als wir die Ruder in die Bootshalle trugen. Die Jungen schlugen sich mit ihren großen Pranken auf die Schultern und beschrieben die Rudertour in den kleinsten Details, als wären die anderen nicht dabei gewesen.

»Wir sind jetzt verdammt gut in Form«, sagte Joachim. »Wir sind verdammt gut in Form!«

»Wir sollten für die nächste Europameisterschaft kandidieren«, lachte Anders und klang, als meinte er es ernst. »Wir sind einfach scheißgut.«

»Wie wäre es mit der Weltmeisterschaft?«, fragte Martin. »Oder der Olympiade?«

»Bis dahin ist Bea zu alt«, kicherte Anders.

Ich ging ein Stück hinter ihnen, um keinen Schlag ihrer Kinderpranken zu riskieren.

»Wir waren nicht die Spur besser als sonst«, wandte ich in der Hoffnung ein, sie wieder auf den Boden zurückzuholen. »Es lag am Wasser.«

»Am Wasser. Hör schon auf, Bea, das Wasser ist doch immer gleich«, rief Martin mir über die Schulter zu.

Warum müssen die Burschen immer so schreien? Ich ging nur einen Meter von ihnen entfernt.

Ich schüttelte den Kopf. »Wenn du einmal genauso alt und genauso klug bist wie ich, wirst du wissen, dass Wasser nicht immer gleich Wasser ist. Das Wasser war heute Abend unglaublich glatt und trotzdem voller Energie.«

»Voller Energie! Wir waren voller Energie«, protestierten sie.

»Okay, dann eben so, aber das Wasser war wirklich glatt.«

Natürlich lag es am Wasser. Es herrschte fast keine Strömung und es war nahezu windstill, das Wasser war leicht wie Schaum und trotzdem fühlte ich die gleiche Aufgekratztheit wie die Jungen. Als hätten wir etwas Fantastisches vollbracht. Vielleicht hatten wir heute Abend wirklich besser gerudert als je zuvor – und besser, als wir jemals rudern würden.

Als wir das Boot hinauftrugen, spürte ich, wie müde ich war. Mir taten die Arme weh und die Beine fühlten sich schwer an.

Das Einzige, das ich beim Rudern nicht mag, ist, Boot und Ruder vom Bootshaus zum Wasser und wieder zurück zu schleppen.

Ich war schweißnass und die Kühle des Abends gab mir ein unangenehm klammes Gefühl.

Ich ging in den Duschraum, zog alle Kleider aus und stand lange unter der warmen Dusche, während ich mich einseifte und mir die Haare wusch. Zum Schluss duschte ich kalt und anschließend frottierte ich mich, bis die Haut rot und warm wurde. Ich zog meine Kleider zum Wechseln an und war dabei, mir das Haar mit dem Föhn zu trocknen, als ich die Jungen lärmend aus dem Umkleideraum den Gang entlangkommen hörte. Warum um

Himmels willen müssen Jungen so einen Lärm veranstalten? Sie trugen alle Gummischuhe, sodass sie sich fast lautlos hätten bewegen können, aber sie lärmten wie eine Horde Elefanten, die sich ihren Weg durch den Dschungel bahnen und dabei große Bäume umwerfen.

Einer von ihnen schlug mit der flachen Hand gegen die Tür.

»Kommst du mit, Bea?«

Es war Joachims Stimme.

»In zwei Minuten«, rief ich. »Geht schon vor.«

Wir hatten beschlossen, heute Abend eine Orgie zu feiern. Weil es das letzte Mal war und weil wir so fantastisch gewesen waren. Ein Bier statt einer Cola!

»Okay!«

»Macht die Außentür zu, wenn ihr geht. Ich gehe durch die Hintertür.«

Es war eine dieser kleinen, unnötigen Bemerkungen, die neunzig Prozent der Kommunikation zwischen gewöhnlichen Menschen ausmachen. Ich gehe *immer* durch die Hintertür, weil ich mein Fahrrad hinten stehen habe. Das war auch eins unserer Diskussionsthemen. Davon gab es viele. Sie meinten, dass es hirnrissig und total mühsam sei, das Fahrrad um das Gebäude herumzuschieben, sie warfen ihre davor auf die Erde, wie sie gerade fielen. Ich behauptete, dass das Fahrrad hinten sicherer stand.

»Was heißt ›sicherer‹?«, fragten sie und starrten mich an.

»Vor Diebstahl.«

»Wer zum Teufel sollte bis hier herauskommen und ein Fahrrad stehlen?«

»Keine Ahnung, aber der Ort ist doch perfekt. Hier stehen oft eine Menge Fahrräder. Das muss jeder auch nur halbwegs professionelle Fahrraddieb doch wissen.«

»Hier gibt es keine professionellen Fahrraddiebe, Bea. Es gibt nur ein paar Dummköpfe, die ein Fahrrad klauen, wenn sie gerade eins brauchen oder wenn es ihnen an Geld fehlt. Und falls so ein Typ zufällig hier vorbeikommt, wird er eher deins klauen.«

»Meins? Warum in aller Welt sollte er das tun?«

»Weil du es nach hinten schleppst!«, riefen sie triumphierend im Chor. »Da kann er in Ruhe und Frieden das Schloss knacken. Draußen auf dem Weg würde garantiert jemand vorbeikommen und ihn stören.«

Vielleicht hatten sie Recht, aber ich stellte mein Fahrrad trotzdem hinter dem Klubhaus ab.

Ich hörte sie in dem Moment hinausgehen und die Tür mit einem Knall zufallen, als ich den Föhn in meine Sporttasche steckte. Ich machte die Tasche zu, warf sie über die Schulter, löschte das Licht und trat auf den Gang. Überall brannte Licht. Das Wort Energieverschwendung war ihnen mit Sicherheit fremd. Ich öffnete die Tür zu ihrem Umkleideraum. Natürlich brannte auch dort Licht. Warum lernten sie nicht, das Licht hinter sich auszumachen?

»Warum sollten sie?«, hatte Henrik gesagt, als ich mich bei ihm beklagt hatte. »Du machst das doch.«

»Ich bin schließlich nicht ihre Mutter«, hatte ich wütend protestiert.

Henrik lachte. »Nee, aber du verhältst dich, als ob du es wärst. Du übernimmst die Verantwortung dafür, abzuschließen und das Licht auszumachen.«

»Ich übernehme keine Verantwortung, aber ich bin immer als Letzte fertig, da ist es doch okay, wenn ich zumache und abschließe, aber deshalb können sie doch das Licht ausmachen! Wenigstens in ihrem eigenen Umkleideraum.«

»Sag es ihnen.«

»Das habe ich, aber es hilft nicht. Und ich will es nicht noch einmal sagen, dann endet es nur damit, dass ich klinge, als wäre ich wirklich ihre Mutter.«

»Behauptest du nicht, Psychologie studiert zu haben?«

»Was hat das damit zu tun?«

»Dann müsstest du wissen, dass niemand die Verantwortung trägt, wenn alle die Verantwortung tragen. Denk nur einmal an unsere Politiker! Du solltest einen von ihnen damit beauftragen. Wie heißen sie noch mal?«

»Anders, Martin und Joachim!«, leierte ich herunter.

Ich kann das, ohne an den Fingern abzuzählen.

»Okay, nächstes Mal bittest du Joachim alles zuzumachen und das Licht zu löschen, dann ist er dafür verantwortlich.«

»Und du glaubst, das hilft?«

»Natürlich.«

Ich sah ihn zweifelnd an, versuchte es beim nächsten Mal aber doch.

»Joachim, heute Abend machst du euren Umkleideraum zu und löschst das Licht, okay?«

Er sah mich verständnislos an. »Das machst du doch immer!«

»Ja«, sagte ich mit engelhafter Geduld. »Aber jetzt bitte ich dich, das zu machen.«

»Okay, okay.«

Er machte es auch. Aber nur an dem einen Abend und ich hatte keine Lust, jedes Mal einen neuen Lichtausmacher zu benennen, deshalb gab ich auf, etwas daran zu ändern. Außerdem kontrollierte ich sowieso jedes Mal, ob alles aus war, warum also ein Problem daraus machen?

Ich löschte das Licht in Umkleide- und Duschraum und schloss die Türen hinter mir, bevor ich weiter den Gang entlangging, um zu kontrollieren, ob die Außentür richtig zu war. – Ja, ja, ich weiß. Der kleine Kontrolleur, das bin ich.

Auf dem Weg zur Tür hatte ich das Gefühl, einen Schatten auf der anderen Seite der Glasscheibe zu sehen. Als stünde dort jemand und sähe hinein, aber vielleicht war es nur mein eigenes halb verwischtes Spiegelbild. Schräg gegenüber des Klubhauses auf der anderen Seite der Straße stand eine Laterne, die ein schläfriges Licht über den Bürgersteig vor dem Klub warf. Ich löschte das Licht im Gang, und während ich leicht an der Türklinke rüttelte, um mich zu versichern, dass die Tür auch abgeschlossen war, spähte ich durch die Scheibe. Nichts und niemand war zu sehen, trotzdem spürte ich eine leichte Unruhe. Das sichere, heimische Gefühl, das ich gewöhnlich hier im Klubhaus hatte, war plötzlich verschwunden. Ich schaltete das Licht nicht noch einmal ein, sondern ging im Dunkeln den Gang Richtung Bootshalle entlang. Dort brannte natürlich auch Licht, aber diesmal war ich froh darüber, weil ich mich mithilfe des schmalen Lichtstreifens, der unter der Tür durchschien, vorwärts bewegte. Schnell durchquerte ich die Halle, löschte das Licht und öffnete die Tür in die Abenddunkelheit. Mein Fahrrad stand gegen die Holzwand gelehnt. Ich schloss es auf, stellte die Tasche auf den Gepäckträger und fuhr den Weg entlang und quer über den Bürgersteig auf die Straße. Ich war ungefähr zwanzig, dreißig Meter gefahren, als ich plötzlich das Gefühl hatte, dass etwas die Räder blockierte. Ich trat fest in die Pedale, vom Hinterrad kam ein knackendes Geräusch und im nächsten Augenblick lag ich auf dem Asphalt, das Rad halb über mir.

Ich weiß nicht warum, aber die meisten Menschen finden es peinlich zu fallen. Es fühlt sich buchstäblich wie ein Fauxpas an – selbst wenn man Fahrrad fährt –, und da ich mir offensichtlich weder den Kopf aufgeschlagen noch etwas gebrochen hatte, wollte ich mich gerade glücklich preisen, dass niemand Zeuge meines Meisterstückchens geworden war, als ich Schritte hörte, die sich näherten.

Oh, Gott!, dachte ich. Sicher ein Abendspaziergänger oder ein Jogger, der sich verpflichtet fühlt, einer Lady, die in Schwierigkeiten geraten ist, zu helfen. Ich hatte das Fahrrad bereits zur Seite geschoben und war dabei aufzustehen, als mir klar wurde, dass die Person weder etwas sagte noch versuchte mir zu helfen. Das wirkte irgendwie beängstigend, und als ich, das eine Knie noch auf der Erde, hochblinzelte, setzte mein Herz einen Schlag aus. Direkt neben mir, mich scharf beobachtend, stand eine große, stumme, ganz in Schwarz gekleidete Gestalt mit einer schwarzen Sturmmütze über dem Gesicht, die einem der *black riders* aus dem unheimlichsten Buch meiner Kindheit, *Der Herr der Ringe,* glich!

Überwältigendes und hilfloses Entsetzen packte mich. Es war, als würde einer meiner schlimmsten Albträume Wirklichkeit, gleichzeitig aber war alles so unwirklich, dass ich total unvorbereitet war, als mich ein Schlag wie ein Dampfhammer direkt über dem linken Auge traf, als ich mich aufrichtete. Ich war noch nie in meinem Leben geschlagen worden, war nie physischer Gewalt ausgesetzt gewesen, sodass ich zunächst überhaupt nicht begriff, was eigentlich passierte. Worauf er aus war. Er schlägt mich! Er schlägt mich!, war der einzige Gedanke, der in meinem Kopf Platz hatte. Der-der-mich-schlägt! Ich schrie laut, während ich unwillkürlich die Hände abwehrend vor den Kopf hielt. Bestimmt hatte er genau diese Reaktion erwartet, denn der nächste Schlag traf mich im Solarplexus und nahm mir den Atem. Hätte ich in den letzten Monaten nicht gerudert und geschwommen und wäre nicht so gut in Form gewesen, wäre ich nach diesem Schlag k.o. gewesen, vollkommen k.o. Jetzt jedoch stand ich nur wenige Sekunden vornübergebeugt da, bevor ich wieder versuchte mich aufzurichten. Ich hielt die Hände vor mich, bereit, mich vor dem nächsten Schlag zu schützen, aber ich war nicht schnell genug, ein weiterer betäubender Faustschlag landete in meinem Gesicht, bevor ich reagieren konnte.

Es tat unglaublich weh; ich spürte, wie meine Nase aufsprang und blutete und sich Blutgeschmack im Mund ausbreitete. Meine Zähne!, dachte ich voller Panik. Hat er mir die Zähne ausgeschlagen? Ich habe immer Angst gehabt, meine Zähne zu verlieren.

Seltsamerweise brachte mich das dazu, endlich klar zu denken! Und wütend zu werden! Der Typ war wahnsinnig. Ein Psychopath! Er würde mich totschlagen, wenn ich nichts unternahm – egal was. Ich hatte Selbstverteidigung gelernt, ich konnte Karate für den Hausgebrauch, ich würde mich also verdammt nochmal nicht von einem wahnsinnigen Verrückten in diesem elenden Loch von einer Stadt totschlagen lassen. Ich hatte sieben Jahre in Philadelphia gewohnt, wo täglich haufenweise Menschen aus allen möglichen und unmöglichen bizarren Gründen ermordet wurden. Am letzten Tag, den ich dort gewohnt hatte, war eine schwarze Busfahrerin von einem Fahrgast niedergeschossen worden, weil sie seinen Fahrschein hatte sehen wollen. Dort hatte ich auf mich aufpassen können und jetzt sollte ich hier zu Brei geschlagen auf dem Asphalt enden?

Das Adrenalin sauste durch meinen Körper. Ich fühlte den Schmerz und die lähmende Angst nicht mehr, sondern atmete konzentriert und spannte alle Muskeln an, und bevor er wieder zuschlagen konnte, stieß ich einen durchdringenden Schrei aus, der mich direkt in die Scala hätte bringen können, hätte es noch Gerechtigkeit auf der Welt gegeben, und trat ihm gleichzeitig fest in den Schritt. Ich merkte, dass ich traf, und obwohl ich nur Turnschuhe trug, gab er ein Keuchen von sich und krümmte sich zusammen. Ich wusste, dass ich ihm keinen nicht wieder gutzumachenden Schaden zugefügt hatte, aber wenn er auf eine Vergewaltigung aus war, hatte ich ihm hoffentlich die Lust daran genommen. Jedenfalls hatte mir der Tritt ein paar Sekunden Vorsprung eingebracht, in denen ich abhauen konnte. Es waren schließlich nur ein paar Meter bis zur Cafeteria.

Ich machte einen schnellen Schritt rückwärts, von ihm weg, drehte mich halb um, bereit loszulaufen, fiel im gleichen Moment jedoch über mein eigenes Fahrrad und schlug der Länge nach hin. Ich jammerte vor Schrecken und Frustration, weil ich wusste, dass er über mir sein würde, bevor ich wieder auf den Beinen war. Vielleicht waren meine Chancen besser, wenn ich auf der Erde liegen blieb. Ich versuchte von ihm wegzurollen und war bereit zuzutreten, sobald er sich näherte, aber ich hatte fast den Mut verloren.

Die Angst war mit erneuter Kraft zurückgekehrt, meine Glieder fühlten sich schwer wie Blei an und mir war übel, ich hatte Blutgeschmack im Mund und Tränen liefen über meine Wangen.

Jetzt war es höchste Zeit, dass die Kavallerie auftauchte.

Der schwarze Ritter näherte sich erneut. Jetzt hatte er etwas in der Hand. Einen Knüppel oder eine Keule oder etwas Ähnliches. Ich trat nach ihm und rollte noch ein Stück weg und im selben Moment hörte ich die Kavallerie anrücken. Alle drei! Rufend und lärmend wie ein ganzes Heer. Ist es nicht einfach wunderbar, was für einen Lärm Jungen machen können!

»Bea, hast du geschrieen?«, rief Joachim. Und etwas näher: »Was zum Teufel ist hier los?«

Mein Angreifer hatte sie auch gehört. Das nicht zu tun war unmöglich, es sei denn, er war stocktaub. Mit einem Sprung kam er auf die Beine, ergriff die Flucht und verschwand im Dunkeln, bevor einer der Jungen ihm folgen konnte. Ich wollte ihnen zurufen, dass sie versuchen sollten, ihn zu fangen, doch stattdessen begann ich aus purer Erleichterung zu weinen.

»Was ist passiert? Hat er dich überfallen?«, fragte Anders.

Ich nickte.

»Ja, aber warum? Was wollte er?«, fragte Martin.

Hört, die Stimme der Unschuldigen.

»Ja, was glaubst du?«, zischte Joachim.

»Ach, das.«

Ich hatte mich aufgesetzt. Ich saß mitten auf dem Asphalt, während Tränen aus meinen Augen quollen und Blut und Rotz über mein ganzes Gesicht liefen, und versuchte zu mir zu kommen, zurück in die Wirklichkeit, die ich kannte und die sicher war.

»Du siehst furchtbar aus«, stellte Anders fest. »Sollen wir einen Krankenwagen rufen?«

Ich schüttelte den Kopf und versuchte meinen Atem unter Kontrolle zu bekommen, um etwas sagen zu können.

»Nein«, murmelte ich heiser. »Gib mir nur die Hand, damit ich aufstehen kann.«

Joachim reichte mir beide Hände und zog mich hoch. Ich stöhnte. Erst jetzt merkte ich, dass der Typ mir offenbar auch ein paar Rippen geprellt oder gebrochen hatte. »Deine Augenbraue ist aufgeplatzt«, sagte Anders. »Du musst zur Unfallstation und das nähen lassen.«

Ich kramte in der Hosentasche nach einem Taschentuch, natürlich hatte ich keins.

»Kannst du mir bitte meine Tasche geben?«, sagte ich zu Anders, der das Fahrrad aufgehoben hatte.

»Das Hinterrad ist hinüber«, stellte er fest, indem er mir die Tasche reichte. »Ich glaube, er hat das Eisenrohr hier in das Rad geschoben.«

Er zeigte mir ein Eisenrohr von ungefähr einem halben Meter Länge.

Ich zog den Reißverschluss der Tasche auf und griff nach dem erstbesten Stück Stoff, dass ich in die Finger bekam. Es war ein T-Shirt. Meine Nase blutete noch immer und ich stöhnte vor Schmerz, als ich das Blut wegwischte. Die Nase fühlte sich an, als sei sie gebrochen.

Aber weder dem Fahrrad noch der Nase noch der Augenbraue galt meine größte Sorge. Sie galt den Zähnen.

Ich zog das T-Shirt vom Gesicht weg. »Meine Zähne«, sagte ich. »Ist etwas mit meinen Zähnen?«

Ich entblößte die Zähne in der Parodie eines Lächelns, die offenbar furchtbarer war, als ich ahnte, denn Anders trat einen Schritt zurück und hielt abwehrend die Hand hoch.

»Brrr, hör auf! Das sieht richtig unappetitlich aus.«

»Ja, aber ist etwas mit ihnen?«, schrie ich und konnte selbst die Hysterie in meiner Stimme hören. »Hat er sie mir ausgeschlagen?«

Martin sah mich forschend an, dann schüttelte er den Kopf.

»Nein, die Zähne sind noch alle da«, beruhigte er mich. »Sie sind auch nicht angeknackst. Ich denke, das Blut kommt vom Zahnfleisch oder von der Lippe. Deine Lippe blutet.«

Erst da wagte ich, selbst nachzufühlen. Die beiden Vorderzähne fühlten sich etwas locker an, aber sie würden wieder festwachsen. Ich wollte lieber zur zahnärztlichen Ambulanz als zur Unfallstation.

»Lass uns in die Cafeteria gehen«, schlug Joachim vor.

Ich starrte ihn ungläubig an. »In die Cafeteria?!«

Joachim lachte. »Bestimmt nicht, um Bier zu trinken, du Dummkopf. Sondern damit du dich waschen kannst und wir sehen, wie schlimm es wirklich ist. Mit dem ganzen Blut siehst du furchtbar aus.«

»Ein Aquavit dürfte dir auch gut tun«, sagte Martin.

Das klang vernünftig.

Anders nahm sich meines kaputten Fahrrads an, während die beiden anderen mich unterhakten. Unterwegs hörte ich den Klang einer Sirene.

»Wir haben Linda gesagt, dass sie die Polizei rufen soll«, erklärte Martin. »Sie kommen wohl gerade.«

Das stimmte. Am *Vestre Bådelaug*, dem Vereinshaus, stand ein Streifenwagen und drinnen warteten zwei Beamte. Sie starrten mich an, als ich eintrat, aber ich schüttelte nur abwehrend den Kopf und überließ es den Jungen zu erzählen, was passiert war.

Ich selbst schwankte zur Damentoilette hinaus. Linda kam mit einem Tuch, Heftpflaster und einem Aquavit zu mir heraus.

»Was zum Teufel ist passiert? Die Jungen haben mir nur zugebrüllt, dass ich die Polizei anrufen soll, aber ich wusste doch nicht warum. Bist du überfallen worden?«

Ich nickte.

»Von wem?«

Ich musste fast lachen. Was für eine Frage!

»Keine Ahnung. Von irgendeinem Psychopathen. Er war maskiert.«

Ich schauderte bei dem Gedanken an die schwarze, unangenehme Gestalt.

»Du wirst ein schönes Veilchen bekommen«, stellte sie fest. »Und die Nase ist auch geschwollen. Sie ist vermutlich gebrochen. Anders und Martin sind mit der Polizei gefahren, nachdem sie erzählt haben, was passiert ist. Sie wollen ein bisschen im Viertel herumfahren und nach dem Typen Ausschau halten.«

»Das wird wohl nichts bringen«, murmelte ich.

»Joachim wartet drinnen. Die Beamten haben gesagt, dass jemand von der Kripo kommt, um dich zu verhören.«

»Oh, nein«, murmelte ich. Ich schaffte es nicht, jetzt auf Fragen zu antworten.

Ich tupfte das Blut von der Augenbraue und versuchte den Riss mit einem Pflaster zu überkleben.

»Joachim wartet hier und fährt später mit dir zur Unfallstation.«

»Ich glaube nicht, dass ich zur Unfallstation muss«, sagte ich. Meine Stimme klang einigermaßen ruhig, aber meine Hände zitterten noch immer so, dass ich das Pflaster nicht richtig aufkleben konnte.

»Komm, lass mich mal«, sagte Linda und klebte mit sicheren Händen das Pflaster auf meine Augenbraue. »Das hier ist nur eine Notlösung, Bea. Der Riss muss genäht werden, du kommst also nicht um die Unfallstation herum. Trink jetzt deinen Aquavit. Der wird dir gut tun! Er geht aufs Haus.«

»Danke.«

»Ich hole dich, wenn der Kripobeamte da ist.«

»Ist das mit der Polizei nötig?«, sagte ich widerwillig. »Es ist doch nichts passiert.«

»Gott im Himmel! Und das sagst du! Sieh dich doch mal an! Was wäre, wenn die Jungen nicht gekommen wären? Und wer wird der oder die Nächste sein?«

»Hat das nicht bis morgen Zeit?« Meine Stimme klang genauso armselig, wie ich mich fühlte.

»Nein, aber es dauert bestimmt nicht lange, bis er hier ist. Es wäre doch gut, wenn sie den Kerl noch heute Abend schnappen.«

»Jaa.«

Ich sah mich im Spiegel an.

Nase und Oberlippe waren geschwollen, mein rechtes Auge schloss sich langsam unterhalb des Heftpflasters, und obwohl das meiste Blut jetzt abgewaschen war, glich ich noch immer einem Boxer, der gerade einen Titelkampf verloren hat. Ich konnte auch nicht aufhören zu zittern, obwohl ich versuchte meinen Atem unter Kontrolle zu bekommen und ganz zu entspannen. Aber es tat weh, wenn ich Luft holte.

Ich leerte das Glas mit dem Aquavit in einem Zug und schnitt eine Grimasse – zum einen weil ich keinen Schnaps mag und zum anderen weil er in meinem misshandelten Mund brannte.

Ich hoffte, dass er zumindest das Zittern stoppen würde, spürte jedoch keinen Unterschied. In dem Zustand konnte ich mich unmöglich in die Cafeteria setzen.

Linda erriet meine Gedanken; vielleicht wollte sie uns auch nicht unter den Gästen haben.

»Ihr könnt euch ins Büro setzen. Ich gehe nur eben hinein und gucke, ob er gekommen ist.«

Ich nickte und spürte das Pochen in meinem Kopf. »Du hast nicht zufällig ein Aspirin oder so etwas.«

»Ich glaube nicht, dass du etwas nehmen solltest, bevor du auf der Unfallstation warst.«

»Na gut.«

Ich hatte keine Lust, zur Unfallstation zu fahren, ich hatte keine Lust, mit der Polizei zu reden, ich hatte keine Lust, mit irgendjemandem zu reden – ich hatte nur Lust, zu Hause in mein Bett zu fallen und hundert Jahre zu schlafen.

Fünf Minuten später saß ich in Lindas kleinem Kämmerchen und nippte an einem Glas Wasser, während ich versuchte eine Menge Fragen zu beantworten, deren Sinn ich nicht verstand. Es waren nicht ein, sondern zwei Kripobeamte, ein Mann und eine Frau. Er hieß Søgaard, sie Winther. Sie schien in Allies Alter zu sein, er war ein paar Jahre älter. Er starrte mein Gesicht an und sah aus, als gefiele ihm der Anblick ganz und gar nicht. Das konnte ich ihm nicht verdenken, nachdem ich mich im Spiegel gesehen hatte; aber der Mann konnte sich doch ausrechnen, dass ich im Normalfall nicht mit einem Veilchen und einer aufgeplatzten Augenbraue herumlief, oder glaubte er vielleicht, dass ich es gewohnt war, in den Wirtshäusern der Stadt in Schlägereien verwickelt zu werden?

»Sind Sie sicher, dass Sie ihn nicht kennen?«, fragte er zum hundertsiebzehnten Mal. Und ich antwortete zum hundertsiebzehnten Mal, dass ich mir ziemlich sicher sei.

»Ziemlich sicher?«

»Er hatte doch eine Skimütze auf«, erklärte ich.

»Eine Skimütze?«

»Eine Sturmmütze«, erklärte Joachim.

Der Beamte sah mich an, als wäre ich eine Idiotin. Ich konnte sehen, wie er dachte: *Skimütze!*

»Wie können Sie sich so sicher sein, dass Sie ihn nicht kennen? Das ist doch nicht unwahrscheinlich?«

Ich holte tief Luft. »Doch, das ist unwahrscheinlich. Ich kenne faktisch niemanden hier in der Stadt. Ich wohne erst seit vier Monaten hier.«

Er sah in seine Notizen.

»Sie sind geschieden.«

Seine Stimme klang anklagend. Als wäre das ein Vergehen.

»Ja«, gestand ich.

»Wie lange ist es her, dass Sie geschieden wurden?«

»Drei Jahre«, murmelte ich, ohne zu verstehen, was das mit der Angelegenheit zu tun haben sollte.

»Wie ist Ihr Verhältnis zu Ihrem Exmann?«

»Wir haben nicht mehr miteinander gesprochen, seit wir geschieden wurden. Wir hatten keine Kinder, um die wir uns streiten mussten, und außerdem lebt er in den USA.«

»Ich finde es merkwürdig, dass Sie, obwohl Sie seit vier Monaten hier wohnen, niemanden kennen. Gehen Sie nie aus?«

»Wie meinen Sie das?«

»Ich meine, ob Sie abends nie ausgehen?« Er klang irritiert. »Ins Café, ins Restaurant, in die Diskothek, ausgehen, um sich zu amüsieren?«

»Nein«, sagte ich.

Er sah mich zweifelnd an. Ich seufzte. Ich hasste es, darüber zu sprechen, aber es führte wohl kein Weg darum herum.

»Ich bin hierher gekommen, um bei meiner Schwester zu sein, die an Krebs erkrankt war. Sie ist vor zehn Wochen gestorben und ich kann Ihnen versichern, dass ich nicht die geringste Lust hatte, *mich zu amüsieren*, weder als sie krank war noch nach ihrem Tod.«

Meine Stimme brach fast. Ich konnte noch immer nicht über Allie sprechen und die Worte ›gestorben‹ oder ›Tod‹ in den Mund nehmen, ohne dass mir ein Kloß im Hals saß.

Winther schaltete sich ein. »Ach, ich hatte doch das Gefühl, Sie irgendwie zu kennen. Ihre Schwester heißt ... hieß Allie, nicht? Sie ähneln ihr. Jetzt erinnere ich mich gut, dass ich Sie auf ihrer ... ihrer Beerdigung gesehen habe.« Sie drehte sich halb zu Sögaard um. »Allie war die Leiterin von Frederiks Kindergarten.«

Ich konnte fühlen, wie sich die Stimmung merkbar änderte. Wie schon so oft, war Allie mir zu Hilfe gekommen.

»Ja«, sagte ich. »Und die einzigen Männer, die ich hier kenne, sind mein Schwager, mein Chef, ein paar Kollegen, mein Hausmeister und die Jungen hier, mit denen ich rudere. Und von ihnen war es mit Sicherheit keiner. Ich verstehe auch nicht, warum es unbedingt jemand gewesen sein muss, den ich kenne.«

»Weil es etwas atypisch ist, dass er Sie nur verdroschen hat. Dass er nicht versucht hat, Ihnen die Kleider vom Leib zu reißen. Sie nicht gewürgt hat. Sie ...«

Der Gedanke an ihn verursachte mir Übelkeit und ich begann wieder zu zittern. Ich musste meine Spucke herunterschlucken, bevor ich etwas sagen konnte.

»Ich hatte das Gefühl, dass er mich totschlagen wollte«, sagte ich heiser. »Ich habe geglaubt, dass er mich erst erschlagen wollte und dann vielleicht ... das andere ... später. Er war ... Er machte einen geistesgestörten Eindruck, nein, das ist nicht das richtige Wort. Er war nicht wild und geifernd, eher psychopathisch. Ich glaube, er war ein Psychopath. Seine Augen waren eiskalt, böse und er hat nicht ein Wort gesprochen, nicht ein einziges

Wort. Er hat gekeucht, als ich nach ihm getreten habe, aber er hat kein Wort gesagt. Das war es, was so unheimlich war.«

»Sie wissen mit anderen Worten nicht, ob er Däne war. Er könnte auch Ausländer sein«, sagte Winther. Ich sah sie verblüfft an. Der Gedanke war mir noch gar nicht gekommen. Ich hatte es als selbstverständlich angenommen, dass er Däne war.

»Jedenfalls war er weiß«, sagte ich. »Er hatte keine Handschuhe an und seine Hände waren die Hände eines weißen Mannes.«

»Aber er könnte auch Iraner, Pakistaner, Palästinenser oder …«

»… Deutscher oder Engländer sein. Ja, das könnte er, aber ich glaube, dass er Däne war. Ich kann nur nicht sagen warum.«

»Hm.«

Sögaard zupfte an seinem Ohrläppchen und sah wieder in seine Notizen.

»Ich glaube noch immer nicht, dass es da einen Zusammenhang gibt.« Er sah zu Joachim hinüber. »Du sagst, dass dir ein Typ aufgefallen ist, der in der Nähe des Ruderklubs herumhing, als ihr gegangen seid.«

Joachim schüttelte den Kopf. »Nein, er ist mir nicht richtig aufgefallen, ich habe nur registriert, dass er da war. Erst als Bea nicht auftauchte, musste ich an ihn denken. Dass er sich merkwürdig benommen hat. Er schien sich im Schatten zu halten, sodass wir ihn nicht richtig sehen konnten. Erst als Bea nicht kam, musste ich an ihn denken und wurde unruhig. Ich weiß eigentlich nicht warum, aber jedenfalls bin ich hinausgegangen, um nach ihr zu sehen, und als ich sie dann schreien hörte, war mir klar, dass etwas absolut nicht in Ordnung war, und ich habe die anderen gerufen.« Er schielte zu mir hin, als würde er es mir am liebsten ersparen, das Nächste zu hören. »Ich glaube, Bea hat Recht. Er wollte sie umbringen. Er wollte gerade mit dem Eisenrohr da auf sie einschlagen, als wir kamen. Er hat es weggeworfen, als er abgehauen ist.«

Er nickte zu dem Eisenrohr hin, das auf dem Tisch zwischen uns lag. Sie waren so vernünftig gewesen, es mit in die Cafeteria zu nehmen. Es mussten Fingerabdrücke darauf sein, falls das denn eine Hilfe war.

»Für mich sieht das nicht wie eine versuchte Vergewaltigung aus, sondern eher wie eine Bestrafung. Vielleicht hat er sich geirrt und Sie mit jemandem verwechselt«, sagte Sögaard.

Winther zuckte mit den Schultern. »Oder wir haben es mit jemandem zu tun, dem es einen Kick gibt, eine Frau halb totzuschlagen.«

»Jaa«, sagte Sögaard zweifelnd. »Für mich hat es eher den Anschein, als hätte er auf Sie gewartet.«

»Er kann gesehen haben, wie wir hineingerudert sind«, sagte ich. »Aber es war wohl Zufall, dass er mich erwischt hat. Von dort, wo er stand, konnte er sowohl den Kajakklub als auch den Damenumkleideraum sehen.«

»Ich glaube auch nicht, dass er es direkt auf Sie abgesehen hatte«, sagte Winther beruhigend. Sie drehte sich zu Sögaard um. »Sie erinnern sich bestimmt an den Fall mit dem grönländischen Mädchen letztes Jahr. Sie wurde erschlagen, bevor sie vergewaltigt wurde, und wir haben den Typen nie gekriegt.«

Ich seufzte mehrere Male.

»Ist Ihnen irgendetwas Besonderes an ihm aufgefallen?«, fragte Sögaard.

Matt schüttelte ich den Kopf. »Nur dass er ganz schwarz gekleidet war. Das ist etwas Besonderes, nicht?«

Beth Winther sah mich an.

»Wir lassen einen Streifenwagen hier herumfahren, vielleicht finden sie ihn.«

»Vielleicht.«

»Sie sehen aus, als würden Sie gleich umkippen«, sagte sie. »Wir sollten es für heute Abend gut sein lassen. Wenn Ihnen noch etwas einfällt, können Sie einen von uns anrufen. Wir fahren Sie jetzt zur Unfallstation.« Sie drehte sich zu Joachim um. »Fährst du mit?«

Er nickte. »Das brauchst du wirklich nicht«, sagte ich.

»Ich halte es für besser, wenn jemand Sie begleitet«, sagte Winther.

Wir warteten zwei Stunden in der Unfallstation, bevor jemand Zeit hatte, sich um mich zu kümmern, aber ich bekam ein paar Tabletten, während ich wartete. Der Arzt hielt die Nase nicht für gebrochen, auch wenn sie sich so anfühlte. Die Rippen waren geprellt und ich hatte überall blaue Flecken.

»Sie werden wohl ein paar Tage Schmerzen haben«, sagte der Arzt, als er meine aufgesprungene Augenbraue genäht und einen kleinen Riss auf dem einen Backenknochen geklebt hatte. »Wenn die Nase nicht besser wird, müssen Sie noch einmal kommen und sie röntgen lassen, aber ich glaube nicht, dass sie gebrochen ist. Ich gebe Ihnen ein paar Tabletten mit, damit Sie durch die Nacht kommen. Und noch ein paar für morgen früh. Sie sind stark, deshalb sollten Sie nicht mehr Auto fahren, aber es passiert nichts, wenn Sie einen Cognac trinken. Später werden Sie mit Paracetamol oder anderen rezeptfreien Mitteln auskommen.«

Joachim brachte mich im Taxi nach Hause und versprach, am nächsten Tag mein Fahrrad zu holen. Er wartete, während ich die Tür aufschloss.

»Kommst du alleine hoch?«, fragte er besorgt.

Ich nickte. »Ja, und danke für die Hilfe, Joachim. Du bist ein Schatz.«

Ich fragte mich, was Rade sagen würde, wenn er zum zweiten Mal im Laufe eines Monats mein Fahrrad reparieren sollte – falls es repariert werden konnte.

Ich war gerade zur Tür herein, als das Telefon klingelte. Ich warf meine Tasche in die Diele und beeilte mich zum Telefon zu kommen und abzunehmen.

Es war Henrik.

»Bea, endlich! Wo warst du? Ich habe zigmal angerufen.«

»Auf der Unfallstation«, sagte ich.

»Hat das so lange gedauert? Wie geht es dir? Ich habe von dem Überfall gehört. Du solltest heute Nacht nicht alleine sein, ich bin in zehn Minuten da.«

Ich hatte längst aufgehört, mich über Henriks Nachrichtensystem zu wundern.

Es vergingen keine acht Minuten, bis er da war.

»Ach du meine Güte!«, rief er, als er mich sah.

Er umarmte mich sehr vorsichtig und führte mich ins Wohnzimmer.

»Schaffst du es, mir davon zu erzählen?«

Ich musste darüber sprechen – auf meine eigene Weise. Ohne durch misstrauische Fragen unterbrochen zu werden. Ich musste von der Panik erzählen, von der Todesangst und all dem, was man Fremden nicht erzählt – erst recht keinen Kripobeamten.

Ich weinte ein wenig und zitterte ein wenig und lachte ein wenig – sehr wenig –, während ich erzählte und Henrik mich tröstete, meine Hand hielt und durch seine bloße Gegenwart beruhigend wirkte.

Er blieb eine Weile schweigend sitzen, als ich mit meinem Bericht fertig war.

»Ich kenne Sögaard und Winther«, sagte er schließlich. »Kümmer dich nicht um ihn. Er ist ein Dummkopf. Sein Ausgangspunkt ist immer der, dass die Frau selbst darauf aus war. Ich bin mit Winther einer Meinung. Ich glaube auch nicht, dass du ein speziell ausersehenes Opfer warst, aber ich werde trotzdem dafür sorgen, dass wir morgen ein paar Dinge überprüfen lassen.«

»Was?«, murmelte ich dösig.

»Darüber reden wir morgen. Jetzt bringen wir dich erst mal ins Bett.«

Henrik machte mir Kamillentee und bereitete das Bett vor, während ich mich auszog.

Anschließend betüterte er mich und umsorgte mich wie eine richtige Glucke.

Ich schlief mit meiner Hand in seiner ein und ich glaube, dass ich es genoss.

12

Ich erwachte mit einem Schrei, als ich eine Hand auf meinem Arm spürte. Die Reste eines Albtraums hingen wie zerrissene Spinnweben in meinem Bewusstsein.

Ruth beugte sich über mich. »Ssst, ich bin's nur. Du hast bestimmt schlecht geträumt.«

Ich nickte. In der Regel kann ich meine Albträume steuern. Sie kontrollieren. Wenn sie zu unangenehm werden, gestalte ich die Handlung um. In Fluchtträumen fällt der Verfolger oder wird erschossen, in Fallträumen gibt es plötzlich einen Sims, einen Ast oder etwas anderes, das den Fall aufhält.

Die Begebenheiten des Abends waren wohl der Grund, dass mir das diesmal nicht gelungen war. Ich konnte mich nicht an den Traum erinnern, aber ich war froh, dass Ruth mich geweckt hatte.

Ich blinzelte. »Ist es Morgen?«

»Ja, das kann man wohl sagen. Es ist nach neun.«

»Warum bist du hier? Wo ist Henrik?«

»Er musste sich um ein paar Sachen kümmern, deshalb hat er mich angerufen.«

Ich setzte mich im Bett auf und mir entwich ein Stöhnen. Meine Rippen taten weh und ich hatte pochende Kopfschmerzen.

»Wie geht es dir?«, fragte Ruth bekümmert.

»Grauenhaft!«, sagte ich aus tiefster Seele. »Aber in der Unfallstadion haben sie mir Tabletten mitgegeben, sie sind bestimmt in meiner Tasche.«

»Nein, sie sind hier«, sie gab mir zwei Tabletten. »Es sind noch vier da. Ich hole etwas Wasser.«

»Okay«, sagte ich erschöpft.

»Möchtest du Frühstück haben?«

Ich nickte. »Ich will nur erst ein Bad nehmen.«

»Ja, dann mache ich Frühstück, während du dich zurechtmachst. Kannst du selbst aufstehen.«

»Ja, ja«, sagte ich. »Ich bin doch nicht krank.«

Doch ehrlich gesagt, fühlte ich mich krank und elend, als ich ins Badezimmer schwankte. Und als ich mich im Spiegel sah, bekam ich einen Schock. Entweder hatte ich verdrängt, wie furchtbar ich am Vortag ausgesehen hatte, oder ich hatte gegen jede Vernunft erwartet, dass die Schrammen im Laufe der Nacht verschwunden waren. Das waren sie nicht! Wie Linda vorhergesagt hatte, hatte ich ein ordentliches *Veilchen* und überall im Gesicht klebte noch Pflaster. Die Nase war, soweit ich das beurteilen konnte, zwar nicht mehr so geschwollen, aber alles in allem wäre ich auf dem Markt der Eitelkeit nicht viel wert gewesen.

Ich fühlte mich ein wenig besser, nachdem ich im Bad gewesen war und mich angezogen hatte – das waren wohl die Tabletten, deren Wirkung langsam einsetzte –, und ich hatte einen Bärenhunger. Das überraschte mich etwas, bis mir einfiel, dass ich am Vortag nicht zu Abend gegessen hatte. Bevor ich zu frühstücken begann, tastete ich vorsichtig meine Zähne ab, um mich zu versichern, dass sie festsaßen. Das taten sie.

»Weißt du, ob sie ihn gekriegt haben?«, fragte ich Ruth, als wir am Frühstückstisch saßen.

Sie schüttelte den Kopf. »Das haben sie nicht. Zwei von deinen jungen Männern sind über eine Stunde mit der Polizei durch das Viertel gefahren, aber dabei ist nichts herausgekommen. Er war wohl schon über alle Berge.«

»Ich hoffe, sie kriegen ihn. Er ist lebensgefährlich!«

Ruth sah skeptisch aus. »Die Chancen stehen nicht gut. Ihr konntet ihn nicht beschreiben, und wenn Opfer und Täter sich nicht kennen, gibt es nicht viele Anhaltspunkte. Deine jungen Männer meinen, dass er jung oder zumindest jünger war.«

»Warum?«

»Wegen der Art, wie er gelaufen ist.«

»Ach so. Was ist mit Fingerabdrücken? Waren keine Fingerabdrücke auf der Eisenstange? Es müssen welche da sein, denn er hat keine Handschuhe getragen. Da bin ich mir sicher. Aber die haben sie vielleicht noch nicht untersucht?«

»Doch, das haben sie, aber er ist nicht in der Kartei.«

»Das verstehe ich nicht. Der Mann ist ein Psychopath. Das war garantiert nicht das erste Mal, dass ...«

Ruth unterbrach mich. »Das glaube ich auch nicht, aber was hilft das, wenn er nie verhaftet worden ist? Es kann sein, dass er sich gewöhnlich an seinen Freundinnen oder Mitbewohnern abreagiert. Es ist manchmal unglaublich, mit wie viel sich Menschen abfinden.«

Aber es konnte auch der Typ gewesen sein, der vor einem Jahr ein grönländisches Mädchen erschlagen hatte. Allein der Gedanke verursachte mir Übelkeit.

Es schellte und Ruth öffnete. Es war Rade, der kam, um zu erzählen, dass Joachim mit meinem Fahrrad da gewesen war.

»O Gott, Mädel!«, rief er, als er mich sah. »Wie ist das denn passiert? Sind Sie mit dem Fahrrad gestürzt?«

Ich erzählte ihm kurz, was passiert ist.

Rade schüttelte den Kopf. »Es gibt zu viel Gewalt.«

Da konnten wir ihm nur Recht geben.

Joachim hatte auch einen großen Blumenstrauß von den Jungen mitgebracht. Es war eine Karte dabei.

Gute Besserung, Bea, und danke für den Sommer, stand da.

Ich war zu Tränen gerührt! Buchstäblich.

Ruth war hinausgegangen, um den Blumen Wasser zu geben. Sie blickte mich verstohlen an, als sie zurückkam und die Vase auf den Tisch stellte. »Ist etwas nicht in Ordnung?«

Ich schüttelte den Kopf. »Nein, ich bin einfach nur gerührt. Das ist so lieb von ihnen.« Ich versuchte zu lächeln. »Seit Allies Tod kommen mir so leicht die Tränen.«

Sie nickte. »War sie lange krank?«

»Gut ein Jahr. Das zweite Mal.«

»Das zweite Mal?«

Ich nickte. »Ja, das erste Mal wurde sie krank, als sie Sofie erwartete. Wir haben oft miteinander telefoniert und sie wusste, dass etwas nicht in Ordnung war. Sie hat gesagt, dass sich ihre Brust wie ein Ballon anfühlte, der zu hart aufgeblasen war, aber die Ärzte meinten, dass das ganz normal, dass es durch die Schwangerschaft bedingt sei. Erst nach der Geburt, als sie nicht stillen konnte, haben sie herausgefunden, dass es ein Tumor war. Und dass sie Krebs hatte. Sie ist operiert worden. Eine brusterhaltende Operation nennen sie das, aber es sah furchtbar aus. Ich war total am Boden zerstört, sie hatte so schöne Brüste. Aber sie selbst hat es gut aufgenommen. Sie hat Chemo- und Strahlentherapie bekommen und vor ein paar Jahren wurde sie für gesund erklärt. Sie und René wünschten sich noch ein Kind, deshalb hatte sie vor der Chemo Eier entnehmen lassen. Damit sie nicht in Mitleidenschaft gezogen wurden. Zur Sicherheit wurden zwei implantiert – und sie bekam Zwillinge. Ich habe mich gefragt, ob die Schwangerschaft auf die eine oder andere Weise den Krebs hervorgerufen haben kann, weil alles fast genauso begann wie beim ersten Mal.«

»Du meinst, dass die Schwangerschaft die Krankheit wieder hat auflodern lassen?«

»Nein, dass es ein ganz neuer Krebs war. Dass sie es nicht vertrug, schwanger zu sein. Ich weiß es nicht.«

»Aber das zweite Mal war es schlimmer?«

Ich nickte. »Als ich zum ersten Mal hörte, dass sie Krebs hatte, war das ein Schock. Ich hielt es für das Schlimmste, das ich erleben konnte. Aber das war es nicht. Beim zweiten Mal war es sehr viel schlimmer, denn da hatte ich das Gefühl, den Mut zu verlieren. Und die Hoffnung. In meinem tiefsten Inneren habe ich nie daran geglaubt, dass sie wieder gesund wird.«

Ich holte tief Luft.

»Das ist Allie in dem Rahmen in deinem Schlafzimmer, nicht?«

»Ja.«

»Es ist nicht zu übersehen«, sagte Ruth. »Sie ist sehr schön.«

»In Wirklichkeit war sie noch schöner«, sagte ich. »Als Jugendliche hatte ich große Pläne für sie. Fotomodell, Topmannequin und so etwas.«

»Reich und berühmt!«

»Nein, darum ging es eigentlich nicht. Ich dachte nur, dass die ganze Welt sie sehen sollte, falls du verstehst, was ich meine. Sich an ihrer Schönheit freuen sollte. Ich wurde total wütend, wenn irgendein Fotomodell oder Filmsternchen zur schönsten Frau der Welt gekürt wurde. Das hätte Allie sein müssen!«

»Aber daraus wurde nichts.«

Ich schüttelte den Kopf. »Sie wollte nicht. Sie bekam massenhaft Angebote. Von Fotografen, die sie am Strand sahen oder auf der Straße, und von ein paar Büros, an die ich Fotos von ihr geschickt hatte. Sie lachte mich nur aus, wenn ich sie drängte. Gott bewahre!, sagte sie, das wäre ja ein furchtbares Leben! Und so wurde sie Kindergärtnerin – und heiratete René, den sie schon immer gekannt hatte. Damals hielt ich das für die reinste *Verschwendung!*« Ich schwieg eine Weile. »Jetzt glaube ich, dass sie richtig gewählt hat. Es war das Leben, das sie sich wünschte. Sie war glücklich, selbst als sie krank wurde. Ich glaube, dass sie sich nie anders oder schöner als andere gesehen hat – obwohl sie Vater oft Modell stehen musste.«

Ich stand auf – ein wenig schwerfällig – und holte ein Album aus dem Sekretär.

Ich legte es vor Ruth auf den Tisch und öffnete es.

»Hier sind noch mehr Bilder von ihr. Sie war nicht nur schön, sie war auch ein unglaublich lieber Mensch. Ich denke, das kann man sehen, nicht?«

Ruth sah sich die Bilder lange an. Dann nickte sie. »Ja, ich glaube, du hast Recht. Sie muss ein ungewöhnlicher Mensch gewesen sein.«

»Ja, das war sie.«

Ruth blätterte in dem Album. »Ihr ähnelt euch sehr.«

»Ja, mit der Zeit sind wir uns ähnlich geworden, aber Allie war wirklich schön – nicht nur hübsch.«

»War sie auf den Namen Allie getauft?«

Ich lächelte. »Nein, sie war auf den Namen Aleta getauft.«

»Aleta? So wie in Prinz Eisenherz?«

»Genau!«, rief ich entzückt.

Endlich jemand, der Prinz Eisenherz und Aleta, die Königin der Nebelinseln, kannte. Vielleicht kannten nur Menschen in Ruths Alter sie. »Nach ihr ist sie benannt. Vater liebte diese Serie über alles. Seiner Meinung nach war sie genial. Harold Foster, der die Serie gezeichnet hat, war sein großes Idol. Er hat Vater inspiriert, selbst Zeichner zu werden, sagte er. Deshalb wurde seine Erstgeborene Aleta genannt.«

»Was für ein Glück, dass es kein Junge geworden ist«, lächelte Ruth. »Stell dir mal vor, Eisenherz zu heißen! Aleta ist schon verrückt genug. Und wenn nun ein hässliches Entlein aus ihr geworden wäre?«

Ich lachte. »Die Gefahr bestand nicht. Sie war sechs, als sie getauft wurde, und da war sie schon schön. Als Erwachsene hatte sie tatsächlich ein bisschen Ähnlichkeit mit Aleta, aber das ist eigentlich nicht verwunderlich, die hatte meine Mutter auch.«

Ich sah eine Weile in das Album. Es war bei meinem Lieblingsbild von Allie aufgeschlagen. Bei dem, von dem ich ein Poster hatte machen lassen. Es war draußen im Garten aufgenommen worden, unmittelbar bevor ich in die USA abgereist war. Allie war Mitte zwanzig und ich denke, dass sie nie schöner war. So werde ich mich immer an sie erinnern.

Ich sah das Bild an und verstand plötzlich, warum ich von Marion so eingenommen gewesen war.

Einen kurzen Moment hatte ich sie für Allie gehalten. Ich hatte es mir so sehr gewünscht, dass ich Allie in ihr sehen wollte, meine verlorene Schwester, und ich war ihren Fehlern gegenüber blind gewesen.

Aber die Ähnlichkeit war nur oberflächlich, vom Wesen her waren sie wie Nacht und Tag.

Ich schloss das Album und legte es zurück an seinen Platz in der Schublade.

»Henrik hat gesagt, dass er etwas überprüfen will«, sagte ich zu Ruth. »Weißt du, was?«

»Nein, davon hat er nichts gesagt, aber er kommt heute Nachmittag, dann kannst du ihn ja fragen.«

»Du brauchst nicht hier zu bleiben, bis er kommt«, sagte ich. »Mir fehlt nichts. Ich kann gut alleine bleiben.«

»Ich habe den Befehl zu bleiben, bis er kommt, und ich gehorche Befehlen«, sagte sie bestimmt. Dann lächelte sie. »Also musst du dich solange mit mir abfinden.«

Henrik kam gegen zwei und löste sie ab. Er sah müde aus, er hatte auf meinem Sofa bestimmt nicht gut geschlafen.

Er sah mich forschend an. »Du siehst ein bisschen besser aus heute.«

»Meinst du? Ich finde, ich sehe furchtbar aus.«

»Wie geht es dir?«

»Besser. Ich habe ja die Tabletten. Was mir am meisten zu schaffen macht, sind die geprellten Rippen. Es tut weh, wenn ich atme, und atmen muss ich ja nun mal hin und wieder.«

»Keine Kopfschmerzen?«

»Im Moment nicht.«

»Gut.«

»Sie haben ihn nicht gekriegt, was?«

»Nein.«

»Ruth sagt, dass sie das wohl auch nicht werden.«

»Ich befürchte, dass sie Recht hat. Es sei denn, jemand weiß etwas oder hat einen Verdacht, wer er ist – und geht zur Polizei. Und das ist nicht sehr wahrscheinlich.«

»Du hast gestern gesagt, dass du etwas überprüfen willst. Was?«

Er zögerte kurz. »Ja, darüber wollte ich eigentlich auch mit dir reden. Ich denke, du solltest heute Nacht nicht hier bleiben.«

»Was?!«

»Oder besser gesagt, ich glaube nicht, dass du alleine sein solltest, und ich weigere mich, weiter auf dem Sofa zu schlafen.«

»Ja, aber ich komme doch zurecht«, protestierte ich. »Ihr tut, als sei ich todkrank.«

»Nicht deshalb. Ich bin mir zu neunundneunzig Prozent sicher, dass du ein zufälliges Opfer warst, aber ich wäre gerne zu hundert Prozent sicher. Und bis ich das bin, wäre ich beruhigter, wenn du draußen bei mir wohnen würdest.«

»Warum?«

»Ich will dich nicht nervös machen, denn wahrscheinlich besteht kein Grund dazu, aber ich möchte sichergehen, dass niemand da draußen herumläuft, der der Meinung ist, dass du eine Tracht Prügel verdient hast.«

»Wer sollte das denn sein?«

»Du weißt genau, dass ich wegen der Bilder, die du bei *K & L* von dem Schlachter und dem Fahrer gemacht hast, ein bisschen beunruhigt war. Du warst dir nicht ganz sicher, ob der Fahrer dich gesehen hat oder nicht, stimmt's?«

»Nein, das ist jetzt aber zu weit hergeholt, Henrik!«

»Ja, das hoffe ich«, sagte er ruhig. »Aber ich möchte gerne wissen, was aus unseren beiden Freunden geworden ist. Ich habe heute Vormittag versucht, das herauszubekommen, aber am Wochenende ist das nicht so leicht. Ich rechne damit, die Informationen, die wir brauchen, am Montag zu bekommen, und bis dahin wohnst du bei mir.«

»Das klingt wie ein Befehl.«

»Das ist ein Befehl.«

Also tat ich das Gleiche wie Ruth – Befehlen gehorchen – und zog zu Henrik in das alte Backsteinhaus.

»Ich fühle mich so heimisch hier«, sagte ich zu ihm. »Es erinnert mich an Großmutters Haus.«

»Wie lange hast du dort gewohnt?«

»Immer«, sagte ich. »So fühlt es sich jedenfalls an. Ich kann mich nicht erinnern, woanders gewohnt zu haben, bis ich erwachsen war, abgesehen von den zwei Jahren auf dem Internat. Großmutter ist in meinem zweiten Jahr dort gestorben. Deshalb habe ich ihre kleine Wohnung im Obergeschoss übernommen, als ich nach Hause kam. Da waren Allie und René bereits in Mutters und Vaters Wohnung unten gezogen.«

»Hat deine strenge Großmutter das akzeptiert?«

»Jedenfalls hat sie nicht protestiert. Ich glaube, dass sie in gewisser Weise froh war, einen praktischen Mann ins Haus zu bekommen. Sie mochte René«, fügte ich hinzu – noch immer ein wenig verwundert, denn Großmutter war ein Kultursnob und René ganz entschieden ein *Mann der Arbeit.*

Ich ging am Montag nicht zur Arbeit, obwohl ich – von den Rippen einmal abgesehen – mich *fit for fight* fühlte, aber mein Gesicht war noch nicht öffentlichkeitstauglich.

Abends kam Henrik nach Hause und teilte mir mit, dass ich am Dienstag wieder nach Hause ziehen konnte. Wenn ich das gerne wollte.

Das Letzte ließ ich unkommentiert.

»Was hast du herausgefunden?«, fragte ich.

Henrik lachte. »Dass es in dieser Welt keine Gerechtigkeit gibt. Der Fahrer hat von seinem Arbeitgeber einen Anschiss bekommen, den Job jedoch behalten, und der Schlachtermeister – das klingt, als sei es nicht wahr – hat einen Job als Verkaufsberater bekommen und verdient jetzt doppelt so viel wie in seinem alten Job, sodass er dir eigentlich zu Dank verpflichtet ist, aber das weiß er glücklicherweise nicht.«

»Was ist mit den anderen?«

»Um die brauchen wir uns keine Sorgen zu machen. Es besteht kein Grund zu der Annahme, dass sie eine Ahnung haben, wer sie entlarvt hat. Aber ich kann dir berichten, dass die kleine Tina gar nicht gefeuert worden ist – sie hat selbst gekündigt.«

»Weil sie gemerkt hat, dass der Boden unter ihr heiß geworden ist?«

»Ganz und gar nicht! Weil sie einen besseren Job bekommen hat. Das wird jedenfalls behauptet. Es gibt eben keine Gerechtigkeit. Ich habe versucht herauszufinden wo, aber das wusste niemand. Man ist der Meinung, dass sie ins Ausland gegangen ist. Sie hat übrigens keine Familie. Sie kommt aus einem Kinderheim.«

»Tina?«, rief ich wie aus allen Wolken gefallen. Henrik war dabei, Drinks für uns zu mixen, deshalb merkte er glücklicherweise nichts.

»Ja«, sagte Henrik. »Eine sehr traurige Geschichte. Der reine Dickens. Kind einer unverheirateten Mutter, die kurz nach der Geburt Selbstmord begangen hat. Also nach der Geburt des Kindes.«

Ja, ich hatte es geahnt!

Marion hatte einfach Tinas Geschichte gestohlen. Allein erziehende Mutter, Selbstmord und Kinderheim. Gott steh mir bei! Sie hatte nicht nur tote Dinge gestohlen, sondern auch die Vergangenheit anderer Menschen. Das war zu viel!

Dienstag zog ich wieder zu mir, aber Henrik verbot mir, im Büro aufzutauchen. Er sagte, dass ich mit diesem Gesicht für die Außenaufgaben unbrauchbar sei und dass ich im Büro nur die Klienten verschrecken würde! Solche Komplimente liebe ich!

Mittwoch bekam ich gnädigerweise die Erlaubnis, mich dort zu zeigen. Es war viel zu tun, sodass es fast halb sechs war, als ich zur Haustür hereinkam. Ich öffnete meinen Briefkasten und wurde ganz ekstatisch, als ich sah, dass zwischen der üblichen Junk-Post ein richtiger Brief lag. Ein richtiger privater Brief, adressiert an meinen Namen. Der erste, seit ich hier wohnte. Maritta schickt nur E-Mails. Ich drehte und wendete ihn, aber es stand kein Absender darauf. Ich hoffte, dass es sich nicht nur um irgendeinen Reklametrick handelte.

Ich öffnete den Brief, sobald ich in meiner Wohnung war – gespannt wie ein Kind. Als ich die großen Buchstaben sah, war ich einen Moment enttäuscht – also doch nur Reklame –, aber dann las ich den Text. Das ging fast auf einen Blick:

Wenn Sie wissen wollen, wer Sie überfallen hat, treffen Sie mich am Freitag im Passepartout *pünktlich um 22 Uhr. Kommen Sie alleine. Warten Sie draußen und fragen Sie den Türsteher nach Pia.*

Ich las die kurze Mitteilung zweimal.

Fragen Sie nach Pia! Das musste bedeuten, dass Pia – wer immer das war – den Brief geschrieben hatte.

Ich nahm den Umschlag vom Tisch. Mein Name und meine Adresse waren vollkommen richtig geschrieben. Selbst die Etagenangabe stimmte.

Woher mochte sie meine Adresse haben? Ich stand weder im Telefonbuch noch im Einwohnerverzeichnis.

Der Brief war in Nordjütland abgestempelt, also wahrscheinlich hier in der Stadt eingeworfen worden.

Ich dachte eine Weile nach, dann nahm ich meine Schlüssel, den Brief und den Umschlag und trottete den ganzen Weg wieder hinunter, klopfte an Rades Wohnungstür.

Er strahlte, als er mich sah, machte aber bald wieder ein besorgtes Gesicht.

»Sie haben bis jetzt gearbeitet, ja?« Er schüttelte nachdenklich den Kopf. »Das ist nicht gut. Ihr Kopf ist noch zu durcheinander.«

»Das ist er wohl immer gewesen«, lachte ich. Rade brachte mich immer in gute Stimmung.

In der Wohnung roch es gut. Nach Essen. Plötzlich merkte ich, wie hungrig ich war.

»Störe ich?«, fragte ich. »Wollten Sie gerade essen? Es riecht gut.«

»Das ist Gulasch. Wollen Sie mitessen?«

»Ja, danke«, sagte ich unbescheiden. »Ich habe Gulasch übrigens für eine ungarische Spezialität gehalten.«

Rade lachte. »Ja, und eine jugoslawische und eine bulgarische und eine deutsche – und eine dänische. Ich habe gelesen, dass die Dänen im Ersten Weltkrieg durch den Verkauf von Gulasch sehr reich geworden sind, stimmt's?«

Ich rümpfte die Nase. »Ja, aber das war eher Hundefraß, deshalb hoffe ich inständig, dass Ihr Gulasch besser ist.«

»Das beste! Bosnisches Gulasch!« Er warf einen Blick auf den Brief. »Was haben Sie denn da?«

»Das ist ein Brief, den ich gerade bekommen habe. Ich würde gerne wissen, was Sie davon halten.«

Ich gab ihm den Brief und Rade nahm seine Brille und

las ihn. Langsam. Ich konnte sehen, wie er die Worte einzeln formte. Dann sah er mich über die Brille hinweg an.

»Wollen Sie dorthin gehen?«

»Ich weiß nicht. Was meinen Sie?«

Er schüttelte den Kopf. »Ich denke, nein. Das ist vielleicht eine … wie heißt das … Falle.«

»Wie denn das, Rade? Das ist ein Restaurant. Ein öffentlicher Ort. Und ich soll ein Mädchen treffen. Pia ist ein Mädchenname.«

»Ja, ja, ja, ich weiß. Pia Kjærsgård.«

Ich lachte. »Ja, aber die ist das bestimmt nicht. Das will ich nicht hoffen.«

»Was glauben Sie denn, was das ist?«

Ich zuckte mit den Schultern. »Ich kann nur raten. Und ich tippe, dass es ein Mädchen ist, das weiß, dass ihr Freund – oder eher ihr Exfreund – mich überfallen hat.«

»Warum zeigt sie ihn dann nicht an?«

»Weil sie sich nicht traut. Sie hat Angst, verprügelt zu werden. Aber wenn sie mir erzählt, wer er ist, kann ich ihn anzeigen und sie heraushalten.«

Rade studierte den Brief. »Er ist auf einem PC geschrieben.«

»Ja.«

»Hat so ein Mädchen einen PC?«, fragte er misstrauisch.

»Rade, den haben Gott und die Welt. Sie haben einen, ich habe einen, alle haben einen. Oder zumindest Zugang dazu.«

»Woher weiß sie, wie Sie heißen? Ihr Name ist in der Zeitung nicht erwähnt worden.«

Das hatte mich auch ein wenig gewundert.

»Es gibt so viele Möglichkeiten«, sagte ich ausweichend.

Rade schwieg einen Augenblick. »Essen wir«, sagte er

dann. Er legte noch ein Gedeck auf den Tisch in der Küche, öffnete eine Flasche Rotwein und schenkte uns beiden ein. »Erst wir essen, dann wir reden.«

»Erst essen wir, dann reden wir«, berichtigte ich ihn.

»Prost«, sagte er. Ganz akzentfrei.

Sein Gulasch war himmlisch. Es schmeckte genauso wunderbar, wie es roch, sodass ich schamlos zugriff. Er hatte bestimmt für zwei Tage Gulasch gekocht und jetzt aß ich ihm sein Essen weg.

»Und?«, sagte ich auffordernd, als wir bei Brot und Käse saßen und den letzten Rotwein tranken.

»Mir gefällt das nicht«, sagte Rade. »Woher weiß diese Pia, wer Sie sind? Und wo Sie wohnen?«

Ich hatte darüber nachgedacht, während wir aßen, und eine brauchbare Erklärung gefunden.

»Der Überfall stand in der Zeitung, Rade, und es gibt viele, die wissen, dass ich das war.« Beinahe hätte ich sie an den Fingern abgezählt, aber ich beherrschte mich. »Die Polizei, die Jungen, mit denen ich rudere, alle, die in der Cafeteria waren, die Leute von der Unfallstation und der Taxifahrer. Die Journalisten wissen es sicher auch, auch wenn sie es nicht geschrieben haben. Wenn so viele das wissen, wissen es alle! Es ist jedenfalls nicht schwer herauszufinden.«

»Mir gefällt das nicht«, wiederholte Rade. »Zuerst werden Sie überfahren und dann überfallen. Ist das Zufall, ja?«

»Rade, die beiden Sachen haben nichts miteinander zu tun«, protestierte ich. »Überhaupt nichts!«

Rade tippte sich mit dem Zeigefinger gegen die Nase. »Ich finde, das stinkt. Sie haben einen Feind, ja?«

»Nein«, sagte ich. Die Feinde, die in Frage kamen, waren aus dem Spiel. Darauf hatte ich Henriks Wort.

»Freitag«, sagte Rade. »Übermorgen. Hören Sie mal, Mädel, sprechen Sie mit Ihrem Freund darüber. Ich meine, dass Sie nicht dorthin gehen sollten. Und erst recht nicht alleine. Sprechen Sie morgen mit Ihrem Freund darüber.«

»Er ist nicht mein Freund, Rade, er ist mein Chef. Das wissen Sie genau. Ich habe keinen Freund.«

Rade sah mich an und lachte. »Sprechen Sie trotzdem mit ihm.«

Das war sicher ein ausgezeichneter Rat.

Leider befolgte ich ihn nicht.

13

Aber fast hätte ich mich doch mit Henrik beratschlagt. Ich hatte den Brief in der Tasche, als ich zur Arbeit ging, nur wurde der Donnerstag ein arbeitsreicher Tag und Henrik war die meiste Zeit außer Haus, sodass sich keine richtige Gelegenheit dazu ergab, und bei genauerem Nachdenken beschloss ich, es zu lassen.

Entweder würde er mir abraten, dorthin zu gehen, oder er würde darauf bestehen mitzukommen und ich war überzeugt, dass Pia-wer-immer-sie-war nichts erzählen würde, wenn ich mit einem Typen im Gefolge auftauchte, der allzu viel Ähnlichkeit mit einem Polizisten hatte. Sie würde still und leise verschwinden oder sich gar nicht zu erkennen geben. Das war natürlich der Grund, warum ich bei dem Türsteher nach ihr fragen sollte. So gesehen war das Mädchen ziemlich clever.

Ich schätzte, dass sie noch jung war. Anfang zwanzig oder jünger, sonst hätte sie nicht so einen Treffpunkt gewählt. Und dann an einem Freitagabend! Ich hatte in einigen der kleinen Restaurants zu Mittag gegessen, vielleicht auch im *Passepartout*, daran konnte ich mich nicht erinnern, aber ich war nie nach Einbruch der Dämmerung in der Kneipenmeile der Stadt gewesen, und als ich an diesem Abend, mein Veilchen hinter einer Sonnenbrille versteckt, durch diese Straße ging, gelobte ich mir, dass es das erste und letzte Mal war. Milde ausgedrückt, war es ein bizarres Erlebnis, das durch die dunkle Beleuchtung, die durch die Sonnenbrille noch dunkler war, fast surrealistisch wirkte.

Ich kam mir sehr allein und steinalt vor, als stünde ich bereits ganz vorn an der Klippe und wartete nur auf den letzten barmherzigen Stoß. Es wimmelte von Teenagern, die durch die Gegend torkelten, schielten und aussahen, als müssten sie noch vor Mitternacht zur Ausnüchterung gebracht werden. Es konnte unmöglich nur das Bier sein, das sie sich so aufführen ließ.

Ich ging mitten auf der Straße und drehte den Kopf von einer Seite zur anderen wie die Zuschauer bei einem Tennismatch, um die Namen der Restaurants zu lesen, weil ich mich nicht im Voraus informiert hatte, wo das *Passepartout* lag. Aber endlich sah ich das Schild.

Es schien – glücklicherweise – ein ruhigerer Ort zu sein. Keine eifrige, lärmende Schlange von Teenagern stand davor – wie vor so vielen anderen –, die drängelten, um in die Wärme zu kommen. Der Türsteher, der groß wie ein Haus und schwarz wie Ebenholz war, stand in einsamer Majestät, die Hände auf dem Rücken, da und schien sich zu langweilen.

Er strahlte, als ich auf ihn zukam.

Ich reichte ihm nur bis zur Mitte der Brust. Er musste über zwei Meter groß sein.

Er warf einen Blick auf seine Uhr.

»Heißen Sie Bea Jantz?«, fragte er.

Ich sah ihn verblüfft an. »Ja.«

»Es ist zehn und Sie sind verhaftet!«

»Was?«

Er lachte breit. Das war offenbar nur ein Witz, den ich nicht verstand.

»Das war nur ein Witz.«

»Ich soll hier eine Frau treffen, die Pia heißt«, sagte ich.

»Haben Sie einen Ausweis?«

»Einen Ausweis? Wollen Sie den sehen?«

»Ja, damit ich weiß, ob Sie Bea Jantz sind.«

Verdammt nochmal! Pia-wer-immer-sie-war war wirklich eine vorsichtige Dame!

»Ja, einen Moment.«

Meine Rippen waren immer noch nicht für plötzliche Bewegungen geeignet, und als ich die Tasche von der

Schulter zog, spürte ich einen solchen Schmerz in der Brust, dass ich sie fallen ließ. Mit Mühe beugte ich mich hinunter, um sie aufzuheben, und im nächsten Augenblick stürzte etwas Großes und Schweres auf mich, sodass ich auf die Knie fiel und stöhnend vor Schmerz in meiner vornübergebeugten Stellung festgeklemmt lag. Was immer auch passiert war, es gefiel meinen lädierten Rippen ganz und gar nicht.

Ein blubbernder Laut entwich einer seltsam weichen Masse, die mich auf die Erde gedrückt hielt, und ich spürte etwas Warmes und Feuchtes auf meinem Rücken. Es klingt verrückt, aber ich hatte das Gefühl, als hätte ich gegen alle Naturgesetze den Rücken hochgepinkelt.

Ich begriff nicht, was passiert war, und meinte, eine Ewigkeit dort eingeklemmt zu liegen, doch in Wirklichkeit vergingen nur wenige Sekunden, bis um mich herum die Hölle losbrach.

»Sie hat ihn niedergestochen! Verdammt, sie hat ihn niedergestochen!«, schrie ein Mädchen hysterisch.

»Hat sie nicht. Sie sind beide erschossen worden!«

War ich erschossen worden? Lag ich im Sterben? Ich hatte mir das viel schmerzhafter vorgestellt.

»Ruft einen Krankenwagen!«

»Ruft die Polizei!«

»Es ist besetzt! Was zum Teufel ist das! Da kann doch nicht besetzt sein!«

Natürlich konnte da besetzt sein, wenn hundert Handys auf einmal um Hilfe schrieen!

Jemand befreite mich von der Last und ich kam schwankend auf die Beine.

»Legt ihn in die Seitenlage!«

Ich sah mich um. Es war der Türsteher. Er lag auf der Erde, sein Gesicht war fahl unter der dunklen Haut, er atmete in kurzen Stößen und aus seinem Mund kamen kleine hellrote Blasen.

Ich spürte eine Hand unter meinem Arm. »Lungenschuss!«, sagte eine Stimme. »Was ist mit dir? Bist du verletzt? Dein Rücken ist ganz blutig.«

Es war Henrik, aber ich war viel zu verwirrt, um verblüfft zu sein.

»Das weiß ich nicht«, sagte ich. »Bin ich?«

Seine Hand glitt über meinen Rücken. »Nein, das Blut muss von ihm sein. Komm, bringen wir dich hier weg.«

Er zog seine Lederjacke aus und legte sie mir um die Schultern.

»Die wird versaut«, protestierte ich.

»Zum Teufel damit! Komm jetzt.«

»Wo bist du hergekommen?«, fragte ich, als wir wieder zu Hause waren und ich im Bad gewesen war, um mich umzuziehen.

»Von hier«, sagte Henrik. »Ich bin, kurz nachdem du gegangen warst, gekommen. Ich war in einer Besprechung und hatte gehofft, bei dir einen Gute-Nacht-Drink zu bekommen. Als du nicht aufgemacht hast, habe ich bei Rade geschellt und er hat mir gesagt, wo du bist.

Er war sehr besorgt, nachdem er herausgefunden hatte, dass du nicht mit mir darüber gesprochen hast. Und ich auch. Ich bin dir sofort gefolgt. Ich war so dicht an dir dran, dass ich gesehen habe, wie du mit dem Türsteher gesprochen und dich gebückt hast, und dann ist er plötzlich umgekippt.«

»Du sagst, dass er erschossen worden ist, aber ich habe nichts gehört.«

»Das kommt durch den Schalldämpfer. Pack deine Tasche! Du ziehst zu mir, bis ich weiß, was zum Teufel hier vorgeht.«

Ich war zu verwirrt und zu schockiert, um zu protestieren.

Henriks Auto stand vor der Tür. Ich hatte es nicht bemerkt, als wir nach Hause gekommen waren. Er musste die Traummeile hinunter zu dem Restaurant gelaufen sein. Clever. Hätte er das Auto genommen, wäre er nicht rechtzeitig da gewesen.

Bis auf ein paar praktische Dinge betreffende Bemerkungen wechselten wir weder im Auto noch als ich wieder in seinem Gästezimmer einquartiert wurde viele Worte.

Als ich ins Wohnzimmer kam, reichte Henrik mir einen so starken Gin Tonic, dass mir nach dem ersten Schluck die Haare zu Berge standen.

»Und jetzt will ich verdammt nochmal wissen, was du treibst!«, sagte er,

Ich hatte die Frage erwartet und den Brief von Pia-wer-immer-sie-war bereit.

»Nichts«, sagte ich kleinlaut und reichte ihn ihm.

Mir fiel auf, dass er nur den äußersten Rand des Umschlags anfasste, während er den Brief herauszog, und dass er genauso vorsichtig war, als er den Bogen auseinander faltete und las.

Er sah mich an.

»Warum um alles in der Welt hast du mir den Brief nicht gezeigt, bevor du dich entschlossen hast, dorthin zu gehen?«

Ich zuckte mit den Schultern. »Du hättest mitgehen wollen und ich war mir ganz sicher, dass diese Pia nicht mit mir gesprochen hätte, wenn ich nicht allein gekommen wäre.«

Er sah mich fragend an. »Was hast du geglaubt, wer sie ist?«

»Ich habe geglaubt, dass sie mit dem, der mich überfallen hat, befreundet war oder zusammengelebt hat. Und das glaube ich noch immer. Ich glaube, dass sie mir erzählt hätte, wer er ist, wenn ich Gelegenheit gehabt hätte, mit ihr zu reden. Es war einfach Pech, dass irgendjemand genau diesen Zeitpunkt gewählt hat, um den Türsteher zu erschießen.«

Henrik sah mich ungläubig an.

»Willst du behaupten, du glaubst, dass das Zufall war?«

»Ja, was denn sonst?«

»Bea, während des letzen Monats bist du angefahren worden, du bist überfallen worden und es ist ein Wunder, dass du heute Abend nicht erschossen worden bist! Hast du noch immer nicht kapiert, dass dein Kopf genau vor der Brust des Türstehers gewesen wäre, wenn du nicht deine Tasche verloren und dich nach ihr gebückt hättest?«

Ich nickte. »Aber das war er eben nicht! Der Schütze hat gewartet, bis die Bahn frei war!«

»Du hältst also daran fest, dass ein Mädchen den Brief geschrieben hat und dass es Zufall war, dass der Türsteher erschossen wurde?«

»Ja. Der Türsteher wusste, dass ich kommen würde. Und dass ich mit Pia reden wollte. Das war offensichtlich. Er hat das Ganze für einen Scherz gehalten.«

»Ich hoffe, dass er überlebt und uns etwas mehr darüber erzählen kann.«

»Das tue ich auch.«

»Aber ist dir überhaupt nicht der Gedanke gekommen, dass der Mann, der dich überfallen hat, den Brief selbst geschrieben haben könnte?«

»Doch, natürlich, aber warum sollte er das tun?«

»Um die Möglichkeit zu haben, genau das zu tun, was er getan hat oder versucht hat zu tun. Dich zu erschießen.«

Ich schüttelte den Kopf.

»Nein, daran habe ich selbst auch schon gedacht, aber welchen Grund sollte er haben? Wir sind uns einig, dass ich ein *accidental victim* war – ein zufälliges Opfer – und dass mich irgendein Psychopath überfallen hat. Und ich glaube einfach nicht, dass ein Typ, dem es einen Kick gibt, Frauen halb oder vielleicht auch ganz totzuschlagen und zu vergewaltigen, irgendetwas davon hat, mich kaltblütig niederzuschießen.«

»Nein, aber er denkt vielleicht, dass du ihn wiedererkennst.«

»Wo und wie? Er war maskiert und hat nicht ein Wort gesprochen. Er weiß, er *muss* wissen, dass ich für ihn nicht die geringste Gefahr darstelle.«

»Entschuldige bitte, aber da bin ich absolut nicht deiner Meinung. Ich glaube, der Schuss war für dich bestimmt, und ich bin davon überzeugt, dass ein Zusammenhang zwischen dem Überfall und dem, was heute Abend passiert ist, besteht. Ich kann dir dahingehend Recht geben, dass der Unfall ein Zufall war und weder mit dem Überfall noch mit dem Schussdrama heute Abend etwas zu tun hat, aber dass Letzteres auch ein Zufall sein soll – nein, nein und nochmals nein!«

»Ja, aber warum? Kannst du mir sagen, warum?«

»Ich kann dir nichts anderes sagen, als ich bereits gesagt habe. Er muss glauben, dass du ihn entlarven kannst.«

Es hatte den Anschein, dass sich unser Gespräch im Kreis drehte.

»Okay, dann nehmen wir einmal an, dass er es auf mich abgesehen hatte. Was hat das zur Folge?«

»Das hat unter anderem zur Folge, dass du vorläufig hier wohnst. Bis der Typ gefasst ist oder bis wir glauben, dass er sich sicher fühlt, dass du keine Gefahr für ihn darstellst. Das bedeutet, dass du rund um die Uhr unter Überwachung stehst und dass du nichts – überhaupt nichts – auf eigene Faust unternimmst.«

»Wie lange soll das gehen?«

Henrik zuckte mit den Schultern. »Eine Woche, vierzehn Tage, einen Monat.« Er lachte kurz. »Und ich werde mich persönlich um die Überwachung kümmern.«

Ich stöhnte theatralisch. »Himmel!«

»Ist das so schlimm? Übrigens sind die Chancen, ihn zu kriegen, größer geworden.«

»Wenn er es war«, wandte ich ein.

»Das anzunehmen, sind wir uns einig geworden. Und diesmal muss es jemanden geben, der das eine oder andere gesehen oder bemerkt hat.«

Daran zweifelte ich, nachdem ich die Straße *by night* erlebt hatte.

»Wer hat diesen Brief noch angefasst?«

»Nur Rade und ich«, sagte ich. »Warum?«

»Wegen der Fingerabdrücke«, sagte er. »Ich verspreche mir nicht viel davon, da ihr ihn beide mit euren kleinen Fettfingern angegrapscht habt, aber es ist einen Versuch wert.«

Es war fast zwölf und ich war total erschöpft. Mein Kopf brummte und die Brust tat weh, wenn ich tief Luft holte.

»Was ist mit der Polizei?«, fragte ich. »Hätte ich nicht vor Ort bleiben müssen?«

»Ich spreche morgen mit ihnen. Es ist nicht ausgeschlossen, dass sie auch mit dir sprechen wollen, aber erledigen wir eins nach dem anderen. Du siehst müde aus.«

»Das bin ich auch«, gab ich zu, indem ich aufstand.

Er erhob sich und legte vorsichtig den Arm um mich.

»Dann geh ins Bett«, sagte er. »Und entschuldige, wenn ich etwas grob zu dir war, aber ich hatte solche Angst, dass dir etwas passieren könnte.«

Die Zeitungen brachten die Geschichte am nächsten Tag groß heraus, jedoch ohne mit mehr als Vermutungen, die von Aufruhr im Narkomilieu über Rockermord bis zu Rassismus reichten, aufwarten zu können. Das einzig Konkrete war, dass der Schuss aus der ersten Etage des gegenüberliegenden Restaurants abgefeuert worden war, das aufgrund von Renovierungsarbeiten geschlossen hatte. Gott und die Welt hätten dort einbrechen können, aber Gott stand nun doch nicht unter Verdacht.

Henrik fuhr, nachdem wir gefrühstückt hatten. Er war nicht besonders mitteilsam, aber er nahm den Brief mit, sodass ich richtig riet, dass er mit seinen Freunden von der Polizei sprechen wollte.

Bevor er fuhr, gab er mir den strikten Befehl, weder jemanden hereinzulassen noch ans Telefon zu gehen.

»Ich habe den Anrufbeantworter eingeschaltet, wenn etwas Wichtiges ist, erfahre ich es, wenn ich nach Hause komme.«

Am Sonntag waren wir zu Hause geblieben. Das Wetter war trübe und herbstlich gewesen, sodass wir die Zeit mit der Lektüre der Sonntagszeitungen, mit Fernsehen, Rommeespielen und der Zubereitung eines guten Essens herumbrachten.

Der Zustand des Türstehers war stabil, wie wir hörten. Ich habe das immer für eine nichts sagende Aussage gehalten. Was heißt stabil? Gut oder schlecht? Jedenfalls konnte er vorläufig nicht vernommen werden. Die Polizei hatte ihn jedoch weder mit den Rockern noch mit der Narkoszene in Verbindung bringen können.

Was die Polizei zu dem Brief meinte, hielt sie oder Henrik geheim.

Am Montag fuhr ich mit Henrik ins *NSC.* Ich sollte ein paar Berichte ins Reine schreiben, die mich zumindest dahingehend klüger machten, womit sich unsere Firma beschäftigte und wer für was verantwortlich war.

Kurz nach Mittag steckte Bente den Kopf herein und bat mich, in Henriks Büro zu kommen. Ruth und Mogens und Jakob saßen bereits am Konferenztisch, als ich eintrat. Ruth warf mir ein kleines Lächeln zu, aber die anderen saßen mit düsteren Mienen da und ich kam mir wie K. in Kafkas *Prozess* vor.

Ich nahm Ruth gegenüber Platz und nach ein paar rastlosen Runden durch das Büro setzte Henrik sich ans Tischende.

»Ich habe gerade mit den Polizeitechnikern gesprochen«, begann er. »Sie haben deinen Brief auf Fingerabdrücke hin untersucht. Der Umschlag hat nichts ergeben. Zu viele Leute haben ihn in der Hand gehabt, weshalb sie sich auf den Brief konzentriert haben. Außer deinen und Rades Fingerabdrücken, die überall waren, und verschiedenen mehr oder weniger verwischten Abdrücken ist es ihnen gelungen, ein paar ziemlich gute und deutliche Abdrücke auf der Rückseite des Bogens zu sichern. Vermutlich hat er sie beim Zusammenfalten des Briefes hinterlassen.«

»Er? Warum glauben sie, dass es sich um einen Mann handelt?«, fragte ich.

Aber in meinem Inneren kannte ich die Antwort bereits.

»Weil sie die Abdrücke mit denen auf der Eisenstange verglichen haben und da besteht kein Zweifel, Bea. Es ist derselbe Mann.«

»Hm.«

»Und das bedeutet, dass er es an dem Abend neulich auf dich abgesehen hatte.«

»Ja, das ist mir klar«, murmelte ich.

»Dann denk einmal nach, Bea!«, sagte Ruth und lehnte sich ein wenig vor. »Denk nach, denk, denk! Du *musst* etwas wissen, das ihn verraten kann. Irgendeine Kleinigkeit, die du vergessen hast. Trug er einen besonderen Schmuck, eine besondere Uhr oder ...?«

Ich schüttelte den Kopf. »Das bringt nichts. Søgård und Winther haben mich an dem Abend gelöchert und ich bin selbst in Gedanken alles hunderte von Malen durchgegangen. Und das Resultat ist gleich null. Zero. Da ist nichts! Ich weiß nichts!«

»War er Linkshänder?«, fragte Jakob.

»Was?«

»War er Linkshänder?«

Ich dachte nach. »Ja, ich glaube, ja. Er hat mit beiden Händen zugeschlagen, aber der erste Schlag erfolgte mit der Linken und ich glaube auch, dass er die Eisenstange in der linken Hand gehalten hat. Hat das etwas zu bedeuten?«

»Eigentlich nicht. Ich wollte nur sehen, wie aufmerksam du bist. Die Fingerabdrücke auf der Eisenstange stammen nämlich von einer linken Hand.«

»Ich kann dir verdammt nochmal versichern, dass ich an dem Abend aufmerksam war! Und ich weiß nichts. Der Mann ist ein Psychopath und offenbar ist er auch noch paranoid, wenn er Angst vor mir hat.«

Henrik war wieder aufgestanden und drehte noch ein paar Runden durch das Büro.

»Da ist noch etwas anderes, worüber wir sprechen sollten. Wir sind bisher davon ausgegangen, dass der Mann ein Psychopath ist. Aber wie wäre es, wenn wir das Ganze mal von einem anderen Blickwinkel aus betrachten. Und zwar von dem, dass du kein zufälliges Opfer warst, sondern dass er es von Anfang an auf dich abgesehen hatte.«

Ruth räusperte sich. »Hast du Henrik von Poul Kjeldsen erzählt?«, fragte sie. Diese Verräterin.

Henrik sah interessiert aus. »Poul Kjeldsen. Der Investitionsberater? Was hast du mit dem zu tun?«

»So gut wie nichts«, sagte ich und gab quasi wörtlich meine Unterhaltung mit Poul Kjeldsen wieder. »Du hast selbst gesagt, dass ich das vergessen soll«, sagte ich vorwurfsvoll zu Ruth.

»Was du vergessen solltest, waren deine Fantasien, dass mit Marions Tod etwas nicht stimmt«, wandte Ruth ein. »Aber du bist quasi unmittelbar, nachdem du dich mit ihm getroffen hast, überfallen worden.«

»Ja, aber nochmal, warum sollte er das tun? Ich weiß nichts, das ihm auf irgendeine Weise schaden kann.«

»Vielleicht glaubt er das aber. Du hast ihm gesagt, dass du Marions Freundin warst, und vielleicht wusste sie etwas, von dem er befürchtete, dass sie es an dich weitergegeben hat. Was meint ihr?«

Mogens und Jakob sahen sich zweifelnd an, dann schüttelte Jakob den Kopf. »Das klingt zu weit hergeholt. Es ist möglich, aber nicht wahrscheinlich, dass er Zugang zu I. C.s oder Marions verschwundenem Vermögen hat, na und? Bea kann ihn nicht daran hindern, es sich anzueignen.«

»Sie könnte zu I. C.s Erben gehen«, schlug Mogens vor, klang jedoch nicht so, als würde er selbst daran glauben.

»Behalten wir ihn für alle Fälle ein wenig im Auge«, sagte Henrik. Er sah mich an. »Gibt es noch etwas, was du nicht erzählt hast?«

»Nein.«

»Okay, dann geht es vor allem darum, Bea zu überwachen. Sie wohnt vorläufig bei mir, und wenn oder falls ich selbst verhindert bin, sie nach Hause zu fahren, muss einer von euch das übernehmen und bei ihr bleiben, bis ich komme. Wir wissen nicht, ob der Typ weiß, wo sie arbeitet, deshalb darf sie nicht allein das Büro verlassen.«

Die nächsten Tage waren unerträglich, aber nach dem ersten Schock war nicht die Gefahr eines neuen Anschlags am schlimmsten, da sie auf die eine oder andere Weise zu unwirklich war.

Das Schlimmste war, nie allein zu sein, nicht einfach zum Chinagrill oder in die Pizzeria hinuntergehen zu können. Das machte mich wahnsinnig.

Ich war seit dem Überfall nicht mehr geschwommen und hatte noch immer Beschwerden beim Luftholen, sodass Schwimmen wohl auch nicht das Richtige war, aber ich brauchte Bewegung. Eines Abends konnte ich Henrik schließlich überreden, mit mir ins Fitnessstudio hinauszufahren. Ich hatte die Vorstellung, dass es mir gut tun würde, einmal richtig gestreckt zu werden, vielleicht am Reck.

Sowohl an der Rezeption wie auch im Fitnessraum waren neue Gesichter. Per war nicht mehr da, sagte mir der neue Trainer. Soweit er wusste, hatte er Arbeit in einem Fitnessstudio an der Costa del Sol oder auf Mallorca gefunden.

Übrigens half das Strecken nicht – ganz im Gegenteil. Der neue Trainer riet mir, Eis auf die schmerzenden Stellen zu legen. Offenbar ist das ein Universalmittel.

Die Tage schlichen dahin.

Das Wochenende war ein Lichtblick, denn da konnte ich mir einreden, dass Henrik und ich allein deshalb zusammen waren, weil wir Lust dazu hatten. Am Samstag fuhren wir nach Rebild Bakker und aßen im *Rold Stor* zu Abend, am Sonntag gingen wir ins Kino.

Dann begann eine neue Woche.

Dienstag kam Karin gegen Mittag in die Kantine, in der Ruth und ich bereits zu Mittag aßen.

»Habt ihr Radio gehört?«, fragte sie.

»Nee, gibt es etwas Besonderes?«

»Ja, und ob. Die Polizei hat eine Altenpflegerin verhaftet und sie beschuldigt, zweiundzwanzig alte Menschen getötet zu haben.«

»Hier in Dänemark?«

»Ja, in Kopenhagen.«

»Das klingt unglaublich.«

»Wenn das stimmt, sollte sie eine Medaille bekommen!«, sagte Ruth und erntete verärgerte Kommentare von uns anderen.

Mit zweiundzwanzig Morden konnte ein einzelner Selbstmord natürlich nicht mithalten, doch uns reichte die Neuigkeit, dass Poul Kjeldsen sich erschossen hatte, um die Altenheimsache auf Platz zwei zu verweisen.

Er war am Dienstagmorgen von dem Reinigungspersonal tot in seinem Büro gefunden worden.

»Er war der gleiche Typ wie Marion«, sagte Ruth. »Er hat den leichtesten Weg gewählt.«

Doch genau wie bei Marion fiel es mir schwer, das zu verstehen. Niemand hatte gegen Poul Kjeldsen Anklage erhoben, sein Pass war nicht eingezogen worden und er hatte keinen Ruf zu verlieren. Sein Ruf war bereits so schlecht, wie er nur sein konnte.

Die eigentliche Sensation kam jedoch ein paar Tage später. Ballistische Untersuchungen hatten ergeben, dass die Pistole, mit der er sich erschossen hatte, mit der identisch war, die bei dem Mordversuch an dem Türsteher – oder richtiger an mir – benutzt worden war!

»Warum haben sie das untersucht?«, fragte ich.

»Dafür hat Mogens gesorgt.«

»Dann war er es also doch!«, sagte ich.

»Ja, daran besteht kein Zweifel«, sagte Henrik.

Ich schüttelte den Kopf. »Ich begreife nicht, warum er das getan haben soll. Er hat mich garantiert nicht überfallen. Der Täter war ganz anders gebaut und die Jungen haben auch gesagt, dass es ein junger Mann war. Poul Kjeldsen war Mitte vierzig. Und was ist mit den Fingerabdrücken?«

»Es waren nicht seine, also hat er wohl jemanden dafür angeheuert. Und als es nicht geklappt hat, hat er die Sache selbst in die Hand genommen. Als der Mordversuch fehlschlug, hatte er Angst entdeckt zu werden und hat sich entschlossen, Selbstmord zu begehen.«

»Wer weiß, ob er wirklich Zugang zu Marions verstecktem Vermögen hatte.«

»Das muss er gehabt haben, denn sonst ergibt das Ganze keinen Sinn. Aber es ist schon verdammt beunruhigend, dass so eine dumme falsche Blondine mindestens zwei Männer ins Verderben gestürzt hat.«

»Oh, Poul Kjeldsen war kein Unschuldslamm«, erinnerte ich ihn. »Und sie hat ja dafür gebüßt.«

Hatte ich trotz allem noch immer ein wenig für sie übrig? Nein, aber Recht muss Recht bleiben – und sie war schließlich tot.

Natürlich war es eine enorme Erleichterung zu wissen, dass mir niemand mehr nach dem Leben trachtete, aber trotzdem konnte ich in dieser Nacht nicht einschlafen. Ich war noch nicht wieder in meine Wohnung gezogen, sondern lag in Henriks Gästezimmer und starrte ins Dunkel, während sich die Gedanken in meinem Kopf überschlugen.

Henrik hatte gesagt, dass Poul Kjeldsens Angriffe auf mich sinnlos gewesen wären, wenn er keinen Zugang zu Marions Vermögen gehabt hätte. Ich fand sie in jedem Fall sinnlos. Sowohl den Überfall auf mich und den Mordversuch als auch seinen Selbstmord.

Irgendetwas passte nicht. Warum waren seine Fingerabdrücke nicht auf dem Brief, den ich bekommen hatte? War er wirklich so gerissen gewesen, den Typen, der mich überfallen hatte, den Brief zusammenfalten und in den Umschlag stecken zu lassen? Absurd!

Aber warum sich noch Gedanken über ihn machen? Über sie? Ich legte mich auf die Seite und schloss die Augen. Hatte Marion wirklich zwei Männer ins Verderben gelockt? Daran glaubte ich nicht. I. C. vielleicht, doch Poul Kjeldsen war bereits total verdorben gewesen.

Eine dumme falsche Blondine, hatte Henrik sie genannt.

Erneut begannen sich die Gedanken in meinem Kopf zu überschlagen. Einer wilder und verrückter als der andere. Erinnerungsfetzen, aufleuchtende Erkenntnisblitze, Assoziationen. Verrückte Einfälle vor dem Einschlafen.

Eine dumme falsche Blondine.

Und dann war ich plötzlich hellwach.

Ich stand auf und tapste auf nackten Füßen in Henriks Schlafzimmer.

»Henrik!«

»Hmmm?«

»Henrik?«

Er blinzelte. »Ist etwas passiert, Bea?«

»Warum hast du Marion eine falsche Blondine genannt?«

Henrik setzte sich auf. »Das darf doch wohl nicht wahr sein! Weckst du mich um zwei Uhr nachts, um mich zu fragen ...«

»Es ist wichtig, Henrik. Warum hast du sie so genannt?«

»Weil sie das war.« Er gähnte herzhaft.

»Sie war *keine* falsche Blondine.«

»Doch, und ob. Und außerdem ist das jetzt gleichgültig.«

»Nein, ist es nicht. Wurde ... wurde die Leiche fotografiert?«

»Ja. Aber es ist nicht sicher, dass die Bilder noch existieren.«

»Finde es heraus! Besorg die Bilder!«

»Warum? Du musst mir verdammt nochmal erst sagen warum.«

Ich erzählte es ihm.

»Das klingt total verrückt«, sagte Henrik. »Aber okay, wenn es die Bilder noch gibt, besorge ich sie.«

Sein Gesicht war ausdruckslos, als er sie am nächsten Vormittag auf meinen Schreibtisch legte. Ein halbes Dutzend großer glänzender Abzüge.

Ich studierte sie schweigend. Einen nach dem anderen. Das waren Marions elegantes Kostüm, ihre hochhackigen Schuhe, ihr helles Haar – aber das war nicht Marion!

Das war Tina.

14

Ich sah zu Henrik auf. »Das ist Tina«, sagte ich.

Er nickte. »Du hattest Recht.«

Ich warf noch einen Blick auf die Bilder. Es war kein schöner Anblick und das hätte ich sein können, die da lag. Der Gedanke verursachte mir Übelkeit.

Marion hatte mir in der Cafeteria gegenübergesessen, lächelnd, charmant und redselig, während sie buchstäblich Maß genommen und überlegt hatte, wer von uns beiden besser für ihren Zweck geeignet war, Tina oder ich. *Come into my house said the spider to the fly.*

»I. C. muss dabei mitgemacht haben«, sagte ich.

»Natürlich«, sagte Henrik. »Marion konnte I. C. zu allem überreden, aber er hat den Druck nicht ausgehalten. So verdorben war er nun doch nicht.«

»Dass sie schwanger war, war zu viel für ihn, glaube ich.«

»Gott weiß, wie lange Marion gewartet hätte, wäre er nicht eines natürlichen Todes gestorben.«

»Ich bezweifle, dass das Marions Idee war«, sagte ich.

»Ja, sie und Poul Kjeldsen haben das vermutlich zusammen durchgezogen«, sagte Henrik.

»Nein«, sagte ich. »Poul Kjeldsen starb, weil ich bei ihm war.«

»Wie meinst du das?«

»Ich glaube, dass ich ihm etwas erzählt habe, das ihn auf die richtige Spur gebracht hat. Ich schätze, dass es Marions Schwangerschaft war. Und er wusste, wo die Wahrheit zu finden war.«

Henrik sah leicht verwirrt aus.

»Glaubst du, dass Marion das alles allein durchgezogen hat?«

»Nein. Und Poul Kjeldsen auch nicht. Er hat erraten,

wer ihr Komplize war – und das hat ihn das Leben gekostet. Er hat keinen Selbstmord begangen, warum um alles in der Welt sollte er das? Er hatte selbst Geld und mit dem Wissen, das er jetzt hatte, meinte er, Marion erpressen zu können. Er wusste nicht, mit wem er es zu tun hatte. Und ich bezweifle, dass Marion das wusste.«

»Und mit wem hatte er es zu tun?«

»Mit einem Psychopathen!«, sagte ich. »Mit einem äußerst gefährlichen Psychopathen.«

Und ohne den Schatten eines Zweifels wusste ich, um wen es sich handelte.

Die nächsten Tage mussten voller hektischer Aktivität gewesen sein, auch wenn ich davon nichts mitbekam; die Sache lag jetzt in offizielleren Händen. An der Oberfläche war alles ruhig, während die Telefone glühten und die hiesige sowie die ausländische Polizei auf Hochtouren arbeiteten.

Der Türsteher war verhört worden und hatte ausgesagt, dass er per Brief 500 Kronen und die Anweisung erhalten hatte, bei der Organisation einer *surprise party* für ein Mädchen namens Bea Jantz mitzuhelfen. Er sollte sie mit Reden aufhalten, bis jemand kommen würde, um sie zu *entführen.* Ganz unschuldig. Woher sollte er wissen, dass die Überraschung ein todbringender Schuss war bzw. hätte sein sollen?

Unser Flugzeug landete am Mittwochnachmittag in Malaga. Ein Polizeiauto stand bereit, um uns nach Torremolinos zu fahren. Henrik und ich hatten die Erlaubnis erhalten, auf eigene Rechnung und eigenes Risiko die offiziellen Beauftragten, Mogens – der wirklich Polizist war – und Winther – deren Bekanntschaft ich bereits früher gemacht hatte –, zu begleiten.

Das Fitnessstudio war groß, elegant und frisch renoviert. Die Recherchen hatten ergeben, dass es vor einigen

Monaten von einer Dänin, Tina Strand, gekauft und in Stand gesetzt worden war, aber kurz darauf den Besitzer gewechselt hatte.

Das Mädchen an der Rezeption grüßte mich mit einem wiedererkennenden Lächeln, als wir eintraten.

»Hei, Bea! Du bist aber weit weg von zu Hause.«

Das bist du auch, mein Schatz!, dachte ich. Du weißt gar nicht, wie weit!

»Ist Per da?«, fragte ich.

Sie nickte und Mogens und ich gingen zu der Tür zum Fitnesssaal.

»He, warten Sie …«, rief sie uns nach, aber wir überließen es Winther, sich um sie zu kümmern.

Per sah aus, als wäre er vom Schlag getroffen, als ich in den Fitnessraum trat. Mogens wartete draußen mit eingeschaltetem Kopfhörer – bereit einzugreifen.

Per raffte sich zu einem matten Lächeln auf. »Hei!«

»Hei!«, sagte ich. »Wo ist Marion?«

Seine Augen wurden schmal. »Marion ist tot. Wie Sie wissen.«

»Gut, wie Sie meinen. Wo ist dann Tina?«

»Ich habe keine Ahnung, wovon Sie sprechen.«

»Hören Sie doch auf. Wer hat sich das ausgedacht? Sie oder Marion?«

»Was?«

»Tina umzubringen und für Marion auszugeben, damit Marion ihre Identität nutzen kann, um sich ein neues Leben aufzubauen, ohne sich am Ende der Welt niederlassen zu müssen. Ich wette, dass sie ihr Haar schwarz gefärbt hatte, als sie hier heruntergeflogen ist und das Fitnessstudio gekauft hat. So etwas verändert einen Menschen unglaublich. Wo verstecken Sie sie?«

»Marion ist tot.«

Ich nickte. »Ja, das glaube ich auch. Selbst mit gefärbten Haaren war sie ein Sicherheitsrisiko. Kein großes, aber trotzdem. Und ich auch. Und Poul Kjeldsen. Wir wussten, dass Marion verrückt nach Ihnen war. Dass Sie der Einzige waren, der wissen konnte, wo sie ihr Vermögen versteckt hatte.«

»Von dem, was Sie sagen, können Sie nicht das Geringste beweisen.«

»Doch. Ich brauche nur zur Polizei zu gehen. Sie waren sich so sicher, dass Sie nicht auf Fingerabdrücke geachtet haben. Sobald die Polizei Ihre Abdrücke mit denen auf der Eisenstange und dem Brief vergleicht, ist alles klar. Also lassen Sie uns reden.«

»Was wollen Sie?«

»Ich will wissen, wo Marion ist.«

»Ist das alles?«

»Vorläufig.«

»Sie liegt in einer Schlucht vor der Stadt. Ich kann Ihnen zeigen wo. Haben Sie geglaubt, dass ich auch nur im Traum daran gedacht habe, mit ihr zusammenzuleben? Verdammt nochmal, das wäre nicht nur zu gefährlich, sie war auch viel zu alt!«

Mogens wählte diesen Moment, um hereinzukommen. Es gab nichts mehr abzuwarten.

Per sah ihn und die Pistole in seiner Hand. Dann sah er mich an.

»Du widerliches Miststück!«, schrie er. »Ich habe es gleich gewusst! Als du dastandest und von Marion gequasselt hast, habe ich gewusst, dass du alles kaputtmachen wirst. Fuck you! Fuck you!«

Ich drehte mich um und verließ den Raum. Draußen in der Rezeption wartete Henrik auf mich.

»Was hat er gesagt?«

Ich lächelte bleich. »Fuck you! Er hat drei Menschen umgebracht und das Einzige, was er sagen kann, ist *fuck you!*«

»Drei?«

»Ja, er hat erzählt, dass Marion in einer Schlucht draußen vor der Stadt liegt.«

»Hast du das erwartet?«

»Ja.«

Henrik und ich flogen am nächsten Tag nach Hause. Keiner von uns hatte Lust, länger zu bleiben.

Wie üblich erschien ich am Freitag zur Arbeit. Es war schön, dass der Alltag wieder normal war. So normal, dass Ruth und ich auswärts zu Mittag essen konnten, ohne dass ich mich dauernd umsehen musste.

Ruth hatte die ganze Geschichte am Morgen erfahren. Jetzt sah sie mich über ihr Glas hinweg an.

»Hast du dich entschieden?«, fragte sie.

Ich schwieg einen Moment, dann nickte ich langsam.

»Ja«, sagte ich. »Ich bleibe!«

Krimis von Kirsten Holst

Du sollst nicht töten!
Deutsche Erstausgabe
Aus dem Dänischen von Paul Berf
ISBN 3-89425-501-3
»Die dänische Queen of Crime: Kirsten Holst sorgt mit ihrem Krimi, in dem es um eine Serie von Morden in Jütland geht, für Hochspannung.« (Neues Deutschland)

Wege des Todes
Deutsche Erstausgabe
Aus dem Dänischen von Hanne Hammer
ISBN 3-89425-510-2
»Die Charaktere sind sorgfältig gezeichnet, ihre Sprache ist authentisch und klar und die Atmosphäre sachlich und lebendig – zugleich ein bisschen wie ein Wallander-Krimi und doch mit ganz eigener Note. Bitte mehr davon!« (Lit4.de)

In den Sand gesetzt
Deutsche Erstausgabe
Aus dem Dänischen von Hanne Hammer
ISBN 3-89425-517-X
»Aus Skandinavien entern stets wieder beste Autoren unsere Büchertische. In Dänemark sind die Romane der Holst Bestseller, Amerika hat ihr den Edgar-Allen-Poe-Preis verehrt. Vergnüglich die Motiv- und Mördersuche, genau die richtige Unterhaltung für längere Abende am Kamin.« (Blitz Leipzig)

Zu lebendig zum Sterben
Deutsche Erstausgabe
Aus dem Dänischen von Hanne Hammer
ISBN 3-89425-529-3
Ihr neuer Job als Ladendetektivin ist so langweilig, wie Bea ihn sich vorgestellt hatte. Bis sie die charismatische Marion kennen lernt und sich mit ihr anfreundet. Wenig später ist Marion tot. Die Polizei geht von Selbstmord aus, doch Bea hat eine andere Theorie. Dann sterben zwei weitere Personen aus Marions Umkreis und auf Bea wird ein Anschlag verübt. Was geht in der sonst so friedlichen dänischen Provinzstadt vor?

Krimis aus Finnland

Harri Nykänen: ***Schwärzer als ein schwarzes Schaf***
Deutsche Erstausgabe Aus dem Finnischen von Regine Pirschel
ISBN 3-89425-515-3
Ausgezeichnet mit dem finnischen Krimipreis 2001
»Ein rasantes Lesevergnügen von originellem Zuschnitt, prägnanter Personenzeichnung und ungewöhnlichem inhaltlichen Tiefgang.« (Gießener Anzeiger).

Harri Nykänen: ***Raid und der Brandstifter***
Deutsche Erstausgabe Aus dem Finnischen von Regine Pirschel
ISBN 3-89425-523-4
Spannung bis zum fulminanten Schluss … Raid könnte ein neuer Star in der literarischen Krimiszene werden. Er hat alles, was eine schillernde Persönlichkeit ausmacht und besitzen muss: Charisma und eine bestechende natürliche Autorität. Dazu kommen noch Geschicklichkeit und Kraft. Einziger schwarzer Fleck auf der bisher blütenreinen Weste ist das kriminelle Milieu, in dem sich der Mann permanent bewegt. (Emsdettener Volkszeitung)

Outi Pakkanen: ***Macbeth ist tot***
Deutsche Erstausgabe Aus dem Finnischen von Regine Pirschel
ISBN 3-89425-509-9
»Outi Pakkanen erzählt äußerst spannend und temporeich. Spannend und stimmig bis zum Schluss.« (marktplatz.dortmund.de)

Outi Pakkanen: ***Party-Killer***
Deutsche Erstausgabe Aus dem Finnischen von Regine Pirschel
ISBN 3-89425-519-6
»Die in Helsinki spielende Geschichte ist sowohl Psychogramm der so genannten besseren Kreise als auch Kriminalroman. Ein sehr solider, lesenswerter Krimi mit überraschendem Plot.« (Buchprofile)

Outi Pakkanen: ***Aus dem Spiel***
Deutsche Erstausgabe Aus dem Finnischen von Regine Pirschel
ISBN 3-89425-531-5
Das Leben der vierzigjährigen Ilona Laaksala ist eintönig und trostlos. Einziger Lichtblick sind die Besuche der zehnjährigen Sorella, die sie vor kurzem kennen gelernt hat. Dann wird Ilona erschlagen aufgefunden. Die Polizistin Tanja Ström stößt im Umfeld dieser unscheinbaren Frau auf ein Geflecht von Hass, Neid, Eifersucht und Abhängigkeit.

Krimis aus den Niederlanden

Henk Apotheker: ***Ayse ist weg***
Deutsche Erstausgabe ISBN 3-89425-511-0
»Apothekers Schreibkunst, die auch eine Heilkunst ist, hat einen lebenswarmen Kern: Es ist das Mitgefühl mit ihren Figuren.« (Die Zeit)

Felix Thijssen: ***Cleopatra***
Deutsche Erstausgabe ISBN 3-89425-504-8
»Felix Thijssen ist ein guter Erzähler, er nimmt sich Zeit für seine Figuren und für die Motivationen der Bösen wie der Guten; nichts gerät ihm aus den Fugen und nichts gibt er zu früh preis. Dafür hat man ihm völlig zu Recht den holländischen Krimipreis gegeben.« (Heilbronner Stimme)

Felix Thijssen: ***Isabelle***
Deutsche Erstausgabe ISBN 3-89425-513-7
»Max Winter und CyberNel sind ein tolles Gespann, und was die beiden im Falle von Isabelle und Ben herausbekommen, ist verdammt spannend … Ein Roman voller Sympathie für seine Figuren und ein Krimi mit einer packenden Handlung, die bis zum Schluss Überraschungen bereithält.« (WDR)

Felix Thijssen: ***Tiffany***
Deutsche Erstausgabe ISBN 3-89425-520-X
»Erfrischend natürliche Dialoge, erfrischend glaubwürdige und witzige Charaktere, eine erfrischend packende Handlung mit erfrischend unerwarteten Wendungen – mehr davon!« (Rhein-Zeitung)

Jac. Toes: ***Auf der Strecke geblieben***
Deutsche Erstausgabe ISBN 3-89425-506-4
»Subtil die Morde, subtil aber auch die Personen, die letztlich für Aufklärung sorgen. Toes baut dabei Spannung auf, die den Leser fesselt, ihn nicht mehr loslässt.« (Emsdettener Volkszeitung)

Jac. Toes: ***Tief gesunken***
Deutsche Erstausgabe ISBN 3-89425-516-1
»Der Leser – schnell mittendrin im Zentrum der Ereignisse – wird durch eine hervorragend konstruierte und entwickelte Handlung geführt, die fast atemlos geschilderte Einsatzszenen ebenso enthält wie absolut glaubwürdige Psychologisierungen der handelnden Personen.« (Bergsträßer Anzeiger)

Jac. Toes: ***Verrat***
Deutsche Erstausgabe ISBN 3-89425-528-5
Arnheim: Die Polizistin Yvon Matiber glaubt, den Mörder der jungen Prostituierten gefunden zu haben, da wird sie vom Dienst suspendiert. Ihr Freund, der Rechtsanwalt Fred Benter, und der Journalist Donald de Wacht ermitteln auf eigene Faust …

grafit